座礁《ざしょう》

巨大銀行《メガバンク》が震えた日

江上　剛
Egami Gō

朝日新聞社

座礁——巨大銀行が震えた日／目次

装幀・多田和博
装画・星野勝之

主な登場人物

渡瀬正彦……大洋産業銀行広報部次長。総会屋・富士倉雄一への巨額融資の事実を知り、真相究明のために奔走する
倉品実……同銀行広報部員
川田大……同銀行総務部長
古谷義昭……同銀行総務部次長
松沢壮太郎……同銀行総務部副部長
矢島健一……同銀行企画部次長。MOF担当
稲村孝……同銀行会長
関谷省吾……同銀行頭取
川本矢一……同銀行相談役
大森良雄……同銀行相談役
目蒲一司……北洋新聞政経部記者。大洋産業銀行による総会屋・富士倉雄一への巨額融資を追う
尾納悠司……読東新聞社会部記者。東西証券による総会屋への利益供与・損失補塡のスキャンダルを追う
木口正隆・細谷康三……読東新聞社会部記者。尾納の部下
高柳大輔……読東新聞社会部デスク
富士倉雄一……総会屋。大洋産業銀行から七十五億円もの融資を受ける
大熊公康……故人。元出版社社長で富士倉雄一の師匠的人物
川室謙三……情報誌「東京経済情報」を経営。マスコミなどに太い人脈を持つ

座礁——巨大銀行《メガバンク》が震えた日

プロローグ

——2005年5月2日(月)午後7時　港区虎ノ門のとあるビルの一室——


「皆さん、大型連休の谷間にも拘《かか》わらず勉強会にお集まり頂き感謝いたします」

司会役の片山武は参加者に向かって語りかけた。

片山は、現大泉内閣の重要な施策である金融改革や郵政改革にアドバイスをする若手有力金融コンサルタントだ。

会場になっているのは片山が経営するコンサルタント会社の会議室だ。片山は、ここに講師を招き、十数人の私的勉強会を定期的に開催していた。

「本日は講師に元大洋産業銀行、現在のミズナミフィナンシャルグループの広報部次長をされておられた渡瀬正彦さんをお招きしています」

テーブルの正面に座った渡瀬は緊張した顔で参加者に低頭した。

「渡瀬さんは平成十五年（二〇〇三）にミズナミフィナンシャルグループを退職され、現在は米系の金融機関にご勤務されています。渡瀬さんは、皆さんもご存知の通り大洋産業銀行が総会屋事件で東京地検の強制捜査を受けるなどの事態に陥った際、その混乱収拾に尽力された方です。本日は、そのご経験を踏まえて企業不祥事などについてお話をいただきます。それでは渡瀬さん、よろしくお願いいたします」

片山は眼鏡越しに鋭い視線を渡瀬に送った。

渡瀬は、大洋産業銀行が扶桑銀行と日本興産銀行の二行と経営統合し、ミズナミフィナンシャルグループを結成した翌年に退職した。

大洋産業銀行は、総会屋事件の混乱がまだ収まりきらない中、渡瀬が思いもよらなかった経営統合へと突き進んでいった。その過程で渡瀬自身が自分の進む道を見失ったことが、退職の原因だった。

当初は、金融と全く無縁の世界に再チャレンジするつもりでいたが、やはりそれは叶《かな》わなかった。誘われるまま、外資系の金融機関に入り、今はＭ＆Ａの業務を行っている。片山とは敵対的買収についての勉強会で知り合いになった。

「渡瀬と申します。このような勉強会でお話しするようなことを持ち合わせているかどうか自信がありませんが、思いつくままお話しさせていただきます」

渡瀬は、参加者を見渡した。皆、真剣な顔で見つめている。ヘッドハンティング会社経営者、金融ジャーナリスト、経済新聞記者、外資系金融機関勤務者、出版編集者など。肩書きはいろいろだが、何か新しい情報を求めている人たちだ。渡瀬は緊張した。単なる謙遜ではなくて今から話すことに今日的意義があるのだろうかという思いにふと囚《とら》われたからだ。もう事件から九年も経ってしまったのだから。

「最近、インターネット企業が、大手テレビ局の敵対的買収を試みるという事件がありました。結果は、大手テレビ局が高額で買い占められた株を買い取るという形のいつもの金銭的な和解に落ち着いたのですが、この事件の中で『会社は誰のものか』という問いかけがなされたのは皆様もご存知の通りです」

渡瀬は、最近起きた経済事件から話を始めた。この敵対的買収事件は、渡瀬自身の現在の業務とも深く結びついていたからだ。

「今回の事件では、買収する側は『会社は株主のものだ』と主張しました。しかし事態はそれほど単純なものでしょうか。株主のものだと彼が主張しても、すぐにその通りだと同意するには首を傾《かし》げざるを得ません」

参加者は、渡瀬が米系金融機関でM&A業務を手がけているのを知っている。その業務は、まさしく会社は株主のものだと主張する業務ではないのか。何人かが戸惑《とまど》いを見せているように渡瀬には見えた。

「渡瀬さん」

参加者の一人が手を挙げた。

「質問は、お話の後にお願いできませんか」

片山が苦言を呈した。

「すみません。私は渡瀬さんの総会屋事件における経験をお聞きしたいと思って、今日、この会場に来ました。そこでネット企業の敵対的買収とどういう関係があるのか、初めにお話をしていただきたいと思います」

参加者が渡瀬に言った。

「よくわかりました。失礼しました。おっしゃる通りです。ちょっと事前に説明すればよかったですね。片山さんがご注意されましたが、話の途中で質問を入れていただいて結構ですから」

渡瀬は質問した参加者に微笑した。

「私がどうしてネット企業によるテレビ局買収劇を冒頭にとりあげたのかと申しますと、総会屋事件という最早九年も前の事件も最も今日的事件である敵対的買収も、ともに私たちに会社とは誰のものかと問いかけているからです。ネット企業は『会社は株主のものだ』と主張して買収しました。果たして株主や従業員やお取引先など多くのステークホルダー（利害関係人）がいる中で、会社は株主のものだと言い切れるのでしょうか。私は『会社は社会のものだ』と思います。多くの人の共通の財産なのです」

渡瀬は、ここまで言って卓上に用意されたペットボトルのお茶をコップに注ぎいれた。

「私が『会社は社会のものだ』というのは総会屋事件での経験からそう導きだしました。あの事件は銀行の歴代のトップたちが総会屋という闇の勢力と結びついていたために起きました。それは『会社は自分たちのものだ』という私物化に外なりません。そういう意味で最早過去のものと思われている総会屋事件は、『会社は誰のものか』と問いかけた最初の事件だったのです」

渡瀬はコップの茶を飲んだ。冷たい液体が喉を通過すると、意識がより鮮明になった。

まさかこうして人前で総会屋事件の体験を冷静に語る日がくるとは渡瀬自身が思ってもいなかった。まさにあの事件の日々は銀行の存立をかけた戦いの連続だった。

なぜあそこまで戦えたのか。それは渡瀬自身や家族や社会全体からの銀行に対する信頼を取り戻したかったからだ。渡瀬は銀行内部のあまりの腐りよう、だらしなさに愕然《がくぜん》とした。さらに彼以上に家族や社会はもっと愕然としたはずだ。驚きを通り越して呆れてしまったに違いない。所詮、銀行って汚いものだ……。

そうではない。多くの人々に役立ち、尊敬されるに相応《ふさわ》しい仕事をしているのだ、と渡瀬は叫びたかったのだ。

「銀行のトップは、サラリーマンとして順調に出世の階段を昇っていきました。そしてトップに就いたとき、総会屋という闇の勢力と結びつくシステムになっていました。それは歴代のトップたちからの引き継ぎ事項だったのです。ではどうしてトップは闇の勢力と結びつかざるを得なかったのでしょうか。それは結びつくことが自分自身の地位を守ることだったからだと思います」

「結びついた結果として自らを滅ぼすことになってもですか」

先ほど質問した人とは別の参加者が質問した。

「ようやく出世の階段を昇りきったトップたちは、官僚、政治家、そして闇の勢力さえも銀行トップの地位が結びつかねばならないものだと思っていたのでしょう。そこには銀行がなんのために存在しているのか、あるいは預金者や利用者のために銀行とはどうあるべきかという自らに対する問いかけはありません」

「社会のために存在するという視点がなくても、闇の勢力や官僚と結びついていれば自分のトップとしての地位が守られたからですね」

参加者は片山を見た。片山は今度は質問を規制しなかった。渡瀬がそれを望んだこともあるが、質問があった方が問題の本質に迫ることができると思ったのかもしれない。

「そうです。銀行トップがその地位に就いたとき、闇の勢力との結びつきは融資という銀行の本来業務の根幹を歪める形で深く癒着をしていました。それは繰り返し行われた不正融資の金額が数百億にも達したことでわかります。暗黙の了解の下、部下たちが長きに亙《わた》って継続してきたことです。トップを守るために……」

「部下たちはトップの犠牲者だったのですね」

「一概には言えないかもしれません。融資を継続することが、トップを守ることであり、自分たち自身を守ることでもあったからです。彼らは数年の勤務の間、なんとか無事に過ごせば、こうした癒着から別の場所に異動することができます。ですから数年の間の仕事として忠実に不正融資などを行っていました。それが不正だという意識を持つことを意識的に避けていたのだと思います」

「誰がその癒着を断ち切ることが出来たと思いますか」

また別の参加者の一人が質問した。それはいきなり核心を突くものだった。

誰が、闇の勢力との癒着を断ち切ることが出来たのか。

渡瀬は、この質問についての答えを用意していた。それは自分の期待を込めての答えだった。

コップの茶をごくりと飲んだ。そして参加者を見渡して答えた。

「それはトップ自身です。トップしか断ち切れません。その意味で、銀行であれば預金者や債務者、一般の企業であれば消費者のために企業は存在するべきだという立場に立てない人物はトップになるべきではありません。企業は社会のものだと考え、それにしたがって行動できないトップはトップではありません」

強く言い切ると、再び参加者を見渡した。

大洋産業銀行の歴代のトップたちは連綿と総会屋などの闇の勢力に対する不正な融資が続いていることを知りえる立場にあった。その不正融資に手を染めてきた多くの部下たちは、トップに対して、なんとかしてくれと悲鳴をあげ続けていた。表向きは平静を装いながら。トップがそのことに気づき、彼らをそこから救い出す勇気を持っていればあれほどの不幸な事件はおきなかった。

雪印乳業食中毒事件、雪印食品食肉偽装事件、三菱自動車欠陥車事件、ＵＦＪ銀行検査忌避事件、西武鉄道株名義偽装事件……。数々の企業不祥事が発生し続ける。

これら全てに共通していえることは、トップ自らが現場で何が行われているかを把握しようという勇気に欠けていることだ。トップに正しい経営判断をさせる仕組みは多く考え出されている。社外役員や委員会制度などだ。

しかしなによりも必要なのはトップの勇気だ。会社はトップのためにあるのではない。社会のためにあるのだから。

渡瀬は、ふと大洋産業銀行の役員専用大会議室にいるような錯覚を覚えてきた。そこには大洋産業銀行の歴代のトップたちが不安を滲ませ、苦渋に満ちた表情で無言で集まっていた……。

第一章　発端

1

――1996年7月15日(月)13時50分　大洋産業銀行広報部――


その男は、夏の午後の穏やかな時間になんの前触れもなくやって来た。

渡瀬正彦は、広報部の応接室で部下の倉品実とコーヒーを呑《の》んでいた。渡瀬は、大洋産業銀行の広報部次長。昭和五十二年（一九七七）に城北大学を一年留年して卒業し、入行。現在四十二歳。

コーヒーは部内の庶務を担当している塚田令子が淹《い》れてくれた。塚田は都立高校卒。現在四十一歳。渡瀬とほとんど年齢の変わらないベテランだった。

塚田の淹れてくれるコーヒーはインスタントではない。さすがにサイフォンでというわけにはいかないが、コーヒーショップで炒りたての豆を買ってきてミルで挽《ひ》き、ポットにドリップ方式で淹れてくれる。庶務事項に固くてうるさいが、コーヒーにはもっとうるさかった。

香ばしい香りが応接室を満たしていた。

「塚田さんのコーヒーはいつも美味《うま》いですね。暑くても、やっぱりコーヒーはホットだな。十一階に行く必要がない」

十一階というのは、本店の喫茶ルームのある階のことだ。倉品は、目を細めて、香りを慈しむかのようにコーヒーを口に含んだ。

倉品は、ごつごつと、角張った顔つきの渡瀬とは違い、つるりとした上品な卵形の顔をしていた。東京の下町出身だが、本人は自称「団十郎」と歌舞伎役者を気取っていた。確かにそう言われてみると歌舞伎絵で見る団十郎に似てなくもない。

「倉品、広報はもう六年、過ぎたか?」

「ええ、この五月で、ついに丸六年になりました。七年目に突入ですね」

倉品は、渡瀬の言いたいことを察しているのか、さも関心がないように言った。

倉品は広報部に六年も在籍していた。入行は昭和五十八年。大学は渡瀬と同じ城北。現在三十五歳。なかなか勘のいい男で、マスコミ関係者の受けもよかった。そのせいか前任の部長に重宝がられて在任期間が長くなっていた。今は渡瀬のサブとしての位置付けで雑誌、テレビ局の取材窓口などを担当していた。

銀行の中には同じポストに長期間在籍する例もあるが、大洋産業銀行では、癒着を恐れることから、本部、支店とも在任期間を最長でも四年程度にするとの人事部の内規があった。

渡瀬は、平成六年(一九九四)に人事部から広報部に異動してきた。在任期間が二年を過ぎたところである。倉品がいてくれれば頼りになるのだが、人事部にいたせいか、彼の在任期間の長さがどうしても気になっていた。

「結構、長くなったな」

「そうですね」

「どこか行きたいところはあるか」

「次長、放出したいんですか」

「そういうわけじゃない。だけど俺だって、もう二年だ。うちの銀行のルールじゃ、そろそろかもしれない。倉品を置いて行くわけにはいかないしなぁ。今、支店へ出れば、副支店長か?」

「副支店長にしてくださるのですか。ありがたいお言葉ですね。痛み入ります」

倉品は片目を閉じて、おどけた調子で頭を下げた。

橋沼康平が入って来た。橋沼は、海浜大学を平成三年に卒業し、入行。現在二十七歳。初めての異動で広報部に来たのだが、野性的な風貌《ふうぼう》で、動きも勢いがあり、部の水には適《あ》っていた。

「どうした。なにかあったか」

「次長は北洋新聞の目蒲《めかま》って記者を知っていますか」

橋沼の質問に、渡瀬は考える顔になったが、直《す》ぐに、

「いや、知らないなぁ。倉品、お前、知ってるか?」

「北洋新聞の目蒲ですか。知りませんね。北洋新聞は日銀記者クラブのメンバーですけどね」

日銀記者クラブというのは、日本銀行にある記者クラブであり、国内外の主要な新聞社、通信社の経済関係の記者がそのメンバーになっていた。

「経済部の記者か?」

倉品が橋沼に訊《き》いた。

「東京支社の政経部だと言っています。私も日銀に行ってますけど、会ったことはありません」

橋沼は日銀記者クラブに所属している記者の取材を担当していた。ほとんど毎日、日銀記者クラブに足を運んでいる彼が知らないのだから、その目蒲という記者はあまりクラブ室に出入りしていないのかもしれない。

「その目蒲って記者がどうしたんだ」

「次長に、どうしても会いたいって言うんですよ。アポなしですって。どうします」

橋沼が少し弱った顔をした。

「俺に？」

渡瀬が人差し指で自分自身を指した。

「ええ、どうしても次長にって……」

「そうか。ご指名か」

渡瀬は倉品と顔を見合わせた。

ぼんやりとした嫌な気分。記者がどうしても自分に会いたいなどというのは、どうせ碌《ろく》でもないことに決まっている。

「断りますか？」

倉品が気をきかせて訊いた。渡瀬は会いたくないような顔をしていたに違いない。

「会うよ。コーヒーなんか呑んでいて、忙しいなんて言えないものな」

「まあ、そうですね。同席しましょうか」

倉品が訊いた。

もし悪い話なら、同席が原則だ。聞いていないとかのトラブルは、たいていの場合、単独行動が原因だ。それに当事者自身に係《かか》わるスキャンダルなら、誰かが同席しないと本人がもみ消してしまう可能性がある。

「それが……」

橋沼が、言い難《にく》そうに声を発した。

「どうした」

渡瀬が訊いた。

「次長単独でって言ってます」

「俺、一人？」

「はい。大事な話なので、次長一人にお話ししたいと言っています」

「ふーん」

渡瀬は、どういう表情をしていいかわからなかった。倉品の顔を見る。倉品は軽く首を傾《かし》げた。

「大事な話ね……」

渡瀬は不安を滲《にじ》ませながら、倉品に言った。

「なんでしょうね」

倉品は無表情に言った。

「言っておくけど、俺、なにもやばいことも後ろ暗いこともないからな」

「わかってますよ。そんなこと」

倉品が皮肉な笑みを浮かべた。

「どうしますか」

橋沼が、答えを促した。

「通してくれ。会うよ」

会わざるを得ないだろう。渡瀬は、その目蒲という記者が、どのような用件で来たのか、多少不安があったが、自分だけに話したいことがあると言っているのを逃げるわけにはいかないと思った。思い当たることはなにもない。漠たる不安が足元から上ってきた。

「呼んできます」

橋沼が、声を明るくした。もし渡瀬が会わないと言ったら、断る理由をどうしようかと考えていたのだろう。

橋沼が部屋を出た。

「じゃあ、私は席を外します」

倉品は、自分のコーヒーカップを手に持った。

「俺のも持って行ってくれ」

渡瀬はコーヒーカップを倉品に渡した。せっかくのコーヒーがまだ半分以上残っていた。

「こんなの見せたら塚田さんが泣きますよ」

倉品が、カップを覗《のぞ》きこんで言った。

「そうかなぁ」

渡瀬は塚田の膨れた顔を思い浮かべて、

「じゃあ、いいよ」

倉品は渡瀬のコーヒーカップを元に戻した。

「頑張ってください」

倉品が片目をつぶった。

「ばかやろう。なんにも悪いことはしていないって。信じろよ」

渡瀬は、焦った声を出した。

倉品が薄く笑みを作った。

いったいどんな用件なのだろう?

渡瀬は、カップの中のコーヒーに映った自分の顔を見つめて、問いかけた。

2

目蒲が部屋に入って来た。痩《や》せた身体を黒い背広で包んでいる。細く鋭い目。長い髪。いつも会う経済部の記者とは全く異質な印象だ。それに加えて単独で会いたいという奇妙な要望のせいだろうか、渡瀬には、暗く陰気な男に思えた。

「目蒲さんですか」

渡瀬が訊いた。

「ご無沙汰《ぶさた》しております」

「お会いしたことが?」

「ええ、広報部次長に着任された時、日銀クラブでご挨拶《あいさつ》を受けました」

「ああ、そうでしたか、それは失礼しました」

渡瀬は表情を僅《わず》かに歪《ゆが》めた。多くの記者に会う立場ではあるが、それを言い訳に記者の顔を忘れてはいけない。

「いえ、いえ、こちらこそ、名刺を交換させて頂いただけで、その後、接点がないのですから、覚えて頂かなくとも当然です」

目蒲は、思いのほか丁寧な口調で言い、渡瀬の向かいに座った。

塚田が茶を持って入って来た。緊張した様子で目蒲の前に茶を置く。

「あれっ」

塚田が、渡瀬の前にあるコーヒーカップに気づいた。

「次長、コーヒー残ってますよ。呑まなかったのですか」

塚田が尖《とが》った声で言った。

「後で呑むよ。そのままにしておいて」

「冷めてしまいます。新しいのを淹れてさしあげますから、これ、下げますよ」

渡瀬がコーヒーを残していることが不満なのだ。

「いいよ。悪いから。そのままで」

渡瀬がはっきりと言った。

「いえいえ、淹れ直してきます」

「いいって言うのに……」

「淹れ直しますから」

「塚田さん、後にしてください。大事なお客さんなんだから」

渡瀬は、困った顔で言った。

「仲がいいですね。いい雰囲気だ」

目蒲が笑った。

「いえね、彼女が淹れるコーヒーが美味いので、残すと叱《しか》られるのですよ」

「ほほう、そんなに美味いのですか」

「それほどでもありません」

塚田が微笑した。

「それではお話が終わったら、コーヒーを頂きたいですね」

目蒲は塚田に言った。

「そうしてもらおう。後から私も一緒に頂くから」

「わかりました」

塚田は渡瀬のコーヒーカップをそのままにして部屋を出た。

「さて」

渡瀬は目蒲に向き直り、

「今日は、どのようなご用件でしょうか」

と訊いた。柔らかな口調で話したが、視線は厳しく目蒲を捉《とら》えていた。

目蒲は渡瀬を鋭い目で見つめたまま、背広の内ポケットに手を入れた。渡瀬は息を呑んだ。なにが出てくるのか？　目蒲は、茶色の封筒を取り出した。

「これを見てください」

渡瀬は言われるままに、その封筒を受け取った。封筒の口は開いていた。中を覗く。書類が入っている。目蒲の顔を見た。中身を取り出せと言っている。渡瀬は、書類を取り出した。それは不動産登記簿謄本のコピーだった。

「謄本ですか」

渡瀬が訊いた。

「見て、感想を聞かせてください」

目蒲は、まるで謎掛《なぞか》けのように言った。

渡瀬は、謄本に目を落とした。

謄本の甲区を見る。

六本木のビルの区分所有。マンションのようだ。所有者は、富士倉雄一。聞いたことはない。

乙区を見る。

税金を滞納していたのだろうか。大蔵省が差し押さえをした形跡が残っている。それが解除になり、その後、直ぐに大洋産業銀行六本木駅前支店に担保として差し入れされている。根抵当権《ねていとうけん》設定は昭和六十二年（一九八七）十一月十三日付け。極度額は二億円。債務者は株式会社富士倉。会社の代表者は富士倉佳明。これも知らない名前だ。根抵当権は平成元年（一九八九）三月三日付けで解除されている。

渡瀬は謄本から目を離した。目蒲の強い視線を感じる。

「どうですか？」

目蒲が訊いた。髪の毛が目にかかって、うるさいのか、手で掻《か》きあげた。

渡瀬は、迷った。目蒲から訊かれても、なにをどう答えていいのかわからない。ただ謄本を見てわかることは、記載の物件が、渡瀬の勤務する大洋産業銀行の六本木駅前支店に担保提供されていた事実、極度額二億円が設定されているが、既に七年も前に解除されているということは、その対象となる融資が完済になったのであろうという事実、それだけだった。

目蒲の顔を見た。淡々とした無感動な表情だ。なにを求めているのだろうか。

「どう思いますかと言われましても……」

「その物件、まともですか?」

目蒲の意図がわからない以上、慎重にならざるを得ない。渡瀬は目蒲から視線を外さず、彼の意図を読もうとした。

「大蔵の差し押さえをくらってますよね」

「そうですね」

「そういう物件も担保に取るのですか?」

渡瀬は答えに迷った。実際の実務としては、税金を滞納していたという事実があるわけだから、そうした債務者が健全な経済状態にあるわけがなく、融資対象とならない。

しかし……。

現実は、根抵当権を設定しているのだから、六本木駅前支店が融資をしたに違いない。それも融資を実行し、税金の滞納を解消した後、大蔵省の差し押さえを解除。そして銀行に担保を設定したと見えなくもない。

「差し押さえが解除されているから、問題はないのじゃないですか」

渡瀬は慎重に答えた。

「そうですか」

目蒲は答えた。なにかを含んでいるような口ぶりだ。その光のない細い目からは、考えていることを読み取ることは出来ない。

「この謄本がどうかしたのですか」

「この物件は、総会屋の富士倉雄一が持っているマンションです。この富士倉という会社は、その弟の会社です」

目蒲は、初めて目を光らせた。

渡瀬は、目蒲の言う『総会屋』という言葉に表情が変わりそうになった。それを読み取られなかったかと頬《ほお》をわざと撫《な》でた。

総会屋というのは、株主である権利を不当に行使し、会社から利益をせしめることを生業《なりわい》にしている連中のことだ。

渡瀬は総会屋という者がどういう者で、彼らと付き合い、彼らに不当な利益を提供すれば、商法違反になるということも知っていた。単に知識としてだが。

「総会屋ですか……」

「総会屋に融資しているということですよ」

目蒲がやや上目づかいに言った。

渡瀬は、目蒲の視線を僅かに避けながら、ふっと記憶が過去に飛んだ。関谷省吾が四月に頭取に就任した時を思い出したのだ。

3

――4月24日(水)11時10分　大洋産業銀行頭取室――

渡瀬は、頭取室で関谷と新聞社や雑誌社からのインタビューを調整していた。スケジュールやその発言内容について事前に打ち合わせをし、記者との対談に臨むためだ。

関谷は、大学時代ラグビーで鍛えただけのことがあり、体格もよく、性格も細かいことにこだわらないおおらかさがあった。出身は旧大洋銀行。彼は早くから旧大洋銀行の頭取候補だった。旧産業銀行側は彼の敵を作らない性格や行動を評価して、大洋産業銀行の頭取として認めた。

大洋産業銀行は、昭和四十六年（一九七一）に大洋銀行と産業銀行が合併して出来た資金量ナンバーワンの都市銀行だ。

合併行のため、トップはそれぞれの旧銀行出身者が二期四年を務め、会長、頭取を一気に交替するというルールとなっていた。トップ交替ばかりではなく、その他あらゆる人、物、金を実質的に二つに分割して管理していた。ある経済評論家から『一つ屋根に二つの銀行』と揶揄《やゆ》されたこともあった。

なぜ、それほどまでに二つの銀行にこだわったのか。それは戦前の大洋銀行の経験から学んだ知恵だったのだ。

戦前、大洋銀行は戦争遂行のために政府により無理やり五井銀行と合併させられたが、大手財閥《ざいばつ》だった五井銀行とは、全くそりがあわなかった。財閥の横暴さに加え、人事上も大洋銀行出身者が不利な扱いを受けた。その結果、戦後はＧＨＱに強烈に働きかけ、前代未聞の銀行分裂をしたのだった。これがトラウマとなり、その後、合併合意にまで行った財閥系の五菱銀行とも破談した。

そしてようやく大洋銀行は産業銀行という元国策銀行であった同規模の相手を見つけ、合併にまでこぎつけた。そこで大洋産業銀行では、大洋銀行の苦い経験、トラウマを配慮してゆっくりと融和を図るという方針が採用されたのだった。

しかし何年か過ぎると、会長、頭取が一挙に替わるというのは、世間から、合併後の融和が一向に進んでいないのではないか、という批判を受けるようになった。そのためようやくその方針を変えることにした。

大洋出身の前任頭取、川本矢一が会長になり、産業出身の稲村孝が頭取になった。その稲村が二期四年頭取を務め会長になると、次は大洋出身の関谷省吾が頭取に就任したのだ。

旧行出身者が交替でトップを務めるというのは基本的に変わらないが、一気に交替しなくなった分だけは融和が進捗《しんちょく》したといえなくもない。

渡瀬は、こうした行内の派閥力学的なことを、自分が合併後に入行したために好ましいとは思っていなかった。だが、頭には十分入れていた。

「渡瀬くん、頭取とは大変だな」

関谷が、笑みを浮かべながら、しみじみと言った。

「それは大変でしょう。でもあらためてどうされたのですか」

渡瀬もつられて微笑《ほほえ》んだ。

いい笑顔だな、と渡瀬は思った。関谷のおおらかさ、明るさに好感を持っていたのだ。

彼は顔つきに厳しさがなく、いつも目じりを下げている。それが身体の大きさと相まって、独特のユーモアを漂わせていた。大都市銀行のトップにしては、もう少し知的で厳しいところも要求したかったが、渡瀬は、彼の性格の良さを全面的にマスコミに売り出すつもりでいた。

「党論研究会というのを知っているか」

渡瀬は、顔を顰《しか》めた。知っているか、と問われれば知識としては知っていた。勿論《もちろん》、個人的にはなんの係わりもない。

それは関谷が明るい表情で口に出す集団の名前ではなかった。日本最大の総会屋集団だったからだ。その集団は、まるで会社のように総会屋を組織化し、社会的にも大きな影響力を持っていた。

「ええ、まあ」

渡瀬はあいまいに答えた。

「昼めしを喰《く》わなくてはいけないらしい。ああいう連中とも付き合わなくてはいけないんだよな」

関谷は、まるで少年のように、ソファにもたれて伸びをした。その表情に少しの屈託もなかった。

渡瀬は、耳を疑った。

昼めし？　いったいどういうことだ。

「あのぅ、今、なんとおっしゃいました？」

「党論研究会と昼めし、だよ」

関谷は当たり前のように言った。

渡瀬は言葉がなかった。顔の表面の温度が下がっていく気がした。

もう一度、あらためて関谷の顔を見る。その顔には疑問という文字を探すことは出来ない。

全く知識がないのだろうか。いやそれは考えられない。関谷には、彼らと会うことは問題だという認識がある。だからこそ「大変」という表現を使ったのだ。

そうであるなら、なぜこれほど屈託のない顔をしていられるのだ。渡瀬には関谷の考えが読めなかった。驚きは、関谷に罪の意識がないことだった。経営者としてのリスク感覚に決定的に欠けている。経営者になれば、会ってはいけない人物がいるということを認識しなければならないのに……。

「その昼食は、誰がセットするのですか」

「総務部だ。毎年、総会の後に、やるそうだ。相談役たちも一緒だ」

「場所は?」

「三十一階」

本店三十一階にはパーティルームや会食をする個室があった。

渡瀬は、落ち着かなかった。直ぐに総務部に行き、事実関係を調べねばならない。

「どうした?」

関谷は、渡瀬が暗い顔をしているのが気になったようだ。

「いや、どうもしておりません」

本来なら、関谷に、渡瀬が思っていることをそのままぶつけたいところだが、それは出来ない。総会屋集団と食事を一緒にすることの問題を経営者として深く認識していないと思われる関谷に問題点を指摘することは、彼に恥をかかせることになると思ったからだ。

渡瀬は、打ち合わせもそこそこに頭取室を辞した。急いで十四階の総務部に向かった。

総務部は管理グループと総務グループに分かれている。管理グループは本店の警備や建物管理、庶務事項を担当している。株主総会関係を担当しているのが、総務グループだ。二つのグループは同じ部長の下で、同じフロアーにいたが、互いに交流はあまりなかった。それは総務グループが特殊株主と呼ばれる総会屋対策を担っており、その仕事が特殊だったこと、そして特殊であるがゆえに、総務グループ員はプライドが高く、管理グループ員を見下したところがあったからだ。

渡瀬は行内のトラブルや不祥事の処理で総務グループと仕事をすることが多く、グループ員とは親しい関係にあった。

渡瀬は、次長の古谷義昭かチーフの浜野直人がいないか、総務部内を見渡した。

「おっ、どうしたの?」

後ろから、声がする。背伸びを止めて、振り向くと、古谷の穏やかな笑みが目に入った。

「よかった、次長に、用があって来たのです」

「怖い顔してるけど、トラブル?」

古谷は親しげに訊いた。

古谷は、渡瀬より一年次先輩に当たる。最近の人事異動で支店から来た。支店では副支店長。誠実で、少し気の弱そうに見える顔をしている。流行遅れの黒い縁の眼鏡が、その印象に拍車をかけていた。

渡瀬は、この古谷を信頼していた。というのは、顔の印象通り、嘘《うそ》のない男だったからだ。総務という仕事は、問題の多い人物とも会って話をしなくてはならないことが多い。もっと強面《こわもて》の男の方が適任ではないかという声があったが、渡瀬は、かえって古谷のような男の方がいいのではと思っていた。

幸い、渡瀬の耳には、古谷のいい評判が聞こえてきていた。いつもはどちらかというと距離を置いている管理グループからも「腰の低い、誠実な人だ」という声がある。

古谷自身は、「大変なところに来ちゃったよ」と渡瀬に会う度にぼやいていた。渡瀬は、「しっかりやってくださいね」と励ました。渡瀬には、そのぼやきの本当の内容はわからなかったが、「総務グループ＝誰もやりたくない仕事」という思いが強かったから、「しっかり」という言葉は、結構、本気だった。

「怖い顔って、怖くもなりますよ。ちょっと場所がありませんか」

「応接が空いてたと思うよ。行こうか」

古谷は、渡瀬の真剣な顔を全く気にしない様子で、歩き出した。渡瀬はその後に従う。

総務部長室の隣の応接室に入った。

古谷はソファに身体を投げ出すように座った。笑顔を浮かべている割には、疲れているようだ。

「話って？」

「党論研究会と頭取との食事ってのは、いったいどういうことですか」

渡瀬は、単刀直入に訊いた。古谷の反応を見るためだ。もし後ろ暗いところがあれば、動揺が顔に出るはずだ。

「なに、それ」

古谷は、さも関心がない様子で訊き返した。動揺も、戸惑いもない。少なくとも渡瀬にはそう見えた。しかし総会屋対策をしている総務グループの次長の立場で、「日本最大の総会屋グループと頭取とが食事をする」という話をつきつけられて、全く反応がないことも不思議だった。

「なに、それ、はないでしょう。総務部がセットして頭取が党論研究会と三十一階で食事会を予定しているそうじゃないですか」

「そんなばかなこと誰から聞いた？」

「頭取ご自身の口からです」

渡瀬は、腰を浮かし、古谷の方に身体《からだ》ごと迫る。

「勘違いしてんじゃないのか」

古谷は、普通に答える。嘘をつける男じゃない。渡瀬は古谷のことを、そう思っている。表情がもう一つ読めない。

「しかし、頭取がはっきりとおっしゃいました」

「あり得ないね」

「じゃあ、頭取はなぜ、あんなことを」

「知らないな。少なくとも俺はそんなことは知らない」

「嘘ではありませんね」

「嘘をつくと思うか」

古谷は、黒縁眼鏡の奥から強い視線を発した。

「部長席がセットしているという可能性はありませんか」

「ない」

古谷は断言した。

総務部長の川田大や副部長の松沢壮太郎とも渡瀬は親しい。二人の顔を思い出す。とても総会屋グループと頭取との食事会をセットするとは思えない。

「信じていいですね」

「信じていい。党論研究会は日本最大の総会屋だ。彼らと夕食会を開いている企業の名は聞いたことがあるが……」

どこかの写真週刊誌に、党論研究会と大手航空会社の幹部が宴会をしている写真が掲載されたことがあったのを渡瀬は思い出した。

「帝都航空ですね」

「そうだ、そうだ、よく知っているな」

古谷は驚きの顔をした。

「そりゃ、覚えていますよ。今ごろ、まだこんなことをしている会社があるのかと呆《あき》れましたから」

渡瀬は言った。

「党論研究会をみくびっちゃいけないが、うちは食事会などやっていない。安心しろ」

古谷は強く言った。

「わかりました。でも頭取がおっしゃったことは事実です。それを考えると疑問ありと言わざるを得ませんが、あるにしてもないにしても今後はこういう話が頭取の口から出ないようにしてください」

渡瀬は真剣な顔で言った。

「わかった」

古谷は答えた。

これ以上、この問題を深く追及しても始まらない。古谷がないと言えば、ないのだ。年次が上の次長を嘘つき呼ばわりするわけにもいかない。疑問は残る。しかし後は頭取の問題だ。頭取からは別の機会を見つけて、もう一度きっちりと話を訊く必要があるだろう。

「もし、嘘だったら、許しません」

「心配するな」

古谷は、声に出して笑った。その声に濁りは感じられなかった。

4

——7月15日(月)15時30分　大洋産業銀行広報部——


目蒲は、塚田の淹れたコーヒーを呑んだ。

「総会屋に融資したことは認めますね」

目蒲の視線が厳しい。

「調べてみないとなんとも言いようがないですね」

「おかしいですね。認めてくださいよ。担保を取っているじゃないですか」

目蒲の声が高くなった。

「担保を取っても融資したとは限らない」

渡瀬の目が揺れた。

目蒲は、目を細め、渡瀬から顔を背けた。見下した様子だ。

「バカな……。担保には貸出債権に対して、と記載してあるじゃないですか」

「だから調べてみないとわからないと言っているのです」

テーブルの下の手を強く握る。

「この富士倉雄一というのを知っていますか」

「知らないですね」

「そうですか？　知りませんか」

目蒲は、口角を引き上げるような笑みを浮かべた。渡瀬は握り締めた手に汗が滲むのを感じた。

「ところで総務部が融資の窓口になることはあるのですか？」

目蒲は質問の矛先を変えた。

「どういうことですか？」

「総務部が融資の窓口をするのか、と訊いているのです」

渡瀬は答えに窮した。総務が融資の窓口になることはない。目蒲の質問は、この融資が総務部を窓口にしていることを確認しているのだ。

「だんまりですか」

目蒲は薄く笑った。

渡瀬は目蒲の暗い顔を見つめていた。

「コメントを頂けますか」

「コメント?」

「ええ、コメントです。例えばなぜ融資したのか、とかです」

「だから調べてからと言っているじゃないですか」

「今日中に貰《もら》えませんか」

「わかりません。今日中に調べられるかどうか……」

「記事にしますよ」

目蒲はコーヒーのカップを覗きこんだ。呑み干してしまったようだ。

「こんな牘本だけで記事にするのですか。もし仮に融資していたとしても、七年も前に完済しているから、問題ないでしょう」

口の中が渇く。総会屋へ融資という記事が目に浮かぶ。自分の顔が、強ばっていくのがわかる。

「ええ、問題ないから記事にします。コメントとしたら、返済しているから問題ない、とでもしておきましょうか」

「待ってください。そんなコメントはしていない」

渡瀬は目蒲を厳しく見つめた。

「事実は認めるわけですよね」

「ノーコメントにしておいてください」

渡瀬は、声を絞りだした。

目蒲は、薄目で渡瀬を捉え、唇を引いた。渡瀬には、彼が笑みを浮かべているようにも見えた。

「たいした記事じゃありませんよ。では失礼します。また電話するかもしれません」

「この謄本のコピーは頂けますか」

渡瀬は訊いた。

「いいですよ」

目蒲はあっさりと言った。

渡瀬は、謄本のコピーを背広の内ポケットにしまった。

「それじゃあ、また」

目蒲は部屋を出て行った。

ほう、と渡瀬は大きく息を吐いた。

いったいどうしたというのだ。総会屋に対する過去の融資などが、今ごろなぜ出てくるんだ。昔は、総会屋との付き合いがあった、それだけのことだ。無理にもそう思うようにした。だが、重苦しく憂鬱《ゆううつ》な思いが、頭の中に広がってくるのを止められない。

関谷の顔が浮かんだ。『頭取は大変だ。党論研究会とも食事をしなくてはならない』という彼のボヤキが耳の奥に響いた。喉《のど》の渇きがひどくなった。目の前にあるコーヒーを手に取った。半分ほど残っている。一息に呑む。すっかり冷めていた。苦さばかりが、強く舌を刺激した。

「どうでした」

倉品が、部屋に入ってきた。

渡瀬は、倉品のつるりとした顔をじっと見つめた。

「次長、暗いですよ」

倉品が冗談っぽく言いながら、渡瀬の側《そば》に座った。

「これを見てみろよ」

渡瀬は内ポケットから謄本のコピーを取り出し、テーブルに投げた。倉品は興味深げに、テーブルからコピーを手に取った。

「謄本ですか、これ？」

「どう思う？」

「どう思うって……、差し押さえを受けたような物件に二億も担保をつけているんですね。この富士倉というのは何者ですか？」

「北洋新聞によると、総会屋だと言うんだ」

「総会屋ですか」

倉品が、もう一度コピーを見ている。

「どうして北洋新聞が、こんなものを記事にしたがるのかよくわからないが、この㈱富士倉というのを調べられるか」

渡瀬は倉品に訊いた。

倉品の顔に血が通った。目に力が入った。

「ちょっとやってみます」

倉品は、謄本のコピーをくるくると筒のように丸めると、それで頭を一回叩《たた》いた。

「ちょっと、惹《ひ》かれますね」

「あまり面白がるなよ」
渡瀬は、難しい顔になって、倉品に注意した。

5

――7月15日(月)19時10分　六本木ステーキハウス「角《ホーン》」――

渡瀬の前には、厚い肉が、うまそうな音をたてて焼き上がった。シェフはナイフを器用につかって肉を切る。脂身を取り除く。肉はまるで豆腐のように、抵抗なく、切り分けられていく。

あの脂身はどうなるのだろう。くだらないことを考える。

シェフに切り分けられた、サイコロ状になった肉が目の前の皿に盛られる。思わず生唾《なまつば》を呑み込む。これを醤油《しょうゆ》ベースの特製たれや塩など幾つかの味をつけて食べる。

先ほどの脂身をシェフが、炒《いた》め始める。脂が滲み出し、黒く焦げ目をつけながら、脂身が縮む。

シェフが渡瀬の顔を見る。この脂を落とした脂身をどうしますか、と訊いているのだ。渡瀬は勿論、食べたいと目で意思表示する。シェフは微笑し、肉の脇《わき》に盛りつける。

話し声が聞こえる。正面には、相談役の本間和徳がいる。その左右隣には、企画部副部長都築《つづき》伸行、人事部副部長多田野弘。

本間は産業銀行出身。会長を務め、二期四年で会長の座を大洋銀行出身の川本矢一に譲り、相談役となった。かつて人事部長を務めたことがあり、その当時の部下である都築と多田野を誘って、六本木にあるステーキハウスで食事をすることになった。渡瀬は、直接的には本間を知らないが、広報の前に人事部にいて、都築たちと一緒に仕事をした関係から、誘われた。

三人が昔話に声を弾ませているのを聞きながら、渡瀬はひたすら肉を食べていた。

ウエイターが近づいて来た。

「渡瀬さま、お電話が入っています」

渡瀬は、慌ててナプキンを膝《ひざ》から離し、テーブルにたたんで置いた。

「はい、はい」

渡瀬は口に肉を含んだまま、立ち上がった。

「こちらへどうぞ」

ウエイターは渡瀬の前を歩き始めた。

渡瀬は、

「ちょっとすみません」

と言って、席を立った。

三人は渡瀬を気にしないで話を続けている。

ステーキハウスの場所はスケジュール表に記載してある。きっと倉品からに違いない。渡瀬は、小走りに階下に降りた。電話は一階にあったのだ。

「もしもし」

「次長ですか」

「ああ」

「今、どこですか。話せます？」

倉品の声が沈んでいる。おかしい。むずむずと悪い予感が背中を這《は》い上がる。

「本間相談役に六本木でステーキを喰わせてもらっている。羨《うらや》ましいだろう」

渡瀬は倉品の暗い声を撥《は》ね返すつもりで言った。

「いいですね。でもこの話を聞いたら、とてもステーキ喰えませんよ」

「どうした。怖いことを言うなよ」

「富士倉佳明四十六億円、㈱富士倉ビル二十九億円、合計七十五億円」

感情を交えない淡々とした調子で数字が渡瀬の耳に入った。

「いったい……」

言葉がとぎれ、唇が震える。言葉につまっている自分が、どれほどバカな顔をしているだろうと想像してみる。

「審査部で女の子を使ってこっそり調べました。㈱富士倉は、今は㈱富士倉ビルとなっています。㈱富士倉宛《あ》てに二十九億円、それに代表者の富士倉佳明宛てに四十六億円、富士倉雄一には融資はありません、というか見つかりません」

「その数字、冗談じゃないな」

渡瀬は受話器をどこかにぶつけたいような気分だった。膝が微妙に震える。興奮しているのか、口が渇く。

「冗談でこんな数字を言いますか」

倉品が怒った。

「担保は解除されていたじゃないか」

「はい。六本木駅前にはもう取引はありません。今は営業部に移っています。営業九部です」

「営業九部？」

渡瀬は言葉を失った。しばらく沈黙した。目蒲の暗い顔が浮かぶ。総会屋関連に七十五億円!? コメントは？　目蒲が薄笑いを浮かべている。信じられない。あり得ない。もしこんな融資が外部に洩《も》れたら、想像を絶する事態になるだろう。総会屋という反社会的な存在に巨額融資発覚!!　新聞の見出しが躍る。銀行そのものの存在を脅かすに違いない。

「次長、次長、どうしました」

倉品が、渡瀬の反応を促す。

渡瀬が呟《つぶや》いた。

「ごくろうさん。どうするかは明日だな。うちの銀行、潰《つぶ》れるな……これで」

「えっ、なんて言われました」

「気にするな、独り言だ」

「この数字、あり得ないですよ」

「わかっている」

渡瀬は受話器を置いて、席に戻った。倉品が報告してくれた数字が頭を駆け巡る。『ステーキ喰えませんよ』。倉品の言葉が蘇《よみがえ》る。箸《はし》を持つ。ステーキを摘《つま》む。塩をつけて、口に運ぶ。倉品の言う通りだ。味がない。

「渡瀬さんは、何年入行ですか」

本間が質問をしている。答えなくてはと思うのだが、反応が鈍くなっている。

「おい、渡瀬、相談役が質問されているぞ」

都築は、渡瀬がビールに酔ってしまったとでも思っているのだろう。

渡瀬は焦って、顔を上げた。

「なに、ぼんやり、してるんだ」

多田野が煙草《タバコ》を斜めに咥《くわ》えて、笑っている。

「何年、入行なのですか、とお訊きしましたが……」

本間が笑みを浮かべている。

「昭和五十二年です」

渡瀬は慌てて答えた。

「こいつとは、新橋通り支店、人事部と二回一緒に仕事をしたのですが、私に向かって仕事を教えてやると言ったことがあるのですよ。なあ、渡瀬」

都築が、笑いながら言った。

「そんなこと……」

渡瀬も引きつったような笑みを浮かべた。

「頼もしいですね」

本間が微笑みながら、ワインを口にした。

またウエイターが来た。

「渡瀬さま、お電話が……」

「はい」

倉品か？　また新しい情報があったのか。

本間がウエイターを見つめた。都築が、気分を害したのか、顔を顰めて、

「また電話か？」

と、刺《とげ》のある響きで言った。

「すみません。因果な商売でして……」

渡瀬は、頭を下げた。階下に急ぐ。受話器がある。こんどはどんな驚くべき情報なのだろう。

「もしもし」

「ああ、渡瀬さん、お楽しみのところ、すみません」

身体が支えられなくて、その場に倒れそうになる。耳の底にへばりついた、聞きたくない声。目蒲だ。あらためて電話をすると言っていたが、このタイミングでかけてくるのか。呪《のろ》い殺したい。

「目蒲さん……。ここがよくわかりましたね」

「お宅の広報はしっかりしていますよ。ちゃんと渡瀬さんのスケジュールを把握しています」

「それはどうも……」

「ところで、どうですか」

目蒲が静かな口調で訊いて来る。薄目を開けた、暗い顔が眼の前にある。受話器を持つ手に汗が滲む。

「どうですかって？」

惚《とぼ》けてみせる。

「例の膽本についてなにかわかりましたかってことですよ」

四十六億、二十九億……。倉品が伝えてくれた数字だ。これはいったいどういうことだ。あの膽本は既に担保が解除されていたというのに、実際はとてつもない融資が残っている。それも営業九部に……。口の中がいがらっぽくなる。

「それが……」

「わかりませんか」

「ええ、申し訳ありません。何分、古い話ですからね」

「そうですか」

「書きますか?」

「ええ、小さくですけどね。事実だけです」

「事実だけ……」

「コメントは頂けますか」

「コメント、ですか」

「ええ」

「完済しているから、問題はないとでもしておいてください」

渡瀬は思い切って言った。動揺していると思われたくなかったからだ。額に手を当てる。じっとりと嫌な汗が滲んでいる。

「相手は総会屋ですよ。言い切っちゃって大丈夫ですか」

「でも直接本人じゃないですから、弟でしょ」

「でも実態は一緒ですよ」

「でも弟へ融資したわけですから、問題はない、と思いますが……」

自分の声は自信があるように伝わっているだろうか。渡瀬は不安になった。とにかくこの場を凌《しの》がねばならない。その思いだけで一杯だった。

「わかりました。そういうことで理解しておきます」

「そういうことと言いますと」

「問題はないということですよ。完済しているわけですからね」

目蒲は受話器を置いた。渡瀬は、その場に立ち尽くした。ほう、と大きくため息を吐《つ》く。

完済しているから問題はない。そのはずだった。

しかし実際は四十六億、二十九億もの金額が残っている。もしこれが発覚すると、どういう言い訳をするのだ。

この融資が発覚すれば、大洋産業銀行は、総会屋という反社会的勢力と巨額の取引をしているとして、世間の大きな糾弾を受けることは間違いない。連日マスコミに追及され、銀行の信用は完全に失墜する。責任をとってトップの辞任は避けられない。銀行が潰れる……。真面目《まじめ》にその可能性がある。渡瀬は恐怖心で身体が冷えていくのがわかった。

しかし誰がなんの目的でこんな巨額の融資をしているのだ。関谷頭取の顔が浮かぶ。あの危機感のない顔が、問題の深刻さを表しているのかもしれない。

どう動けばいいのだ。

渡瀬は心臓を抉《えぐ》られるような苦しさを覚えた。重い足を引きずるように、席に戻る。近づくにつれ、本間たちの笑い声が耳に入る。暗い顔を見せてはいけない。問題があるかのように思われてしまう。

「よく電話がかかるな」

都築が、嫌な顔を見せる。本間相談役とのせっかくの食事を渡瀬への電話で邪魔されたことが不愉快なのだ。

「申し訳ありません」

渡瀬は頭を下げる。

「問題でも起きているのか」

「いいえ、下らない取材ですよ」

今、渡瀬の頭の中にある問題をそのままここで三人の前に投げ出してしまえば楽になるだろう。しかしそれは出来ない。真相がわからないからだ。それに彼らがどの程度の深刻さで受け止めてくれるかわからない。関谷でさえ問題認識がなかった。ということは本間を始め、経営の中枢にあっても、総会屋融資など、「そんなもの、どうした」程度かもしれないのだ。それに多くの人に話すことで外部に漏洩《ろうえい》していくことになるのを防がねばならない。

もう少し真相がわかるまで、渡瀬はこの問題を自分だけの中にしまっておくことにした。

「それならいいけれど。せっかくの肉がすっかり冷めてしまったじゃないか」

都築の言う通りだった。目の前の皿に盛られたステーキは、温かい湯気をなくし、寒々としていた。

6

――7月16日(火)12時15分　大洋産業銀行29階大会議室――

午前九時から続いていた企画部主催の会議がやっと終わった。早朝の八時から始まって、いつの間にか十二時を回ってしまった。上期の経営計画の進捗状況を各部が発表するのだが、時間ばかりがかかって、内容はない。渡瀬は苛々《いらいら》していた。早く倉品の報告を聞きたかった。

企画部の会議室から、逃げ出すように走ってきた。企画部と広報部は同じ二十八階のフロアーに隣接していた。

「倉品!」

部に着くなり、渡瀬は倉品を呼んだ。倉品が顔を上げ、立ち上がった。顎《あご》で応接室を示した。

渡瀬は、応接室に入ると、ドアを閉めた。倉品が、テーブルにコンピュータのアウトプットデータを広げた。

「これは……」

渡瀬は、絶句した。

「こっそり調べました。部外者は端末を触ったり出来ないんですが、審査の女の子に頼んで調べてもらいました」

倉品はデータを指差しながら言った。

「倉品は女性に人気があるからな」

「冗談を言わないでください。最初、㈱富士倉ではデータがありませんでした。六本木駅前支店にも口座はありません。そこまではほっとしたのですが、似たような口座名が出て来ました。㈱富士倉ビルです。これは六本木駅前に口座がありました。残高はたいして入っていません。融資はありませんでした。それでほっとしていたら……」

倉品が臨場感を持って話す。

「審査の女の子が、ちょっと待ってと言うのですよ。ドキリとしました」

倉品が、渡瀬を見つめた。

「それで」

渡瀬は、逸《はや》る気持ちで話を促す。

「出て来ましたよ。㈱富士倉ビルで二十九億、富士倉佳明で四十六億。もうびっくりしました。これらはみんな営業九部に口座がありました」

「倉品……」

渡瀬は、謄本コピーとコンピュータ・データを見比べ、

「六本木駅前で担保解除したのは平成元年の三月三日。㈱富士倉ビルへの融資は、同じ元年の二月八日だ。これはどういうことだ」

倉品の目を見る。

倉品が渡瀬を見返す。

「営業九部の融資で、六本木駅前を返済して、取引を移したようにも見えますね」

「そうかもしれないなあ。データによると富士倉佳明が昭和六十年から営業九部で取引があるから、同じ部署に取引をまとめたということか」

「前は㈱富士倉、今は㈱富士倉ビルですから、社名変更とか、借入れ主体を平成元年に切り替えたのかもしれませんね。切り替えてからは営業九部で融資したのでしょうか」

倉品が、自分の考えを言った。

コンピュータ・データは、融資の明細が細かく表示してあるわけではない。わかるのは取引開始日と金額だけだ。

「明細はわからないな」

「ちゃんと正式に調べてもらえば、その属性とかを含めてわかるとは思いますが、とりあえず次長に報告しようと思いました。数字を見て驚いたものですから」

倉品は言った。言い訳めいた言い方だった。

しかし総会屋関連融資でこの数字を見せられたら、倉品でなくとも誰だって肝を潰すだろう。倉品が次の調査手段を思いつかなかったのは、当然だ。渡瀬は、「自分も今、どうしていいかわからないのだ」と倉品に、声に出して言いたかった。

「延滞はしているのか?」

渡瀬は訊いた。

「このデータだけではわかりません」

「延滞していないことを祈るだけだな」

「でも、次長、これは総会屋本人じゃなくて、その弟であり、弟の会社でしょ。問題ないですよね」

倉品が言った。渡瀬が問題ないと言い切ってくれるのを期待している顔だ。視線が定まっていない。質問に不安があるのだ。

「本当にそう思うか」

渡瀬の視線が倉品を鋭く射抜いた。

倉品は、俯《うつむ》き、黙った。彼は勘のいい男だ。わかっているのだ。実質的には㈱富士倉ビルも富士倉佳明も富士倉雄一も全て同一だということを。

目蒲によると富士倉雄一が総会屋だ。この男に対してだけは融資がない。それがかえって不思議な気がする。富士倉雄一をわざと隠し、敢《あ》えて直接融資をするのを避けているようにも見える。善意に解釈すれば、㈱富士倉ビルや富士倉佳明という客が営業九部に相応《ふさわ》しい客だということだ。

しかし渡瀬には、この㈱富士倉ビルや富士倉佳明が営業九部に相応しい客だとは到底思えなかった。営業九部といえば、旧大洋銀行取引先を中心とした上場企業相手がほとんどだった。ゼネコンや大手コンピュータ製造企業が取引先に名を連ねていた。

それに目蒲が言っていた、総務部が融資の窓口をするのか、という質問が気にかかる。

「次長」

塚田が応接室に入ってきた。

「どうした」

渡瀬が訊いた。

「読東新聞の尾納悠司《おのうゆうじ》という記者さんが、来られました」

「尾納記者？　通して」

あわててテーブルの上のコピーを倉品が片付けた。

尾納は社会部の記者だが、経済部に派遣されていた。読東新聞では、優秀な記者を育てるために他の部に一年間ほど派遣するのだ。社会部記者というとアクが強く、強面の印象があるが、彼は反対に優しい印象の記者だった。

「どうもお忙しいところ、すみません」

尾納は、心底申し訳ないという顔をした。

「倉品さんもご一緒ですか。よかった」

尾納は倉品に言った。

「どうもご無沙汰です」

倉品が言った。

倉品が尾納と会うのは、彼が日銀記者クラブに赴任してきた際に橋沼などと一緒に居酒屋で呑んで以来だった。

渡瀬は、尾納の側に二人の記者がいるのに気づいた。

「そちらは」

「この二人を渡瀬さんにご紹介しようと連れてきたのです」

尾納は言った。

二人の記者が頭を下げた。

「こちらが木口正隆《きぐちまさたか》、私と同じ社会部からこんど日銀記者クラブに来ました。こちらが細谷康三《ほそやこうぞう》、彼は社会部にいます」

尾納がそれぞれを紹介する。

木口は細身ですらりとした体軀《たいく》。眠ったような顔つき。細谷は小柄だが、目鼻立ちがくっきりしており、俊敏そうだ。

「みなさん、社会部ですね」

倉品が訊いた。

「二人とも私の部下です。社会部ですと銀行の方にお会いすることがありませんので、ぜひこちらにご紹介しておこうと思いました」

「どうぞ、どうぞ」

渡瀬は三人に座るように勧めた。

銀行の広報は、経済部の記者と会うのが普通で、社会部とは接点がなかった。社会部記者というのは不祥事などが起きた時に、強引、かつ無慈悲に取材に来て、企業や銀行を厳しく糾弾するというイメージだ。だから企業や銀行広報からは距離を置かれていた。

しかし目の前にいる尾納たちは、経済部の記者よりも穏やかな常識人という印象だった。言葉遣いなども丁寧だった。

そうはいうものの渡瀬は警戒心を完全にとき放ちはしなかった。なぜなら「富士倉」の問題があるからだ。「富士倉」の問題を倉品と協議しているところに尾納たちは来た。このタイミングが渡瀬の胸をざわつかせていた。

彼らは、一般的な金融、経済情勢についてたわいもない話をした。尾納が終始喋《しゃべ》り、木口も細谷も黙っていた。

「これからもよろしくお願いします」

尾納が深く頭を下げた。木口と細谷もそれに続いた。

「こちらこそ」

渡瀬が低頭した。

渡瀬の頭に三人の、一見したところ優しげな笑みがこびりつく感じがした。

隣にいる倉品が硬い表情で三人を見送った。


数日後、北洋新聞が小さな記事コピーを送ってきた。記事の日付けは、取材日翌日の七月十六日だった。

『大洋産業銀行が総会屋関連企業に融資していた事実が判明した。融資は総会屋の親族が経営する不動産管理会社に対して、昭和六十二年頃実行され、平成元年には完済されている。銀行側は「詳細はコメントできない」としている』

第二章　疑惑

1

――1996年7月16日(火)7時20分　読東新聞東京本社社会部――

「デスクが呼んでるぞ」

尾納が木口と細谷に声をかけた。

「忙しいのになあ」

木口がパソコンの画面から顔を離した。記事入力を中断されて機嫌を悪くしたようだ。昨夜から徹夜しているがなかなか上手《うま》く記事がまとまらないのだ。細谷は、事前に尾納から次長との協議があることを知らされてでもいたかのように、すっくと立ち上がった。

読東新聞東京本社社会部。この時間に出社している記者は少ない。多くの記者は取材に出たまま、都内のどこかで朝を迎えているはずだ。おかげで雑然とした景色の割には静かだった。尾納を先頭に、細く入り組んだ通路を急ぎ足に歩く。記者机の間に出来た獣道みたいなものだ。その先に会議室とは名ばかりの作業部屋がある。自動販売機が小うるさい機械音を立てている。机の上には、各社の新聞記事が、崩れ落ちそうに山積みになり、その側には週刊誌が放置されている。中には、誰が買ってきたのかどぎついヌード写真が開いたままになっているマンガ雑誌も幾つか見える。

ゴミ箱の中から煙が上がっている。その側に三頭身に見えるほど、頭の大きな太った男がいた。豊富な髪の毛が鳥の巣のようにうず巻いている。社会部デスクの高柳大輔だ。

「集まりました」

尾納が言った。

「煙、煙」

木口が慌てて、叫んだ。高柳がゆっくりとその猪首《いくび》を回した。「おお」と言ったかと思うと表情も変えずに、目の前にあった缶コーヒーをゴミ箱に流し込んだ。火が消える音が小さく響いた。

「読東新聞を燃やすつもりですか」

細谷が苦く笑った。

「そんな大それたことを考えてはいないが、それもいい考えだな」

高柳が厚い唇を歪めた。

「煙草を吸っても、灰皿に吸い殻を捨ててくださいね」

尾納がたしなめるように言った。

高柳を囲むように、尾納たちが席に着いた。

「どうだ。東西証券の方は進んでいるか」

高柳がその大きな目を見開いて言った。

「他社を出し抜いてというほどではありませんが、かなり情報は入ってきました。富士倉雄一に相当喰われていることは確かです。社長の窪田が相談役の大樋口、小樋口の復帰を目論《もくろ》んだのがケチのつき始めです」

尾納が答えた。尾納はその穏やかな表情のまま、いつでも冷静さを保っている。

読東社会部が追っているネタは、証券界のガリバーといわれる東西証券に係わるスキャンダルだ。東西証券が総会屋に不正な利益提供、損失補塡《ほてん》をしているという内部告発があったのだ。内部告発は、警視庁や証券取引等監視委員会（ＳＥＳＣ）、検察へと複数に行われた。そこで高柳をヘッドにしてこの問題を探ることになった。

内部告発によると、東西証券は一任勘定取引や利益の付け替えで客に損失補塡しているという。一任勘定取引というのは株の銘柄や数量、価格などの売買の判断を証券会社が客から任されるというもので、証券取引法で禁止になっていた。また利益の付け替えも、損をした客に帳簿を改竄《かいざん》するなどして利益を付け替えるもので禁止行為だった。

内部告発情報を耳にして、すぐさま尾納たちは色めきたった。そもそも信じられなかったからだ。東西証券はバブルが崩壊した平成三年（一九九一）に、営業特金と呼ばれる、証券会社が客から集めた資金を自ら運用する財テク商品に損失が発生した際、多くの大企業に対して損失を補塡し、国会で問題になるなど大きな批判を招いた。その結果は大樋口と呼ばれる樋口護会長や小樋口と呼ばれる樋口清治社長が退任するという事態まで引き起こしてしまったのだ。

それなのに、なぜ？

尾納たち社会部の記者にとって、東西証券の損失補塡疑惑を聞いた時、当然に起きた疑問だった。

「悪いけど、ちょっと方向を変えてくれないか」

高柳が申し訳なさそうに言った。

「変えるって？」

尾納が訊き返した。

「東西を追うのは、止めだ」

「えっ」

細谷が驚きの声を発した。

「今更……。かなり話してくれる人間も出てきたのですよ」

木口が不満を洩らした。彼らにしてみれば、地道に取材をして、やっと東西証券の内部の人間に接触出来始めていたからだ。

「どういうことですか？」

尾納が努めて冷静に訊いた。

「どういうこともないが、上に大樋口が来た」

高柳がぐりっと目を剝《む》いた。

「上に、大樋口が？」

尾納が、表情を変えた。読東で『上』といえば傲岸不遜《ごうがんふそん》なオーナーの顔が直ぐ浮かぶ。

「うちだけにはやられたくないそうだ」

「そんなの、ありかよ」

木口が、悲鳴に似た声を出した。

「うちがやらなくても朝毎がやりますよ。あそこも相当、進んでいるようです」

尾納が表情を元の穏やかさに戻した。

「わかっている。だが年寄りの頼みだ。東西については他の者にやらせる。社としたら取材は続けるさ。当たり前だ」

「だったらこのままでいいじゃないですか」

木口が唇を尖らせた。

「好きに書かせてもらうには、ちょっと取材のエネルギー配分を東西から大洋産業銀行に移すだけだ」

高柳が煙草に火を点《つ》けた。尾納が近くにあった灰皿を彼の前に置いた。

「大洋産業銀行ですか？　どうしてまた、銀行なんですか？」

細谷が、憂鬱そうに言った。銀行には全くルートがない。どこから始めていいか考えると憂鬱になる。

「これを見てみろ」

高柳は小さな記事のコピーをテーブルに投げた。尾納がそれを手に取った。北洋新聞の数行の小さな記事だ。

「これは？」

尾納が目を輝かせた。

「そうだ。富士倉の記事だ。これが謄本だ」

高柳は手回しよく、記事中にある謄本まで手に入れていた。

細谷がその謄本のページを繰った。繰る度に顔が真剣になった。

「金は大洋産業から？」

細谷が声を発した。

「そうだ。面白いだろう」

高柳が、煙を高く固まりのまま吹き出した。

「SESCが大洋産業を調べているのは知っていましたが、富士倉の金主が大洋産業とはね」

SESC（証券取引等監視委員会）とは証券市場を監視し、不正取引を摘発するために平成四年に大蔵省の付属機関としてスタートした組織だ。

細谷が感に堪えないような声を出した。

「まだ詳しくはわからん。可能性だ。この謄本のままだと、昔、取引していただけかもしれん。しかしこういう奴らとの腐れ縁は一度繋《つな》がると、銀行屋ごとき御殿女中にやすやすと切れるとは思わない。そのまま繋がっていると思うのが自然だ」

高柳の言葉に三人は真剣に頷《うなず》く。木口は方向を変えるのに不満を洩らしたことなどすっかり忘れている。

「もし大洋産業を追い込めれば、証券、金融を跨《また》いだデカイ山になる。ましてや証券はいつでも事件が多いが、相手は信用第一の銀行だ。その銀行が悪い奴に喰い物になっているとしたら、こんなことは今まで表沙汰になったことはない」

高柳は厚い唇を舌で舐《な》めた。

「総会屋は銀行から月給を貰って、証券からボーナスを貰うといわれていますけど、それを実証するわけですね」

尾納の視線が高柳を捉えて離さない。

「そうだ。こっちの山は、まだ他社は狙《ねら》っていない。やるなら今のうちだ。面白い事実が出てくれば、俺の責任でどんどん書かせてやる」

高柳は、三人を睨《にら》んだ。

「やりましょう。大洋産業なら攻め甲斐《がい》がある。なにせデカイ」

木口が晴れやかに笑った。

「富士倉が大洋産業の六本木駅前支店と取引があるのも興味がそそられるところだ」

高柳が、煙草を灰皿に押し付けながら言った。

「それは？」

尾納が訊いた。

「この支店の直ぐ隣に、大東会の事務所ビルがある。ほとんど隣接していると言っていい。この大東会は知っての通り、広域暴力団だ。それに最後の総会屋と呼ばれる日下部隆一たちのバックにもなっている。また今は亡きラッキード事件の大物フィクサーの峰島芳太郎とも相当に関係が深かった。この事務所が直ぐ近くとは驚いた。それで大洋産業との関係を調べてみると、妙なことがわかった。

昭和四十三年（一九六八）頃の話だが……」

高柳は新しい煙草に火を点けると、流れるように話し始めた。

ラッキード事件は、アメリカの航空機メーカー、ラッキードが全航空に自社の航空機を売り込むために賄賂《わいろ》を使ったというもので、時の総理大臣まで巻き込んだ戦後最大の贈収賄事件にまで発展した。昭和五十一年のことだ。そのラッキード社の対日工作を引き受けていたのが、右翼の峰島だった。

三人は、耳をそばだてて聞き入った。

「大手鉄鋼メーカーの阪神製鋼が系列の西宮製鋼を吸収しようとした。それが揉《も》めた。地縁血縁の複雑な問題も絡んだという話だ。その解決に関与したのが峰島だ。その時、大東会が協力した。そこで大東会は那須《なす》の御用邸を見下ろすところに広大な土地を手に入れた。元の持ち主はわからないが、ただ同然で手に入れたのだろう。ところがそれは不敬罪だ、御用邸を見下ろすなど不届きだという声が上がった。確かに一般人の別荘が御用邸を見下ろしては、拙《まず》いと文句を言う奴もいるだろうな。未だに皇居を見下ろすビルが建てられない国だから。そこでその土地は、相当な金額で阪神製鋼が購入した。全て出来レース。それで合法的に金が峰島や大東会に渡った。全て確かめようのない噂《うわさ》だけれどね。その揉め事は、阪神製鋼の主力銀行だった旧大洋銀行にとっても頭の痛い話だった。なにせ当時、五菱銀行などと合併などを検討中だったからな。その阪神製鋼の取引店にいたのが、今の大洋産業の相談役川本矢一だ。またこの揉め事で峰島の使いでひと働きしたのが、大熊《おおくま》公康《きみやす》だ」

「大熊……」

尾納が呟いた。

「大熊を警視庁は総会屋認定していませんが、金儲《もう》けは上手いようです。例の山三証券の役員が自殺した五菱重工ＣＢ（転換社債）事件でも、ちゃっかりと手に入れたという噂がありました」

暴力団などの情報に詳しい、細谷が言った。

五菱重工ＣＢ事件とは、バブル真っ盛りの昭和六十二年に企業の上場に絡んで、当時絶対値上がりするといわれたＣＢを総会屋や暴力団、政治家にばら撒《ま》いたというものだ。当時の山三証券専務が自殺した。

「ああ、思い出しました。出版社の社長だった。今はもう亡くなりましたよね。その大熊がどうかしたのですか？」

尾納が、高柳に話を促した。

「この大熊は富士倉雄一の師匠筋にあたる」

高柳の話に、三人は息を呑んだ。富士倉の名が出て来たからだ。

「ふう」

尾納が深くため息を吐《つ》いた。

「大洋産業銀行の過去に、裏の主要人物が全て登場していますね」

細谷が呟いた。

「なんだか戦後をそのまま引きずって、五十年過ぎて、死んだはずの亡霊が続々と出てきたって感じですね」

木口が言った。

三人の顔は熱っぽくなっていた。彼らの方向は定まった。

2

――7月16日(火)15時20分　大洋産業銀行広報部――


「富士倉佳明が六本木駅前で取引を始めたと思われる昭和六十年からの総務部長、副部長、次長のリスト」

「次に六本木駅前支店の支店長、副支店長、課長リスト」

「営業九部の部長、副部長、次長、担当者リスト」

倉品は、顔色一つ変えずに、手際よくリストを渡瀬の前に広げた。

「営業九部も六本木駅前も六十年からのリストを作ってくれたのか。大変だったな」

渡瀬が言った。

倉品はリストから目を離し、

「ええ、六本木駅前で担保設定したのは六十二年ですが、営業九部は六十年から取引がありますので、一応調べてみました」

と抑揚なく言った。

渡瀬はデータを見て全身の力ががっくりと抜ける思いがした。

北洋新聞の目蒲に担保設定のことを教えられ、調べると七十五億円もの融資が残っており、そのルーツは昭和六十年まで遡ってしまった。十年以上の間、連綿と取引を続けていたのだ。

渡瀬はリストの名前を指差した。それは関谷の名前だった。

「頭取も名前がありますね」

倉品が、あまり驚きもせずに言った。

「頭取は富士倉のことをご存知なのだろうか」

「さあ、ご存知か、ご存知でないかはわかりませんね。富士倉を担当されたかどうかは調べていませんから」

「そうだな」

倉品の言う通りだった。このリストにある名前の人たちが全て富士倉佳明、そしてその背後の総会屋富士倉雄一を知っているとは限らない。ましてや大洋産業銀行は合併銀行だ。そのため永い間、部長と副部長のポストは交替でつくことにルール化されていた。例えば大洋出身者が部長であれば、産業出身者が副部長というように。だから富士倉雄一が、もし仮にどちらか一方と深い関係にあれば、もう一方の系列出身者は、全く彼のことを知らない可能性はある。

しかし……。

「すごい人たちばかりだな」

渡瀬は、リストを眺めながらため息に似た呟きを洩らした。リストにはずらりとよく知っている人たちの名前があった。

「本当ですね。営業九部の部長、副部長だけで十六人。その全ての人が、役員になっておられます」

倉品が、淡々と事実だけを指摘した。

「この問題は、骨が折れるぞ。営業九部、六本木駅前、総務部とリストアップしただけでも、これだけの人数だ。これに審査部、秘書室、役員などを入れると、相当の人が富士倉雄一と関係がある、ないしは富士倉雄一を知っている可能性がある」

「可能性だけですか?」

「そうだ。可能性だけだ。大半の人は関係ないと、私だってそう思いたい」

「でなきゃ、知らないのは」

と倉品は渡瀬の顔をじっと見つめ、

「私たちだけ」

と真剣な顔で言った。

渡瀬は倉品の言葉に、思わず頷いた。

「うちの銀行のエリートは、この富士倉雄一という人間を知っていることが要件になっているように見えるな」

渡瀬が呟いた。

「エリートの条件は、この秘密を守ること、ですか……。まるでフリーメーソンみたいですね」

倉品が苦しそうな笑いを浮かべた。

「銀行内部の秘密結社か……」

「次長、これ、ところでどうします」

倉品が、首を傾げた。

「どうするかって……」

渡瀬は言葉に詰まった。このリストに記載された人たちに、事情聴取してまわるというのか。

「北洋新聞はあれで終わりですか？」

「だといいが。しかしなんのためにあの記事を書いたのだろう。なにかの予兆だと思えなくもない。ただこの富士倉雄一に関連した融資が表沙汰になれば、うちの銀行はその衝撃に耐えられるかどうか、私には自信がない」

渡瀬は視線を落とした。

「隠し通しますか？」

倉品が強い視線で睨む。

「今まで隠すことが出来たのだから、出来なくはない」

「でも私たちが、知ってしまったというのは、もうその秘密が綻《ほころ》び始めているということでしょう」

どうしてこのような人物に対する巨額の融資がまかり通ってしまったのだろうか。普通は誰かが気がついて、回収するか、取り止めるはずだ。それが普通だ。なぜそれをしなかったのだろうか。これに関係した人たちが全員強い意志を持って、秘密を守ろうとした結果だろうか。

そうじゃないだろう。

渡瀬は、党論研究会について語る関谷の悪びれない笑みを思い出した。これに係わった人たちは、富士倉雄一関連に融資をすることに対して、決定的に犯罪性の認識がない。

あるいは……。

犯罪性の認識を敢えて避けてきた。そうに違いない。何年にも亙《わた》って前任者から引き継ぎ、また次に引き継ぐ。これは通常の仕事だ。滞りなく流れてさえいれば、誰もそのおかしさに気づかない。富士倉雄一？　それは誰？　ああ、あの案件ね。前任から引き継いだだけだよ。僕は知らないね。ずっと同じようにやってきただけだよ。仕方がないじゃないか。そりゃ、ちょっとおかしいなと思ったことはあるよ。でも、僕が今更……ひっくり返したら、前任を誹謗《ひぼう》中傷するみたいで、嫌だよ。

渡瀬は耳を押さえた。リストに記載された人たちの言い訳の声が聞こえてきたのだ。

「総務部が融資の窓口をしているのですか、と北洋新聞に訊かれたよ。どう思う？」

渡瀬は倉品に訊いた。

「それは富士倉の融資を総務部が六本木駅前や営業九部に仲介というか、間に入っているということでしょう」

倉品が言った。

「おいおい、あっさり言うなよ。俺は、その質問、北洋新聞に答えられなかったんだから」

渡瀬は苦々しく言った。

「次長、そんなの総務部じゃなくても普通じゃないですか。企画は大蔵官僚の融資依頼を口利きしていますし、役員なんてコネ融資というか、口利きだらけでしょう。役所に関係している部は、みんなぶつぶつ言いながらも支店や営業部に官僚の依頼を繋いでいますよ。それからすると総会屋の依頼を、総務部が仲介していてもおかしくはない」

倉品は、さも当然のように断言した。

通常、銀行の融資というのは支店などの営業窓口に申し込みがあって、審査され、実行されるものだが、倉品の言う通り、官僚などの依頼は担当している部が支店長や営業部長に直接依頼することも多かった。それは、断りきれないという事情があるからだった。

「私は、直接、総務部長にあたってみる。倉品はどうして北洋新聞が富士倉に注目しているのか調べてくれ。読東新聞の尾納さんが挨拶に来たのも、なにか気に掛かるしね」

倉品は落ち着いた様子で、

「わかりました」

倉品の冷静な態度が心強い。

3

——7月16日(火)16時15分　大洋産業銀行総務部——


総務部に急ぐ。渡瀬はエレベーターに乗り込む。総務部は十四階だ。広報部は二十八階。エレベーターは下に降りる。

渡瀬は総務部長の川田とは悪い関係ではない。渡瀬がトラブルに関連した広報活動で、よく総務部とコンタクトをとっていたからだ。

エレベーターを降り、総務部に向かう。気が重い。どう質問を切り出せばいいのだろうか。何事にもストレートに向かう渡瀬だが、今回は迷っていた。

「部長はいらっしゃいますか。渡瀬です」

受付で訊ねる。

「ちょっと見てきます」

受付の担当女性が席を外す。

渡瀬は、彼女を待たずに、勝手に部内に入り込んだ。副部長の松沢が、熱心に雑誌を読んでいる。

松沢はつい最近総務部に来た。真面目一筋といったタイプだ。経理や企画畑を着実に歩いてきた。

整った顔立ちだが、冷たい印象ではなく、自然と優しさがにじみ出ている。

部長の川田が産業銀行出身だから、松沢は大洋銀行出身。

松沢が総務部副部長に就任した時のことだ。

「おめでとうございます。これで役員間違いなしですね」

渡瀬が少し冷やかし気味にお祝いを言った。それは総務部で部長級ポストに就いた者、特に大洋銀行出身者は、だいたい例外なく常務取締役まで出世していたからだ。

松沢は、真面目な顔で照れながら、

「いろいろ大変だよ」

と嬉《うれ》しさ半ばといった顔をした。

富士倉雄一の存在を知って、渡瀬は、彼の言葉に深い意味があったのではないかと、あらためて思った。

「松沢副部長、どんな雑誌を熱心に読んでいるのですか」

渡瀬が訊いた。

「おお、渡瀬次長、驚かさないでくださいよ」

松沢は、笑みを浮かべながら、読んでいた雑誌の表紙を渡瀬に見せた。

女性がヌード姿で艶然《えんぜん》と微笑みかけている写真だ。雑誌はヤクザ関連記事で有名な週刊誌。

「そんなもの仕事中に読んでいるのですか。セクハラになりますよ」

「バカ言わないでくださいよ。次長だって読んでいるでしょう」

渡瀬は広報という立場から、たいていの週刊誌には目を通す。そのことを言っているのだ。

「それはそうですけど」

「こっちも仕事なんですよ」

松沢は微笑した。

「部長は？」

渡瀬は訊いた。

受付の担当女性が近づいて来た。少し険しい顔をしている。

「ダメですよ。受付で待っていてください」

「ごめん、ごめん」

渡瀬は頭を掻いた。

「勝手知ったるなんとか、かな。そのうちに僕の後任に来てください」

松沢が笑って言った。

「勘弁してくださいよ」

渡瀬は苦笑いを浮かべた。

松沢の笑みを見ていると、富士倉の融資のことを彼は知らないのだろうかと思ってしまう。知っていたら、この屈託のない笑顔を浮かべることは出来ないだろう。

「部長室にどうぞ」

担当女性が言った。

運良く川田は在席していたようだ。渡瀬は顔を引き締めて、部長室に入った。

「急用なの？」

川田は、渡瀬にソファに座るように勧めながら、訊いた。

川田は総務畑が長い。先ほど倉品が作ったリストの中でも次長、副部長、部長と経験しているのは彼だけだ。産業銀行出身で、いつも微笑を湛《たた》え、決して怒ったり、感情の激しさを見せたりしない。部下からも信頼の厚い、冷静な実務官僚だ。

「すみません、忙しいのに」

「いいよいいよ。コーヒーにするかい、お茶がいいかい」

「コーヒーをお願いします」

川田は立ち上がって、受話器を取った。

「コーヒー、二つ、総務部長室へ」

喫茶室のコーヒーを注文してくれたのだ。

「悪いですね。喫茶室のコーヒーなんかとってもらって」

「いいよ。わざわざ広報の次長が訪ねてきてくれたのだから。ところでなにか特別なこと？」

川田が訊いた。

渡瀬はどう切り出すべきか、迷った。総務部キャリアの長い川田が富士倉雄一のことを知らないはずがない。当然、融資にも深い係わりがあるはずだ。

渡瀬は川田から視線を外した。

「どうしたの？　ちょっと暗いね」

川田が微笑した。

渡瀬は緊張した顔を川田に向けた。

「訊きたいことがあるのです。いいですか」

「えらく真剣だね。いいよ。なんでも訊いてくれ」

川田は余裕たっぷりに言った。

コーヒーが運ばれてきた。先ほどの受付にいた担当女性がコーヒーを渡瀬の前に置いた。カップがテーブルに当たる硬質の音がする。香ばしい香りが鼻腔《びこう》に到達する。緊張していた気持ちが、一瞬、やわらぐ。

「頂きます」

渡瀬はコーヒーを口に含んだ。川田を見る。川田は目を閉じ、コーヒーを味わっている。なにをしにここへ来ているのだろう。静かな午後だ。渡瀬は、心配するなと川田が強く言ってくれることを期待していた。しかしそうであっても融資の事実は消えない。

「これを見てください」

渡瀬は、北洋新聞のコピーをテーブルに置いた。

川田が、ゆっくりとした動作で、その記事を手に取った。渡瀬は川田の表情を見落とさぬようにとその顔に焦点を当てた。

川田は記事を見ている。無言だ。左手で記事を持ち、右手でコーヒーを持つ。コーヒーを口に運ぶ。

「これは？」

川田が渡瀬の顔を見る。表情は特に変化がない。

「この間、北洋新聞の記者が訪ねてきました。担保設定を示す謄本のコピーを持って来ました……」

「それで、この記事か」

「ええ。そこにある㈱富士倉は富士倉佳明という人物の会社ですが、実態は彼の兄に当たる富士倉雄一という人物の会社のようです。富士倉雄一は総会屋です。総会屋に融資してもいいのか、と記者に責められました」

川田はなにも答えない。じっと記事を見ている。川田の顔から表情が消えた。

「その富士倉佳明や㈱富士倉について調べてみました。富士倉佳明に四十六億。㈱富士倉は今、㈱富士倉ビルに名前を変えています。そこに二十九億。もしこれが全て富士倉雄一に対してのものだとすると、これは異常な融資です」

渡瀬は、一語、一語確かめるように言った。

ふん、と川田はあまり関心がないといった様子で、鼻を鳴らした。

「富士倉雄一という者を部長はご存じですか。この融資は総務部が仲に入ったという話です」

渡瀬は訊いた。

川田は渡瀬の顔を見つめていた。死人のようだ。目に力がない。記事のコピーをテーブルに投げた。

「あまり関心を持たない方がいいな」

川田が低い声で呟くように言った。

「関心を持たない方がいいというのはどういうことですか」

渡瀬は表情を硬くした。

「その言葉通りだ。渡瀬次長には、関係がない。きみのためにもならない。これには関心を持たないことだ」

「それはないですよ。すでに係わりを持ってしまいました。記者の取材を受けたわけですから。本当のことを教えてください」

渡瀬は強い口調で迫った。

「総会屋への融資では、断じてない。その弟であり、弟の会社への融資だ」

川田は、もう引き下がれと言いたげに、顔を背けた。

「そんなことが通りますか。では富士倉佳明はどんな男で、㈱富士倉ビルはどんな会社ですか。資本金は幾らですか。売り上げは幾らですか。利益は出ているのですか。支店や営業部に仲立ちされたわけですから、ご存じのはずでしょう。言ってみてください」

渡瀬は川田に迫った。声が上ずる。訊かねばならない、そんな気持ちだった。

川田は、渡瀬に向き直ると、

「きみに説明する必要はない。またきみが知る必要はない」

と、声を荒らげた。渡瀬は、驚きの顔で川田を見つめた。川田がこんなに激しい口調で話したところを見たことがなかったからだ。

渡瀬は口をつぐんだ。

川田は、背中を丸めるように、渡瀬の方に顔を近づけ、

「怒ってすまなかった。この話は忘れろ。その方がいい。今、私に言えるのはそれだけだ」

と諭すように言った。

川田の視線は渡瀬を捉えているのだが、もっとどこか遠くを見ているようだ。どこか哀《かな》しげだ。

先ほどの激しい口調とうってかわって静かになってしまった。

「今日は帰ります。しかしいつかきちんと教えてください。なにも起こらないことを祈っています」

渡瀬は、席を立った。

「ちょっと」

川田が呼びとめた。

渡瀬が振り向いた。川田の顔に翳《かげ》りがあった。この上なく寂しく、孤独な雰囲気を漂わせていた。

川田は渡瀬を見つめて、

「渡瀬次長に迷惑をかけることがあるかもしれない。その時は、許してほしい」

「わかりました」

渡瀬は答えた。支え切れないほど心が重い。川田とは年次も立場も離れていたが信頼されていると思っていた。それが突き放されたのだ。なんともやりきれない。

渡瀬が振り返ると、川田はもう部長室に消えてしまっていた。

以前、川田は、冗談っぽく、

「広報の次は総務に来てよ」

と渡瀬に言っていた。

渡瀬は苦笑いを浮かべながら、

「人事、広報、総務とやれば、裏道ばかりのような気がしますよ」

と言った。渡瀬は人事も広報もトラブルを扱うから裏道と表現したのだ。

「裏道とはひどいな」

川田は大げさに非難した。しかし顔は怒っていなかった。

川田の憂色を帯びた顔に渡瀬は強い衝撃を受けていた。あの表情はなにを意味しているのだろうか。川田は一人で重い荷物を担ぐつもりなのか。

渡瀬は、夢遊病者のようにエレベーターに乗り込み、二十八階の広報部に戻った。誰かに声をかけられても気づかなかっただろう。それほど一人の男の名前が渡瀬の心を支配していた。『富士倉雄一』。

「次長、電話です」

渡瀬が部室に入ってくるのを見て、塚田が近づいてきた。

「うん」

気のない返事を返す。

「大丈夫ですか。顔色が悪いですよ」

塚田が、心配そうに見つめる。

「いや、大丈夫だ。心配しなくていい。電話は誰から？」

「兜町《かぶとちょう》の川室とおっしゃってます」

「えっ、川室さん」

渡瀬は、その名前に驚いた。めったに自分から電話をかけてくることのない人物だったからだ。川室は「東京経済情報」という情報誌を発行し、マスコミなどに太い人脈を持っている。広報で仕事をするなら知っておいた方がいいと、あるジャーナリストから紹介を受けた。それ以来何度か会い、情報の交換をしていた。

渡瀬は急いで自分の机に戻り、受話器を取り上げた。

「渡瀬です」

「渡瀬さん、ご無沙汰……」

独特の高音の声が耳に響く。渡瀬はその声を聞くと緊張する。それは川室の情報が極めて正確だからだ。彼が指摘したことは必ず事件になり、社会問題化する。今回の突然の電話も事件を指摘されるのではないかという予感がした。勿論、富士倉の件だ。

「どうしました。なにかありましたか」

渡瀬は平静に言葉を選んで訊いた。

「これから事務所に来られるか」

川室が訊いた。落ち着いた口調だ。

「これからですか」

渡瀬は、卓上のスケジュール表を一瞥《いちべつ》した。

「わかりました。お伺いいたします。ところで急な事態でも起きましたか?」

「きみのところ、東西証券に関係して、まずいことになる可能性があるぞ」

「えっ、東西証券ですか」

渡瀬には言われている意味がわからない。ただ額が冷たくなった。血の気が引いたのだ。

「そうだ。富士倉という総会屋に絡んだ話だ」

「富士倉、ですか……」

「知っているのか」

「いえ、まあ……」

「とにかく事務所に来い。現時点で、わかっていることを教えるから」

川室が受話器を置いた。無機質な電子音だけが聞こえる。

渡瀬は、ふうと大きくため息を吐く。川室は確かに富士倉と言った。それに東西証券に関係しているとは、いったいどうしたというのだ。富士倉と東西証券……。

「ちょっと出かける」

渡瀬は塚田に言った。塚田が不安そうな顔をしている。それはそのまま渡瀬の顔なのだろう。このままどこか別の世界に行ってしまいたい。渡瀬は本気でそう思った。

4

――7月16日(火)16時55分　大洋産業銀行総務部――

川田は、ソファに身体を預けて部長室の天井を眺めていた。頭の中にはなにも考えが浮かばない。

手には渡瀬が置いていった記事のコピーがあった。読む気も起きない。気力も萎《な》え身体もだるい。

いったいなんだ。どうして……。

意味もなく憤りが溢《あふ》れ出す。抑えようにも抑えられない。もしここに誰もいなかったら、大声を上げ、テーブルをひっくり返し、壁に大きな穴を開けるほど、拳《こぶし》を打ちつけたことだろう。心臓が興奮しているのがわかる。こめかみが痛いほど血が頭に上ってくる。奥歯を嚙《か》みしめる。目が潤む。

新入行員の頃を思い出す。仕事が覚えられなくて苦労したこと。初めて預金を獲得した客。融資をして感謝してくれた客。初めて支店長と呼ばれた時……。全てがかけがえのないほど懐かしい。そして総務部に発令になった時のこと。重々しい空気の部だった。営業の方がよかったなと正直、そう思った。指示されるままに、引き継ぐままに、多くの人に会った。あいつもその一人だった。スマートで、落ち着いていて、知的な雰囲気さえあった。

なぜ、よりによって俺があいつに出会うことになったのだ。そしてなぜ、俺が部長の時に、なぜなんだ。なぜ俺なんだ。

俺は、ただ引き継いだだけなんだ！

川田の目から涙が落ちる。悲しいわけではない。とにかく悔しい、情けない。腹立たしいのだ。

「部長、お電話です」

松沢が部長室に入ってきた。

「ああ、松沢さん、電話、どこから」

川田は慌ててハンカチを取り出し、涙を拭《ぬぐ》った。松沢は困ったような顔で、視線を泳がせた。

「困るね。少し居眠りをしたみたいだ」

川田は照れ隠しの笑みを浮かべた。

「お疲れですね」

松沢が端正な顔を曇らせた。

「電話だったね。どこから」

「日本橋中央支店の支店長からです」

松沢が暗い顔で言った。

「日本橋中央か……」

「繋ぎますか」

「ああ、部長室へ電話を回してくれ」

「わかりました」

松沢は軽く低頭して、部屋を出ようとした。

「松沢さん、これ」

川田は手に持った記事のコピーを松沢に渡した。コピーに松沢が視線を落とす。たちまちに顔が歪む。大きく鼻で深呼吸した。肩を落とし、眉《まゆ》をひそめた。

「近いな」

「……」

松沢は無言で川田を見つめた。記事コピーを背広のポケットに突っ込んだ。もう一度深く頭を下げて、退室した。

川田は松沢が退室したのを確認して、ゆっくりと受話器を取った。

「部長！」

支店長の焦った声が耳に飛び込む。受話器をどこかへ投げたい気分だ。

「ごくろうさまです」

川田が落ち着いて答える。

「ＳＥＳＣが、太洋ファイナンスの資料を出せって言ってきました」

支店長が息を切らせて話す。

ＳＥＳＣは太洋ファイナンスまで調べにきたのか。太洋ファイナンスは資本関係はないが銀行からの出向者が勤務する親密な取引のノンバンクだ。

太洋ファイナンスには、富士倉に対する融資で協力させた。この会社の資料の提出を求められるということは、富士倉の融資に関する調査が相当に進んでいるということだ。

「そうですか」

「そうですかって、どうするんですか」

ばかやろう、勝手にしろ。叫びたい。怒鳴ってやりたい。どうするかって？　こっちが訊きたいくらいだ。

「部長、部長」

「協力してください」

「メモは、メモはどうします」

総務部と支店とのやり取りを書いたメモが残っているのだ。支店は責任回避のために、総務部ばかりでなく本部からの依頼事項は全て記録に残している。富士倉に関する取引も、総務部が言ったことは全て記録にとっているのだろう。どんな記録がとってあるか、いちいち見たことはない。どうせ自分に都合のいいことしか書いていないはずだ。

「好きにしてください」

「好きにしろ……。なんて言い草ですか」

支店長が怒っている。しかし川田の心に届いて来ない。

「お任せしますよ。また情報ください。それでは……」

「ま、待ってください。任されても……。みんな、みんな出してしまいますよ」

支店長が叫んだ。

川田は受話器を置いた。

「腹を固めねばなるまい。それにしても疲れた……」

川田は呟いた。

5

——7月16日(火)21時55分　某所——

木口は社の車の中でうとうとしていた。睡魔に襲われ、朦朧《もうろう》としていたが、視線の先には一軒の家を捉えていた。

大洋産業銀行相談役川本矢一の自宅だ。大銀行の頭取、会長を務めた人物が住むような家ではない。普通の建売に近い家だ。広さは七十坪ほどか。

木口は、川本の家に関するエピソードを思い出していた。

彼が頭取に就任した際、銀行が警備システムを設置しようとしたことがある。ところが、玄関の柱がシステムの機器の重みに耐えられなかったという。それほど質素な自宅だったのだ。相談役に退き、自宅を建て替えようとしたら、多くの取引先ゼネコンがその噂を聞きつけて、彼に建設を申し出てきた。ところが川本は全ての依頼を断って、郵便受けに入っていたチラシを見て、地元業者に電話を入れ、発注した。

どれもこれも川本の質実な人柄を彷彿《ほうふつ》とさせるものばかりだ。時計を見た。午後十時。

黒の車が川本の自宅に近づいた。川本が帰ってきたようだ。木口は、頬を両手で音が出るほど叩いた。すっきりとした。目が一瞬で冴《さ》えた。ドアを開け、車を出る。ゆっくりと歩き、川本の車に近づく。車は玄関の明かりに照らされている。黒のセンチュリー。

運転手が、警戒気味に車のドアの前に立つ。

「読東新聞です」

木口は声をかける。運転手はドアを開けるべきか迷っているようだ。

ドアが開いた。小柄な男が出てきた。運転手が小声で耳打ちをした。川本は何度か小さく頷いて、顔を木口に向けた。

「すみません。突然」

木口は頭を下げた。

川本は嫌な顔をせず、笑みを浮かべ、

「ごくろうさまです。いかがされましたか」

と静かに訊いた。

「ちょっとお話を……」

木口が申し訳なさそうに言った。

「いつもなら近くでコーヒーでもと思うのですが、この時間では、申し訳ありません」

川本は突然押しかけた木口に謝るという気遣いを見せた。木口は恐縮した。

「ここで結構です」

木口はまた頭を下げた。

「大熊公康をご存じですか」

木口は訊いた。川本の顔の動きを全て見落とさないようにと身構えた。

川本は僅かに戸惑いを見せたが、

「大熊さん、ですか……」

「はい」

川本は木口の視線を避けた。玄関灯が顔を照らす。眼窩《がんか》の窪《くぼ》みが暗い影となって表情が読めない。

「なかなかの人だったですね」

川本は、目を細めた。記憶を辿《たど》っているようにも見えた。

「なにか思い出はございますか」

「思い出ですか……」

川本は小さく微笑した。

木口は緊張し、耳をそばだてた。

突然、セミが闇《やみ》を引き裂く悲鳴のような声を発した。近くの林で新しい命が生まれたのだろう。

木口は声のする方向に目を向けた。視線の先には夏の闇が広がっていた。

第三章　前兆

1

――1996年11月12日(火)8時30分　大洋産業銀行総務部――

渡瀬正彦は、総務部長川田大から突然の呼び出しを受けた。机の電話を取ると、いきなり川田のくぐもった声が耳に飛び込んだ。今すぐ総務部に来いと言うのだ。

川田からの電話は神経に障る。例の富士倉雄一関連の融資が頭にこびりついていたからだ。七月に北洋新聞の目蒲一司が突然訪ねてきた。彼は総会屋富士倉雄一関連の融資について質問した。寝耳に水だった。渡瀬が、部下の倉品実に頼んで調べてみると、㈱富士倉ビルに二十九億円、その代表者で富士倉雄一の弟である富士倉佳明に四十六億円もの巨額融資が見つかったのだ。信じられない数字だった。渡瀬は、身体が震え、その場から逃げ出したい思いだった。それでもなんとか踏み止《とど》まり、川田に直接当たってみたが、何も答えてもらえなかった。

その直後に「東京経済情報」という情報誌を発行している川室謙三の事務所に呼び出された。彼は大洋産業銀行が、富士倉と東西証券の絡みで拙《まず》いことになると言うのだ。兜町《かぶとちょう》にある小さなマンションの一室が川室の事務所だ。決して派手なビルではない。どちらかというと老朽化している。渡瀬は緊張して、ビルのエントランスに立った。エレベーターの上りボタンを押す。事務所は、九階だ。エレベーターが必要以上にゆっくりと下りてくるように思えて仕方がない。わざとじらしているように感じる。川室は証券界の情報に強く、マスコミにも太い人脈があった。渡瀬との付き合いはそんなに古いものではなかった。広報担当になったころ知り合いのジャーナリストに紹介してもらったから、二年弱の付き合いだった。

九階に着き、誰もいないかを確かめた上で、東京経済情報社のドアベルを押す。中から女性の声がして、チェーンがついたままドアが開く。それなりに警戒しているようだ。

「大洋産業銀行の渡瀬と言います。川室先生におとり継ぎをお願いします」

「はい。お待ちしておりました」

女性はチェーンを外し、外に出た。すらりとした体形だ。

「こちらです」

女性は、渡瀬の前を歩き、別の部屋に案内した。事務所からワンブロック離れた場所に川室の執務室がある。女性は、ドアを開け、

「先生、渡瀬さまがお見えになりました」

「お通しして」

中から硬質の声が響いた。

「失礼します」

渡瀬は、女性に促されて中に入った。

「おう、ようこそ」

正面の机に座り、川室が軽く笑みを浮かべ、手を上げた。決して広いとは言えない部屋を本棚が占拠していた。机の前のソファには先客が座っていた。背中が渡瀬の方を向いている。先客がいるとは聞いていなかったので、渡瀬の顔に僅《わず》かに緊張が走った。

「気にしないで、入って、君の知ってる奴じゃないか」

川室の声で、男が振り返った。

「よっ、渡瀬ちゃん」

「なんだ竹内さんか」

竹内泰治はテレビ局のＴＴＢ（東京トータル放送）の経済部デスク。元新聞記者で、渡瀬は、何度か会ったことがあるが、いつも「ちゃん」づけで呼んでくる。

「なんだとは酷《ひど》いね。渡瀬ちゃんを助けにきたのに」

竹内は人なつっこく言った。

「渡瀬さん、そこに座ってよ」

川室が竹内の横を指さした。渡瀬は命じられた通りに座った。

「急いで来てもらったのはね、竹内さんから説明する?」

「ええ、そうしますか」

竹内は、川室から話を引き取り、渡瀬に向かって、

「国税、ＳＥＳＣ（証券取引等監視委員会）が共に東西証券を調べている。東西証券が、富士倉雄一という総会屋に一任勘定で、違法な利益の付け替え、まあ利益供与をしているらしいんだな。当局としたら、これを突破口にして、政治家や官僚の一任勘定口座を摘発したいらしい。そこで妙な話を聞いた。おたくに関することだ」

と渡瀬を見つめた。

「うちの銀行に関すること？」

渡瀬は訊いた。心臓がくっと痛くなる気がした。竹内は何を言うつもりなのだろうか。

「富士倉はおたくと強い結び付きが——勿論資金面だが——あるということを東西証券が当局側に盛んに流しているというんだ。勿論、したたかな東西証券のことだから、自分に火の粉がかからないようにとガセをばらまいているのかもしれないが、どうもそれだけではなさそうな気配もある」

「何か証拠みたいなものがあるんですか」

「それはない。渡瀬ちゃんには心当たりあるの？」

渡瀬は緊張したが、悟られないように表情を変えず、

「今のところは何も……」

と答えた。

「東京地検はまだ本格的に動いていないが、東西証券から内部告発も寄せられているから国税やＳＥＳＣからの情報を得て、早晩に動き出すと思う。それは確かだ。東西証券から政界、官界というルートを考えているようだ」

川室が横から口を挟んできた。

「ということは銀行には、捜査は及ばない可能性がある？」

渡瀬は期待をもって竹内に訊いた。

「その可能性はある。ただし政界、官界ルートが順調に伸びればという条件つきだな。このルートが伸びなければ、横の銀行とか、想像もつかないところに飛び火するかもな」

竹内は暗い目で渡瀬を見つめた。

「地検は政治家か官僚を獲《と》れなければ、仕事をした気にはならない。総会屋なんてどうでもいい。だから今のところ大洋産業銀行に飛び火するかどうかはわからないが、気をつけた方がいい。東西証券の慌てようからは、相当大きくなる事件に見える」

川室が神妙な顔で言った。

渡瀬は、何も話さなかった。川室や竹内のことを信用しなかったわけではない。富士倉に関係して七十五億円もの融資があることを話して何になるだろうか。自分でも信じられない融資なのだから。どこを調べてもなぜこんなことをしたのか、今のところさっぱりわからない。川室たちの話だと東西証券が、盛んに大洋産業銀行について情報を流しているとのことだ。自分のところに降りかかってきた火の粉を他人の庭にばらまいているわけだ。なんて卑怯《ひきょう》な奴らだ。

しかしこの話で推測がつくのは、あの融資が東西証券に絡んでいるということだ。どう絡んでいるのか？

「また何か詳しいことがわかりましたら、お願いします」

渡瀬は川室に頭を下げた。

「こちらこそだ。渡瀬くん、手に負えない事件になる前に、何でも相談するんだぞ」

川室は、微笑した。渡瀬が何かを隠しているということを、見抜いているかもしれない。渡瀬は黙って低頭した。

あれから何事もないように時間が過ぎてしまった。その間、渡瀬の胸にはしこりのように七十五億円という数字が固まって、溶けることがなかった。

2

総務部についたが、部長席に川田は見えない。受付の女性行員に向かって、

「川田部長は？　広報の渡瀬だけど」

「ちょっと待ってください」

女性は、部長室に向かって歩いた。ちらっと部長室を覗いたが、顔を顰《しか》めて、首を横に振った。

川田は部長室にいないようだ。

「渡瀬次長」

後ろから声がかかり振り向く。そこには総務部チーフの浜野直人がいた。

「忙しい時に悪いね。こっちだよ」

「川田部長に呼ばれたんですが、それでいいですか」

「ああ、部長もいる」

浜野はにこりともせず、渡瀬に背を向けるとさっさと歩きだした。渡瀬は、訝《いぶか》しい思いを抱きながら、彼の後について歩いた。

浜野は、エレベーターに乗り込み、地下三階に行った。

「どこへ行くんですか」

渡瀬は訊いた。浜野は、渡瀬の問いを無視するように何も答えない。エレベーターが止まった。地下三階は来客用の駐車場があるだけだった。エレベーターホールを出て、経費節減のため薄ぼんやりとした明かりに照らされた廊下を歩くと、つきあたりにグレーの鉄製扉があった。浜野はその扉を開けた。ノブを回す油の切れた、切り裂くような音が響いた。こっちだ、というように浜野は、渡瀬を振り返った。渡瀬は、目を凝らして開いたドアの先を見つめた。

扉の向こう側にはコンクリートの通路が、蛍光灯の青白い光に照らされていた。その通路の先に、またドアがあった。

「どこへ行くのですか?」

渡瀬の問いに、浜野は何も答えない。コツコツという、二人の革靴の底がコンクリートの廊下を打つ音が反響する。地下三階にこんな通路があるとは、渡瀬はまったく知らなかった。昔、総務部のある男から、大洋産業銀行の地下には、ものすごく大きな貯水プールがあると聞かされたことがあった。その男は、まるでホラー話でもしているように話したのだが、その貯水プールは、都心に降った雨水を溜《た》め込むもので、大きな建築物には義務付けられているものだと彼は説明した。この貯水プールに昔、人間が落ちたことがある。プールは大きく、深い。水を絶えず循環させているため、底の方に向かって渦を巻くように水の流れができている。その流れは、案外と速く、落ちた人間はその渦に身体をとられてまず助からない。またsmall人が訪れることのない場所なので、助けを呼んでも誰も来ない。人間が貯水プールに落ちたことに気づいたのは、ほんの偶然だった。女子トイレで悲鳴があがったからだ。担当が駆けつけてみると、女子トイレに設置された洗面所の水道の蛇口から、黒い毛が大量に流れ出ていた。貯水プールの水は、本店内を循環しているため、落ちた人間の髪の毛がパイプ内を通って、女子トイレから流れ出たのだ。

「嘘でしょう」

渡瀬は、怯《おび》えた顔で、総務部の男に言った。

男は、顔を歪《ゆが》めて、

「一度、そのプールに案内してあげよう」

と言った。

まさかそのプールに行くのだろうか？　そう思うと、渡瀬は恐怖心から歩みを止めた。渡瀬が止まったのに気づいて、浜野が振り返った。暗い顔だ。

「ここだよ」

浜野はドアノブを回した。ドアが開いた。

「おお、こんなところに来て貰《もら》って、悪いな。入ってくれ」

ドアの中から、川田の声がした。

浜野の後ろについて、渡瀬が入った。中にはテーブルやソファがあり、会議室になっていた。

「驚いただろう。ここは総務部専用の会議室だよ」

川田が、ソファに腰掛けたまま、笑みを浮かべて言った。

「どこへ連れて行かれるんだろうと、ちょっと怖くなりましたよ。こんなところがあったんだぁ。そうだ。以前、聞いたことがあるんですが、貯水プールもここにあるのですか？」

「プールか。あれはまだこの下だ。地下五階だよ。見るかい?」

川田は、ちょっと笑ったような顔になった。

「結構ですよ。気味が悪そうだし……。ところでなんですか、こんな奥深くで、相談なんて」

川田の周りに、松沢壮太郎総務部副部長、古谷義昭総務部次長、浜野そして弁護士の作田茂がいた。

作田は大手弁護士事務所に所属し、総務部がよく相談していた。年は四十歳くらいだが、修羅場に強く、仕事を手際よく処理するので重宝がられていた。

渡瀬は作田に視線を合わせ、

「作田先生まで、ご一緒とはね」

と言った。

「いやあ、渡瀬さんに是非って、相談事ができちゃってね」

作田は愛想よく、眼鏡の黒い縁を触りながら言った。

「そこに立ってないで座ってよ」

川田が、彼の前を指さした。渡瀬は、言われるままに川田の前に座った。川田の隣には作田、松沢。渡瀬の隣には古谷が座った。全員がなにやら固い顔をしている。今から、聞かされることが容易ならざることだろうと推察される。浜野は、ソファに座らずスチール椅子《いす》を持ってきて、古谷の後ろに陣取った。浜野は、火の点いていない煙草を口に咥《くわ》えている。瞼《まぶた》を何度も瞬《まばた》きさせていて、苛立《いらだ》っているようだ。

「聞かせてください」

渡瀬は川田を見て、言った。

「私から説明していいですか」

作田が、隣の川田の顔を見た。

「お願いします」

川田が小さく頭を下げた。

「渡瀬さんは、ケイサン新聞の社会部で高橋昭という記者をご存知ですか。裁判所担当のキャップをしているみたいですが……」

ケイサン新聞は元経済産業新聞と言った。

「知りませんねぇ」

渡瀬は首を傾《かし》げた。

「そうですか。ご存知ないですか」

作田が残念そうな顔をした。

「その高橋なんとかが何か?」

渡瀬は、先を促した。

作田は瞬間的に浜野に目をやった。直ぐに渡瀬に目を移すと、

「酷い記者なんですよ。この高橋という記者がね。大洋産業銀行が、総会屋に五千二百万円も融資していたという記事を書くって言ってきたんです」

作田は、半ば自嘲《じちょう》気味に言った。

「総会屋への融資!」

渡瀬は、驚いて川田を見た。川田は、渡瀬と視線が合っても、軽く頷くだけで表情は変わらなかった。

3

作田の説明は、

「平成三年（一九九一）三月十五日に、政治結社『神国日本同志会』（東京都台東区・平成七年解散）を主宰していた大戸総次郎の妻名義で二千三百万円を融資した。さらに同月二十九日に六百万円、同年七月十五日に二千三百万円を融資した。平成七年四月に大戸が亡くなったため本年九月にその融資の担保を処分して融資を回収した。ところが離婚していた元妻が融資の担保として差し入れられていた自分名義の株券の返却を求めて東京地裁に訴えた。妻は一度も返済督促を受けておらず、融資ではないとも言っている。これを聞きつけたケイサン新聞の記者が、これは総会屋への利益供与だと騒いでいる」

というものだった。

渡瀬は、作田が唾《つば》を飛ばしながら、時には笑いも交えて説明するのを苛々しながら聞いていた。ここにも富士倉関連と同じ総会屋への融資があるというのか。

渡瀬は、川田や松沢の表情の変化を見つめていた。全く無表情だった。古谷も特に変わったところがなかった。浜野は、相変わらず火を点けていない煙草を指先で弄《もてあそ》んでいた。作田だけが、表情豊かに熱弁を振るっていた。作田が、一生懸命話せば話すほど、その場の空気が異常になっていくような気がした。

「大戸総次郎というのは何者ですか？」

渡瀬は川田に訊いた。

川田は、僅かに顔を曇らせたように見えたが、直ぐに、

「右翼団体かな」

と答え、首を傾げた。

「総会屋ではないのですか」

渡瀬は訊いた。

「違う」

「でもなぜ右翼に金を貸したのですか」

「右翼団体に金を貸したんじゃない」

川田は、険しい顔になった。渡瀬が身構えると、

「彼の妻に融資したんだ。ちゃんと担保もあるしね。浅草橋支店から頼まれれば仕方がない」

「浅草橋支店？」

「この妻の取引先は浅草橋なのさ。その支店から頼んできた」

「総務部にですか？」

「そうだ。具体的には、妻たる女性が浅草橋支店に融資を申しこんできた。支店は、彼女の夫が右翼団体を主宰しているのを知っていたので、総務部に相談してきたってわけだ」

川田は淡々と説明した。

「違うでしょう」

渡瀬は川田を睨《にら》み付けた。

「それはどういう意味だ」

川田が再び目を吊《つ》り上げるような、厳しい顔になった。

「妻というのは単に名義だけで実際は大戸総次郎への融資でしょう。それも総務が窓口になっての」

渡瀬は言い放った。川田は不機嫌な顔をしてソファに身体を預け、顔を上に向けた。

「それが先方の記者の言い分さ」

古谷が口を挟んだ。

「妻はなんて言っているのですか?」

渡瀬は訊いた。

「融資そのものは夫の受けたものだということ。自分はある日、夫から『ちょっと取引の決済の関係で名前を貸して欲しい』と言われ、本店の総務部に来た。そこで説明を受け、書類に記名、押捺《おうなつ》をしただけだ。その際担保として自分名義の株券も差し出したので、これを返却して欲しいと言っている」

古谷が川田に代わって、ゆっくりとした口調で説明した。

「やはり総務部で受け付けているわけじゃないですか」

「古い話だから、わからないな」

「返済は?」

「先方は、一度も督促がなかったと言っている」

「そこはどうなのですか」

「浅草橋では、督促したと言っている」

「また浅草橋ですか？」

「だって……、これは浅草橋の融資だよ」

古谷はニヤリと口元を歪めた。

「いずれにしてもですね」

と作田が薄笑いを浮かべながら、割り込んできて、

「担保も十分取っていましたし、正式な融資として処理したものですから、先方の言い分は不当ですよ。妻側についた弁護士が、ちょっと癖のある奴で、新聞記者に情報を提供して、煽《あお》ったのですよ」

と言った。

「正式な融資なのですね」

渡瀬は訊きなおした。

「当たり前です。筆跡も妻のものに間違いないし、借入れの意思確認も十分ですよ」

作田は口調を強めた。

「一度も督促しなかったのは？」

「それは……」

作田は、少し慌てて古谷を見た。

「督促は総務の仕事ではない。浅草橋の仕事だ」

古谷は言い返した。

「では浅草橋に訊きますよ。そうしたら総務部の依頼で口座を貸しただけだというんじゃないですか。いい加減にしてくださいよ」

渡瀬は、建前だけの説明に興奮して、怒りを覚えた。

「いい加減にしてくれとはどういうことだ。我々の苦労も知らないくせに」

古谷が吐き捨てるように言った。珍しい。古谷は、いつも穏やかな言い方をするのに今日は違っていた。こめかみ辺りがぴくりと動いた。

「渡瀬次長とこんなことを言い争うために来てもらったわけではないでしょう」

浜野が古谷を睨んで言った。浜野は、我慢できなくなったのか、煙草に火を点けた。

浜野の言う通りだった。どういう理由かわからないが右翼団体主宰者か総会屋グループのリーダーかを務めていた大戸総次郎の妻名義の融資五千二百万円が回収され、妻が訴えているという事実が変わるわけではない。現実に起きている問題に具体的に対処するのが広報の役割だ。

「正式な融資ですね」

渡瀬は、もう一度作田に確認した。

「当たり前です。裁判で争っても絶対に負けません」

作田は強調した。弁護士としての自負を持った顔だ。

「間違いないですね」

「絶対に」

作田は強い視線で渡瀬を見つめた。

「というわけだ。この高橋という記者に連絡をとってくれ。銀行の考えを伝えて、できれば記事にしないように頼んで欲しい」

川田は言った。

渡瀬は黙った。この大戸総次郎の妻への融資は、まるで富士倉関連融資と同じではないか。富士倉では弟名義、大戸では妻名義。延滞しても督促せず、担保も不十分。ところが表面上は、総会屋などへの融資ではない。あくまで弟であり、妻に対してである。川田の顔をじっと見つめる。川田が、ふっと視線を外す。川田部長、本当にあなたはこんなことで言い逃れができると思っているのですか。あなたほどの人が、何を考えてこんな融資を仲介しているのですか。渡瀬は叫びたいほど、心が掻《か》き毟《むし》られた。

しかし仕方がない。今、ここで川田とやりあっても何にもならない。彼らはこれを正式な融資と言い張るだけだ。それは渡瀬たちの立場を混乱させ、はなはだしくケイサンの高橋記者を利することになるだけだ。

川田の視線、松沢の視線、古谷の視線、そして浜野の視線が渡瀬の身体を射抜く。渡瀬はこの大戸の妻名義の融資を擁護せざるをえないと思い始めていた。

「ひとつだけいいですか」

渡瀬は川田に訊いた。

「なんだい?」

川田は煩《うるさ》そうな顔をした。

「なんのためにこの融資をしたのですか。教えてください」

渡瀬の頭には、富士倉雄一のことがあった。川田は、渡瀬に視線を据えると、

「頼まれてメリットがあるからだよ。融資の基本だ」

と投げやりな様子で答えた。

「融資の基本ですか」

渡瀬は、表情を曇らせて言った。何が川田をここまで頑《かたく》なにさせるのかわからない。

「ああ、そうだよ。何度でも言ってやるよ。これが融資の基本だ」

川田は、腕を組み、もうそれ以上の質問は許さないということを態度で示した。

4

――11月12日(火)10時15分　京橋二丁目辺り――


読東新聞の社会部遊軍細谷康三は多少焦っていた。高柳大輔デスクから大洋産業銀行ルートを探るように命じられたが、糸口もなにも見つからなかったからだ。

高柳の野郎、上にうまいこと懐柔されて俺たちを東西証券ルートから外しただけじゃないのか。

細谷はぶつぶつと言葉にならない言葉で呟きながら、中央通りと昭和通りに挟まれた京橋二丁目辺りを歩いていた。どこといって当てのある取材先はなかった。

「確かこの辺りに、伊能のオッサンの事務所があったよな」

細谷は東京公論ビルの看板を見ていた。

あの裏手辺りにあったはずだ。ここしばらく無沙汰《ぶさた》しているが、オッサン、死んでしまったってことはあるまい。たいした情報も得られないと思うけれど訪ねてみるかな。

伊能東助は、株屋出身情報屋として、少しは知られた男だった。年は六十歳を過ぎているはずだ。情報誌「情報ジャパン」を発行しているが、癖が強くてあまり評判は良くない。しかし細谷とは妙にウマがあって、時々酒を呑んだりしていた。企業の裏情報に強いから、細谷にとっては貴重な情報源だったが、あまりに裏情報すぎて記事にはできないことが多かった。

読東新聞でも伊能と付き合っているのは、細谷くらいのものだった。

例えば一番最近伊能から耳うちされた情報は、大手酒造メーカーの社長に関する下ネタだった。なんでもその社長は、皇族にも繋がるという日本の正真正銘のエスタブリッシュメントなのだが、女に弱いらしい。自分の秘書に手をつけて、処置に困り、不動産ブローカーをしている若い男に払い下げた。するとその秘書もその亭主になった若い不動産ブローカーもなかなかしたたかな奴で、社長を脅し、すかしたりしてその酒造メーカーの不動産部門に食い込んだらしい。それからは酒造メーカーから金の引き出し放題で、えらく羽ぶりが良いそうだ。

細谷は、これはその社長の背任横領になれば面白いと思い、調べてみたが、なかなか先方は尻尾《しっぽ》を出さない。とうとう細谷は酒造メーカーの広報に、この情報をぶつけてみた。細谷の話を半分も聞かないうちに、広報担当は、「はっはっはっ」と笑い飛ばした。翌日、社会部長に呼ばれて、

「下らない情報で動くな」

と叱られてしまった。言い返す材料もなく黙った。直ぐに社会部長の耳に入ったということは、

伊能の情報は相手の痛いところを突いていたのだろう。また捲土重来《けんどちょうらい》だと気持ちを奮いたたせはしたものの、その後の取材は進展しなかった。

伊能から提供される情報は、ことほど左様に使えないものが多かったが、ディープな情報で細谷はいつも興味深いと思っていた。いつかはなにかものになるのでは、という淡い期待から付き合っていた。

細谷は、裏通りの薄汚れたビルの前に立っていた。

ここだ。相変わらず汚《きたね》ぇビルだな……。

細谷は、明かりの点《とも》っていないコンクリート製の階段を上る。伊能の部屋は二階だった。

「情報ジャパン」と名刺大のカードが表札代わりにドアに貼《は》ってある。ブザーを押す。頭上にある監視カメラに顔を向け、手を振る。こういう警備に金をかけているところは、伊能のえらいところだ。以前、伊能と同じような情報屋の仕事をしている奴《やつ》が、突然入って来た暴漢に襲われて、瀕死《ひんし》の重傷をおったことがある。しかしどうしても伊能を殺ると決めた奴がいたとしたら、こんなチャチな警備装置じゃなんの役にも立たない。

チェーンを外す音。ドアが開いた。半開きのドアの隙間《すきま》から、白い無精ひげの仙人みたいな男が顔を覗かせた。伊能だ。

「ご無沙汰しています」

細谷は、頭を下げ、笑みを浮かべた。

「入れよ」

伊能は言って、ドアを開け放した。

「お邪魔します」

細谷は、伊能以外誰もいない部屋の中に向かって、声をかけると、中に入った。入り口で靴を脱ぎ、キャビネット代わりに使っているクローゼットにはさまれた廊下を抜けると、伊能の事務所兼居間があった。ワンフロアーに机や書棚、応接セットがつまっていた。他に部屋は四畳半の畳の部屋と狭いキッチン、風呂、トイレといったところだ。伊能は、どこかに自宅があるようだが、ここで寝泊りしているらしく、四畳半には蒲団《ふとん》が敷きっ放しだった。

「すみません。ご無沙汰しちゃって」

ソファに座りながら、細谷は、またあらためて謝った。伊能は、急須でお茶を淹れながら、

「そうさ。今日もどうしてるんだろうと思っていたところさ」

と僅かに笑みを浮かべた。

細谷は伊能と向かい合って座り、伊能の淹れてくれた茶を呑んだ。

「警備システム、機能してますね」

細谷は話題にこと欠いていた。

「ああ、近頃は物騒になったからね。今もさ、産廃疑惑を追っかけていたんだよ」

伊能が白くなった無精ひげを撫でた。

「へえ、産廃ですか。それは面白そうだ」

細谷は、話のとっかかりができてよかったと思った。こうして話題が繋がっていけば、なにか大洋産業銀行の話になるかもしれない。

「まだね、なにもわかっちゃいないんだけれど、結構これが面白い」

「どんな話ですか？　聞かせてくださいよ」

「ゴビ砂漠をパチンコ機械の墓場にしようって壮大な計画さ」

伊能は、楽しそうに笑った。

「そりゃぁ、すごい。万里の長城で小便すれば、ゴビの砂漠に虹《にじ》がでるってやつですね」

「そりゃあ、デカンショ節だろう」

伊能は目を細めて、茶を啜《すす》った。この男は、好々爺《こうこうや》然としている。とても命懸けの裏情報の世界を生き抜いているとは思えない。

「パチンコ機械の墓場ですか」

「そう。商社は加藤忠、政治家は社会正義党、銀行は大洋産業、相手は中国共産党ってところかな」

早々と大洋産業銀行の名前が出た。細谷は、一瞬、喜んだが、敢えてそれを無視した。話題を広げるためだ。

「社会正義党って、野党第一党じゃないですか。環境問題にもうるさいでしょうに」

「ああ、しかしそこの幹事長の佐渡《さわたり》が、地盤は大阪なのだが、選挙資金にいつもピーピー言っててね。地元の産廃業者から持ち込まれた話に乗らざるを得なかったらしい」

「地元のつきあげですね。幹事長の佐渡が後はシナリオを書いているんですか」

「いや、そうじゃない。佐渡は弱って、地元の誼《よしみ》で加藤忠に話した。すると加藤忠の社長茂上《もがみ》が乗ってきて、全て段取りをつけつつあるようだ。なにせ日本中にパチンコ台が溢れ、新台への切り替えも早いものだから、どうしてもゴミになる。リサイクルすべきなんだろうが、とても間に合わない。国内に捨てるわけにもいかないから、ゴミを輸出するわけさ」

「まさにゴビ砂漠が、ゴミ砂漠になるんですね」

「冴えてるじゃないか。細谷くん」

伊能が嬉しそうに笑った。こうなるとしめたものだ。細谷は、ほくそえんだ。

「銀行も噛んでいるんですね」

「ああ、大洋産業銀行だ。特に重要な役割を果たすって訳じゃないが、加藤忠のメインだからね。それにあそこの大森って相談役が加藤忠の茂上から頼まれたってわけだ」

「大森良雄。喰えないオッサンで、財界のゴミ掃除って自分で言っているくらいですからね」

「そうだ。悪い奴じゃないんだが、名誉欲が人一倍強いからね。なんでもやりたがるのさ。そこを茂上が見込んだわけだ。行内的には圧倒的な実力者だから」

「でも大洋産業は合併行でしょう？　大森と一緒に会長、頭取をやっていた……、ほれ、それ、えぇい！　名前が出てこない」

細谷は、じれた。仕方がない。社会部だ。経済人の名前を数多く知っているわけではない。高柳から大洋産業銀行ルートの指示が出てからの俄《にわか》勉強だった。

「畠山護かい？」

伊能は軽々と名前を出してきた。もう湯呑みの中の茶はあらかた呑み干していた。

「そうそう、畠山護。彼だっているでしょうに……」

「彼はお公家さん出身だからな……。大森みたいに行内を仕切るということはできない。表のバンカーだ。例えばこんなことがあった。サラ金地獄っていう問題が起きたことがあっただろう」

伊能が、細谷の顔を見た。

細谷は頷いた。いったい何を話すつもりなのだろうか。

「あの時、銀行が個人ローンに消極的だからサラ金問題が起きるということになった。そこで大蔵が、銀行もサラ金をやれって話になった。本気じゃない。形だけでよかったんだ。しかしどこも手を上げなかった。それで大森が出ていって、大洋産業でやりますと言った。ところが畠山がある経済誌のうるさいオーナーにそれを否定したんだ。それで揉《も》めた。行内も揉めたが、トップが不協和音だと雑誌に書くって言ったんだ」

伊能が言う、経済誌のうるさいオーナーというのは「取り屋」との異名を持つ経済専門誌「大都経済」の阿藤一徳《あとうかずとく》に違いない。

「それで」

細谷はいつの間にか身を乗り出していた。

「大森は、雑誌のオーナーに一億円を渡し、記事を止めた。そして子会社を作り、申し訳程度にサラ金と同様の業務を開始したのさ」

伊能は、自分の湯呑みに新しい茶を淹れた。

「一億円ですか。すごい」

細谷は驚いて見せた。会ったことはないが、あの噂に聴く大森なら、さもありなんと思った。

「見るかい?」

「何を、ですか」

「その時の一億円の領収書さ」

「見せてください！」

細谷は顔を赤くして興奮した。

伊能は、ソファに座ったまま、身体をねじるようにして書棚の引き出しに手をかけた。あの引き出しにいろいろと資料が入っているのだろう。なにやら不自由そうな恰好《かっこう》で、ごそごそ手で探っていたが、一枚の紙を取りだした。

「これだよ」

伊能は、テーブルの上に一枚のコピーを置いた。細谷はそれを手に取った。それはA４判くらいの紙に、金額と大都経済の阿藤の名前が黒々と書いてあった。宛名は大洋産業銀行とだけなっていた。

「本物ですか？」

「本物さ」

伊能は不機嫌な顔になった。疑ったのが悪かったようだ。細谷の手から、コピーを奪い取った。

「大森の思い通りで、畠山は形無しですね」

「そういうことだ。しかし……」

「しかしなんですか？」

「こういう大森の脇の甘いやりかたはいろいろ多方面に影響する」

伊能は、無精ひげを撫でた。細谷はすっかり伊能の話に惹き込まれていた。

5

――11月12日(火)10時25分　東京高等地方裁判所内――

渡瀬は霞《かすみ》が関《せき》一丁目にある東京高等地方裁判所のロビーに立っていた。ここは大洋産業銀行の本店から歩いて二十分ほど。日比谷公園を真っ直ぐに突き抜け、警視庁の向かいにある白いビルだ。この建物の中に高等裁判所と地方裁判所が同居している。渡瀬が訪ねようとしているのは、二階にある司法記者クラブだった。

渡瀬は、川田から大戸総次郎の妻に対する融資話を聞いた。実態は、富士倉関連の融資と同じだ。大戸は右翼団体を組織し、総会屋活動も行っていたようだ。そこで融資を申し込まれても本人には融資が難しいから、妻の名前で実行したのだろう。この手口から見て、総務部が主導したものに違いない。いったいこの種の名義貸しのような形式だけを整えた融資はどのくらいあるのだろうか。考えただけで暗澹《あんたん》たる気持ちになった。

川田に対して、

「なぜこんな融資を……」

と問い質《ただ》しても、川田からは、

「奥さんから申し込まれたから融資をしただけだよ。ちゃんと手続きを踏んでいるし、やましいことなどない」

と憤慨されるだけだった。踏み込んだ説明、納得行く説明は全くされなかった。

渡瀬が、怒って、

「やましいことがないなら、勝手にどうぞ」

と開き直ると、

「まあ、まあ」

と松沢が穏やかな顔を見せて、

「そうは言ってもマスコミ周りは渡瀬次長の担当だしね。ケイサンの高橋って記者に会って、なんとかしてよね」

「なんとかしてよと言ったって、何ともなりませんよ。向こうが書くって言うのを止められません」

渡瀬がきっぱりと言うと、川田も松沢も苦しそうな顔をお互い見合わせて、

「そこをなんとかならないかな」

と再び松沢が、笑みを浮かべるのも辛《つら》そうな様子で言った。

松沢はついこの間、総務部に来たところなのに、こんな妙なことに巻き込まれて本当のところはうんざりしているに違いない。この融資も相当以前のものだ。従って全く別の人間が仲介したものだ。損な役回りを引き受けさせられたという顔をしている。しかし根がいい人なものだから、文句も言わずに、渡瀬に頭を下げているのだ。

渡瀬は、ぐるりと周りを見わたした。川田、松沢、古谷、浜野、そして弁護士の作田。どの顔も哀しく見える。なんとかしてくれと言っているようだ。この場に、実際の融資窓口となった浅草橋

支店の関係者はいない。それがこの融資の異常さを物語っている。彼らの少しやつれた顔から読みとれるのは、事態の意外な展開に対する驚きだ。

大戸が死んだ。融資を回収しろ。担保を処分しろ。もし仮りに融資が残れば無担保かつ債務者資力なしで償却すればいい。これで一件落着だ。こういう段取りだったに違いない。これで文句を言う奴などいるはずがない。銀行は、望みどおり融資をしてやった。督促もしなかった。それを時期が来たから回収しただけだ。どこに落ち度がある。それにこの融資は、先輩から引き継いだものだ。自分たちがやったのではない。彼らの頭の中には、自分たちが、なぜこんな融資を実行してしまったのかという反省は微塵《みじん》もない。

マスコミは、渡瀬の仕事だ。その仕事に失敗しても、それは渡瀬の責任だ。打つ手はちゃんと打った。他になにかやりようがあるか。彼らの顔に、そう書いてあった。

渡瀬は諦《あきら》めた。川田たちを、これ以上追及してもなんの益もない。それよりもケイサンの高橋記者に接触して、どのように扱おうとしているのかを聞く方が先だ。もし大きな記事にするようだと、抑えることはできなくとも小さい扱いにできないかを検討してもらうよう努めるのも渡瀬の仕事だった。

「わかりました。高橋記者に接触します」

渡瀬は川田に言った。川田は、明るい顔になって、

「そう、やってくれる。ありがたい」

と大げさに喜んだ。松沢の顔にも笑みが浮かんだ。

「期待してもらっても困りますよ。基本的には記事というのは、抑えられないのですから」

渡瀬は釘《くぎ》をさした。

「わかっているよ。記者に説明してくれるだけでいいよ」

川田は言った。

作田の方を向いて、

「先生、もう一度だけ訊きます」

作田は、薄く笑って、

「ああ、いいよ。なんでも訊いてくれ」

「本当にきちんとした手続きの融資で、法的にも問題ありませんね」

渡瀬は、作田を厳しい視線で捉えた。

「大丈夫だよ」

作田は、大きく頷いた。

川田から高橋記者の電話番号を聞き、広報部の自分の席から連絡した。高橋と電話が繋がった。

高橋は、暗く沈んだ声の男だった。投げやりに、

「じゃあ、十時半に司法クラブで待っているから」

と言い、司法クラブの場所を伝えてきたのだ。

この東京高等地方裁判所の建物に入ったのは初めてだった。守衛が入り口に立っていて、警戒も厳重だ。飛行場にあるようなボディチェックの機械も据え付けられている。正面には本日の裁判の予定が掲示されている。エレベーターの前にも守衛が立っている。

二階と言ってたな、と思って周囲を見渡すと階段が見えた。渡瀬はその階段を上がった。そして

廊下に出ると、司法記者クラブという案内があった。それにしたがって歩くと、ドアの入り口に司法記者クラブの表示が見えた。

ドアを開け、中に入ると、こぢんまりとした会見台があった。司法記者クラブで事件関係者が会見している様子がテレビに映されるが、その際に使用されるものだ。渡瀬は興味深く、それを見つめた。

記者たちの部屋を覗く。日銀記者クラブの雑然とした様子を思い描いていたが、わりにすっきりとしていた。

記者はほとんど出払っている。数人が残っているだけだった。その一人に、

「ケイサンの席はどちらですか」

と渡瀬は訊いた。記者は、面倒臭そうな顔を渡瀬に向けて、パソコンのキーボードを叩くのを中止し、

「この裏だよ」

とだけ言った。

日銀記者クラブなら、知った記者も多く、冗談のひとつも言えるのだが、と渡瀬は居心地の悪さを覚えていた。それに高橋に出会っても、何を言えばいいのだ。いくら作田弁護士が法的には問題ないと言ったとしても、社会的には問題があるかもしれない。その気持ちが渡瀬を憂鬱《ゆううつ》にさせていた。

「失礼します」

渡瀬は、記者の後ろを通り、ケイサンのブースへ行った。記者が、一人でパソコンを叩いていた。

高橋か？　渡瀬は緊張した。

「高橋さんですか？　大洋産業銀行ですが」

渡瀬は、記者に言った。

記者は、渡瀬を見て、

「高橋は取材ですね」

この記者は高橋ではないようだ。取材に出かけているらしい。しかし約束は、十時半だ。時計を見た。もうまもなく約束の時刻になる。待てば、帰って来るだろう。

「十時半に約束しましたので、外で待たせてもらいます」

渡瀬は記者に名刺を渡した。記者は、それを受け取り机の上に置いただけで、自分の名刺は出さなかった。

渡瀬は外に出て、会見台の脇の椅子に座った。もう一度時計を見る。十時半になった。

いったい高橋になんて言えばいいのだ。ちゃんと手続きに準拠した融資です、と白々しく言うのだろうか。お前、それを本気で信じているのか、と渡瀬は自分自身に問いかけてみる。答えは返ってこなかった。心は反応しようとするが、頭がそれを抑えていた。問題があるのではないかと心が叫んでいるが、それではどうするつもりなのだと頭の中で質問が渦巻いている。

十時半を過ぎ、五十分になった。渡瀬は、もう一度ケイサンの記者のところへ行った。

「なにか高橋さんから、連絡はないですすか」

「ありませんね。もし良ければ伝言預かりますよ」

「いいです」

伝言できるような内容ではない。高橋と話をしに来たのだから、会えないことにはなんにもならない。

「もう少し待ってみます」

「そうですか？　すみません」

渡瀬は、再び椅子に座った。どこか惨めな思いがした。川田は、高橋と妻側の弁護士が組んでいると言った。訴状を提出すると同時に大きく採り上げようというのだ。まったくやらせに近いことをする記者だ、と川田は憤慨した。しかし渡瀬にしてみれば、憤慨するのはおかど違いというものだ。問題の原因を作ったのは銀行ではないのか。

おかしい。もう十一時だ。忘れてしまったのか。忘れるはずはないだろう。高橋が自分自身で十時半と言ったのだから。場所も彼がここを指定した。

「まだいらしたのですか」

目の前に、先ほどの記者が立った。

「なにか連絡はありますか」

「ありませんね。どこへ行ったのでしょうね」

「携帯に呼び出しをしてくれませんか」

「いいですよ」

記者は、自分の携帯から電話をした。携帯電話を耳にあて、真剣な面持ちだ。段々と顔がくもる。

「おかしいな。電話にでませんね」

「そうですか」

記者は首を傾げた。

「わたし、取材に出ますので。それでは」

記者は言うと、何回も頭を下げながら、出ていってしまった。

午前十一時半。さすがに渡瀬も焦り始めた。高橋というまだ見ぬ記者に馬鹿にされているような気がしていた。どこか見えない場所から、こちらを盗み見していて、高橋が嘲笑している気がする。

結局、高橋は現れなかった。渡瀬は諦めて本店に戻った。十二時になっていた。

夕刊の締め切りは、最終午後の一時半くらいだと聞いているが、この様子だとまさかそれには書かないだろう。渡瀬は、約束をすっぽかされたのは腹が立つが、こちらになにも接触しないということは、まだ記事にしないということだとも思えた。少しほっとした気分だった。

6

——11月12日(火)11時50分　内幸町・銀座周辺——


細谷は、大洋産業銀行の本店に近いコリドー街にある喫茶店で読東新聞の尾納悠司《おのうゆうじ》とコーヒーを呑んでいた。

「それで?」

尾納は細谷に話を促した。細谷は先ほど伊能の事務所で聞いたことを話していたのだ。

「その一億円を渡したことを、別の総会屋に聞かれてゆすられたそうです」

「恐喝の連鎖か？　最低だな」

尾納が吐き捨てた。

「大森は帝都大学出身者でもない、銀行内の本流を渡ってきたわけでもない、ただし泥を被《かぶ》ることはできる男なわけですよ。その昔、大洋と産業が合併する時、彼は業務開発部長だったわけですが、その時の部下が、彼を少し馬鹿にしたそうです。言葉だって訛《なま》ってますし、ぼんやりとした外見から無能だと思ったのでしょうね」

「ほほう……」

尾納は相槌《あいづち》ともつかない声を出した。尾納は大森に会ったことがあるから、大森の外観に関する細谷のコメントに納得したのだ。

「彼が、会長に就任した時、その馬鹿にした元部下がお祝いに行ったら、すぐに左遷されてしまったそうです。見かけより細やかで、執念深いともいえるでしょう」

「その男、まさか大森が会長になるとは思わなかったのだな。バカな奴だ」

「彼が、傍流にも拘《かか》わらずトップになれたのは、実質的な創業者である伊部《いべ》名誉会長に気にいられたのでしょうね」

「伊部というのは、例の五菱との合併をご破算に持っていった傑物だな」

「そうです」

昭和四十五年（一九七〇）当時、大洋銀行は大手財閥銀行である五菱銀行と合併すると発表した。ところが財閥に吸収されてしまうと立ち上がったのが伊部だった。伊部は支店長や顧客をまきこみ、反対運動の末、合併を潰《つぶ》してしまったのだ。

その伊部に大森は気にいられたという。

「何か面白い話はあるか？」

「伊能が言うには、帝都ホテルがある右翼系買い占め屋に買収されそうになりましたが、その時の話が面白い。これは伊能が大森から直接聞いたそうです。その買い占め資金は例の小野田健から出ていました」

小野田健は山梨県に生まれ、戦後ＧＨＱに取り入ることで、運輸、観光方面で成功を収め、また元首相中田栄三と刎頸《ふんけい》の友と言われ、政商としても名高い。

「ほほう……」

また尾納が呟いた。小野田は知っていても帝都ホテル買収の話は初めて聞くようだ。

「帝都ホテルは、明治の大物財界人たちが海外にも引けをとらないホテルを日本に創ろうと提案してできたものです。旧大洋銀行が古くからメイン取引をしています。ところが業績が低迷して、昔日の趣を失いそうになっていました。そのとき、既に株主であり、かつ役員であった小野田は帝都ホテルの大株主になり、経営を再建すること、そして自らが代表者になることを望んだわけです」

「その訳は？」

「小野田は成り上がり者でしたから、金はあっても一段低く見られるのが悔しくて仕方がなかった。日本の場合、学歴や閨閥《けいばつ》を重視しますからね。それで帝都ホテルのオーナーシップを握れば、一流の仲間入りができると思ったのです」

「哀しいな……」

「でもわかる気がしますね」

細谷は一息いれるために、水を呑んだ。

「当時、帝都ホテルは帝国冷蔵庫という会社が株をかなり持っていた。会長も送り込んでいた。ところが帝国冷蔵庫は経営難に陥り、帝都ホテルの株を手放すことになった。そこで小野田はその株を買い占め、三十八パーセントの大株主になった。帝都ホテルは混乱したわけです。株主総会はどんなふうになるかわからない。小野田の意向を受けた総会屋が暴れるかもしれない。そこで帝都ホテルに派遣されていた大洋産業銀行出身の社長、波多野は伊部に助けを求めたわけです。伊部は小野田と差しで渡りあえる男を行内に探した。それは大森しかいなかった。そこで大森にこの話に決着をつけろと命じたわけです。大森は、何かがあるとストンと腹が定まるところがあって、直ぐに小野田に会い、小野田を会長にすることで決着させたってわけです。そんなこんなで伊部は何かが起きると大森を頼りにした。それで大森はどんどん実力者になっていったわけですよ」

「よく小野田を会長にしたね」

「小野田が大森に土下座して会長をやらせてくれとたのんだそうです」

「あの小野田がかね？」

「ええ、信じられませんがね。それで大森は三つの条件を出した。メインを大洋産業銀行のままとすること。小野田のグループは四和銀行がメインですからね。ホテルの取引先を変えないこと。業界トップにすること。この三つを呑んだので小野田を会長にしたということらしいですよ」

「それにしても大森は、それくらい泥を被って、揉め事を処理するくらいだから、多少は脇が甘いんだ」

「ええ、自分のことを財界のゴミ掃除と言っていたくらいですから。だから伊能が言うには大洋産業銀行に行くと、金額はたいしたことはないが、必ず金になるというのが、総会屋仲間では評判だそうです。こんど行ってみますか」

細谷はおどけて言った。

「俺に総会屋の真似事《まねごと》をさせるつもりかい」

尾納は、薄笑いを浮かべた。

「大熊公康との接点はなにか出て来たか」

「まだですね。大森のエピソードは結構出てきますのでその辺から当たろうと思っています」

細谷は暗い顔をした。

「ちょっと元気ないな」

「わかりますか?」

細谷は、尾納の顔を見つめた。尾納は軽く頷いた。

「大森には直接当たろうと思いますが、なんて言うか、決定的なものがないのですよ。このままだと、東西証券ルートの方がよかったんじゃないかと……」

「言うなよ。デスクが方針を決めたことだからな。そのうちいい話が飛び込んでくるさ」

尾納は慰めるような口調で言った。しかし尾納も細谷とおなじく憂鬱な顔をした。東西証券ルートなら、そろそろ東京地検の動きも煮つまってきたような情報も入ってきていた。二人の頭の中には、他社が東西証券関連記事をスクープする様子が浮かんでいた。

7

――11月12日(火)12時10分　大洋産業銀行広報部――

「次長、首尾はどうでした?」

倉品実が、顔をにやつかせながら近づいて来た。倉品には、司法記者クラブに行き、ケイサンの記者に会う話をしておいた。勿論、用件もだ。さすがに余裕を失わないタイプの倉品でさえ顔を真っ赤にした。

「それじゃあ、まるで富士倉と同じじゃないですか」

倉品は渡瀬から大戸総次郎の妻に対する融資の話を聞いたとき、そう大声で叫びそうになった。渡瀬は慌てて、倉品を抑え、声をひそめるように注意した。声を多少、抑えても怒りは簡単に治まらず、倉品は鼻息を荒くした。

「そう怒るな。とりあえず記者に会ってくるから」

渡瀬はそう言い残して出かけた。

「その顔は、俺の首尾を疑っている顔だな」

渡瀬は倉品を睨んだ。

「わかりました?　だって次長の顔暗いもの」

「ビンゴ!　すっぽかされてしまったよ」

渡瀬は、頭を掻いた。

「酷い記者ですね。しかし次長も我慢強いな。一時間以上も待ったのでしょう」

「ああ、なにか向こうにも思惑があったんだろう。でも説明もコメントも求めないくらいだから、まだ記事にするということはないだろう」

渡瀬は倉品の同意を求めるような顔をした。

電話が鳴った。一瞬、緊張が走る。渡瀬は倉品の顔を見る。倉品は、渡瀬の机上の受話器に手を伸ばす。

「はい、大洋産業銀行広報部、渡瀬次長の席ですが」

倉品が言う。倉品の顔に緊張が走った。目の中に困惑、戸惑い、そして怒り、そんなものがない混ぜになったような光を放っている。

渡瀬も緊張して、倉品を見つめる。誰からだ？　誰からの電話だ？　倉品に受話器を渡すように目で促す。

倉品が、受話器を手で塞《ふさ》ぎ渡瀬を見つめる。

「誰からだ？」

渡瀬が訊いた。

「ケイサンの高橋記者です」

倉品が言った。

「代われ」

渡瀬は、怒ったように言った。

「先方も次長はいないかと……」

　倉品は固く受話器を押さえたままだ。

「俺が、出る」

　渡瀬は手を伸ばした。倉品は、受話器を手で塞いだまま、それを渡瀬に渡した。渡瀬は倉品の手から受話器を受け取った。

「渡瀬ですが」

「ああ、高橋です」

　相変わらず声が暗い。

「約束の時間にお伺いしたのですよ」

　少し怒りが伝わるように言う。

「そうですか」

　淡々とした返事。声の調子になんの変化もなし。

「相当、待ちましたが」

「書きますから。今日の夕刊です」

　抑揚のない声が飛び込んでくる。

「えっ、なんですって」

　渡瀬の受話器を握る手に力が入る。

「書くと言ったのですよ」

　高橋の声の調子は全く変化がない。極めて事務的な通知のようだ。

「何を書くのですか」

渡瀬の問いに、受話器の向こうで幽《かす》かに笑ったような空気が伝わってきた。

「何って。大戸の妻に対する融資、五千二百万円の件ですよ」

「それについてはなにも説明させてくれていないじゃないですか」

渡瀬は怒る。いい加減にしろと怒鳴りたい気持ちだ。人を呼びだし、一時間以上も待たせやがって。

「説明？　そんなの不要ですよ。私の方は、妻側の訴状を見ていますから、それに基づいた記事になります」

「そんな……。一方的過ぎる」

「一方的過ぎるって言ってもね。渡瀬さん、おたくの融資酷いよ。これ、誰が聞いても犯罪だよ」

高橋が嘲笑しているような声に変わった。受話器から高橋の口臭が臭《にお》ってくるような錯覚に囚《とら》われた。

「犯罪とはなんですか。きちんとした手続きに則《のっと》った融資ですよ」

「貸しっ放しで、督促もない。大戸が死んだら、回収？　こんなのありかよって感じですね。全く銀行って奴はどうしようもない」

高橋が吐き捨てるように言った。

「待ってくれ。説明させてくれ。そんな相手の言い分だけで一方的な記事にするのか」

渡瀬は声を荒らげた。

「もう記事は入稿してしまいましたから、おたくのコメントだけ。そうだな……、一時までに私に電話ください。それでいいですよ。もし間に合わなければ、コメントなしで記事にしますから。一時ですよ。クラブに電話をかけてくだされば、出ますからね」

高橋は用件を伝え終わると、電話を切った。

「もしもし、もしもぉし」

渡瀬は叫んでいた。受話器を置いた。倉品が心配そうな顔で、

「どうですか」

「一方的に切った。書くって言いやがった」

「組んでいますね。その高橋って記者」

「当たり前だよ。訴状はもう手にしていると言うし、妻の弁護士と組んでやがる。高橋にしてみれば、銀行を叩く良い記事だし、弁護士も裁判を有利に進められるからな」

渡瀬は、机をぐいっと押すようにして立ち上がった。塚田令子と目が合った。向こうも心配そうな目で見ている。

渡瀬は、軽く笑って、

「総務部に行ってくる」

「僕も一緒に行きます」

倉品が言う。

「お前は、ここにいろよ。また電話があるかもしれない。心配するな」

渡瀬は、急ぎ足で総務部に向かった。

8

――11月12日(火)12時40分　大洋産業銀行総務部長室――


総務部長室には川田と松沢、古谷、そして弁護士の作田がいた。地下の会議室から、部長室に場所を移し、依然として大戸関連の融資に関する相談をしていたのだ。

渡瀬は、部長室に飛び込んだ。一斉に渡瀬に視線が集中した。

「どうした。ケイサンとはうまく話がついたのか」

川田が書類から目を離して訊いた。顔は笑っていない。渡瀬は川田の正面に立った。

「どうした？　座ったら」

川田の言葉に、ソファに座っている古谷が自分の側に空間を作った。

「このままで結構です。今日のことを報告します。あの後、司法クラブに行きました。ケイサンの高橋記者を一時間以上も待ちましたが、会えませんでした。すっぽかされました。それで帰ってきたら直ぐに高橋記者から電話がありました。電話内容は、記事を今日の夕刊に書くと言うのです。一時までならコメントを受け付けるが、なければないでそのまま出すと言っています」

「なんだって！」

古谷が立ち上がった。渡瀬は驚いて彼の顔を見た。

「渡瀬次長、それじゃあ子供の使いと同じじゃないか」

いつもは穏やかな、笑みを絶やさない古谷が顔を醜く歪めている。珍しいことではあるが、子供の使いと言われて、渡瀬はかっとなった。

「なにが子供の使いですか。訂正してください」

渡瀬は、古谷を睨んだ。さすがに古谷も言い過ぎたと思ったのか、ソファに座り直した。

「古谷、言いすぎだ。それですっぽかされてしまったのか」

川田がゆっくりとした口調で訊いた。表情は固い。

「ええ、約束の時間になっても現れませんでした。最初から、そのつもりのようでしたが」

「それで、書くと電話をしてきたのか」

「そうです。今、ここから電話しますが、私が説明を受けた大戸総次郎の妻に対する融資は、『妻本人が投資資金として浅草橋支店に申し込んできて、本人の了解の下に株式を担保にして融資をした。今回、担保処分して回収した。まったくやましいところのない融資である。総務部は関与していない。裁判になり、右翼団体の代表の元妻であったために、総務部が支店に代わって対処している』ということでいいですね。自信を持って言いますよ」

渡瀬はまるであいくちでもつきつけるように川田に言い放った。川田は、

「その通りだ」

と大きく目を見開いて言った。

「わかりました。ではここから電話します」

「ここから？」

松沢が、驚いた顔で渡瀬を見たが、渡瀬はそれを無視して、部長机の上にある電話の方向に歩い

た。

「広報からかけた方がいいのでは？」

松沢が自信のない声で言っている。総務部長室から新聞記者に電話をすることなど皆無なのだろう。それにせっかく広報にマスコミ対応を任せたのに、ここから電話をされたのでは元も子もない。もしなにか問題が発生したら総務部のせいになる。そんな懸念も松沢の頭を過《よぎ》ったのだろう。しかし渡瀬は再び無視をして、手帳から司法クラブのケイサン新聞の電話番号を調べ、ボタンを押した。

繋がった。まるで待っていたようだ。渡瀬は唾を呑み込んだ。

「大洋産業銀行の渡瀬です」

「ああ、待ってましたよ」

高橋の大儀そうな声が耳に入ってくる。この男、いったいどんな風体をしているのだろうか。髪はぼさぼさで風呂にも入らないせいかごわごわしており、顔には無精ひげ、笑うと黄色い歯が剝《む》き出しになる……。そんな顔が思い浮かぶ。

「それでどうしますか」

「どうしますかって？」

渡瀬は、川田たちの顔を見る。彼らは息を呑んで緊張し、渡瀬が持つ受話器を見つめている。その受話器から、僅かに洩れてくる高橋の声を聞き逃さないという覚悟がほとばしり出ている。

「コメントですよ」

「その前に、記事は出るのですか」

「今日の夕刊、一面トップにドンと派手にやりますよ」

「それはなんとかならないのですか」

「今となってはね」

「こちらの言い分も聞かずに、なぜ、そこまで大きく扱うのですか」

「そりゃ、問題が大きいからですよ。だってね、総会屋への利益供与融資でしょ。商法違反ですよ。そんなこともわからないのですか」

高橋の唾が受話器から飛んで来そうだ。

「そんなことはない。ちゃんと手続きを踏んだ正規の融資です」

「まだそんなこと言ってるの。もう相手にしませんよ。だったらどうして総務部が窓口になるのですか。総務部が融資の窓口になるわけないでしょう」

「総務は窓口ではありません。浅草橋支店です」

「あんたねぇ」

高橋はねっとりとした、さも馬鹿にしたような口調で言った。耳元に絡みつくような気分になる。

「なんですか？」

「浅草橋に訊いたの？　大戸の妻の融資について浅草橋に訊いたの？」

高橋の問いかけに、答えに詰まった。矛盾しているのだが、渡瀬自身が頭から総務部主導の融資だと思い込んでいたため、浅草橋には訊いていない。

「訊いていないでしょう。訊いていたらそんなことは言えないでしょうね。私は訊きましたよ。そうしたらね、総務部に訊いてくれ、の一点ばりだったよ。支店はなにも知らない」

高橋は、思いいれたっぷりに言った。渡瀬の弱点を鋭く突いた満足感が声の調子からもわかる。

「支店は……、トラブルになったから総務に任せたのです」

渡瀬は、苦しげに言った。

高橋は黙っていた。渡瀬は川田の顔を見た。川田と視線が合う。川田はどこか達観したような顔で渡瀬を見ていた。渡瀬は、心底問いかけたかった。なぜ、こんな融資を取り扱ったのか、と。それは富士倉雄一関連の融資に対する問いでもあるからだ。

「これ以上、あんたの話を聞いても時間がおしいから、コメントは、私の方で勝手に書くよ。訴状を見ていないので、コメントできないとかなんとかね」

高橋は、最後通牒《つうちょう》だと言わんばかりに投げやりに言った。

渡瀬は、ふうと息を吐くと、

「詳しいことは訴状を見ていないので確認はできないが、本件は正規の手続きを踏んだ融資であり、今年の九月に担保の有価証券を処分して債権は回収済みとなっている、こういうコメントにして下さい。書きとれました?」

「ああ、書きとったよ」

「記事は?」

「出ればファックスする。番号はわかっている。あんたの名刺を部下から貰ったから」

受話器を置く音が聞こえた。渡瀬は電話を切った。渡瀬は、もう一度、ふうと深くため息をついた。

「記事を送ってくるそうです」

「仕方がないな」

川田が、呟いた。古谷が、渡瀬の顔をじっと見ている。役にたたないなと思っている顔だ。松沢は、黙って腕を組んでいる。作田が、ひとりでそそくさと書類を束ねたりしながら、

「大丈夫ですよ。法廷で負けるわけはありませんから」

と愛想笑いを振り撒いていた。

9

――11月12日(火)15時20分　大洋産業銀行秘書室――


秘書役の斎藤達也は、今夜の各役員のスケジュールを確認していた。彼の机の上には、全役員の夜のスケジュールが記載されたノートが開いて置かれていた。

「しかしよく連日、接待ばかりで身体が持つものだ」

斎藤は呟いた。彼自身も昭和五十四年（一九七九）入行で四十歳と若く、学生時代に剣道をやっていたから身体も丈夫ではあるが、この役員たちの連日の接待スケジュールには、いつも感心しつつ、半ば呆れていた。

銀行の役員は、バブルが崩壊しようがなにしようが、本当に接待が好きな人種だ。役員室では、ウソか誠か知らないが、「夜の酒席が入らない役員は仕事をしていない」と言われていた。だから誰でもが、自分の夜のスケジュールを一杯にした。客との席がない場合などは、親しい部下に声をかけるなどして、無理にでもスケジュールを埋める者も多い。

接待に関してはある日曜日のことを思い出す。日曜日にもかかわらず急用ができた。既に引退してかなり時間が経つ元役員が亡くなったのだ。

秘書役というのは、基本的に日曜などの休日がない。というのもこうした葬儀などの予期しないことが、頻発するからだ。ましてや大洋産業銀行くらいの大銀行になると元役員の数は相当なものだ。そのため寒い季節になると日曜日ごとに葬儀を執り行うことになる。妻は、あなたの知らない役員の葬儀なんかやめてよ、とヒステリーを起こすことになるが、仕方がない。

その元役員が亡くなったことを川本矢一相談役に知らせようと、自宅に連絡を取った。報告だけではなく、打ち合わせも必要だった。夫人が電話に出て、申し訳ありません、ゴルフですと答えた。斎藤は、自分の不明を恥じた。その日、川本相談役は大洋産業銀行のホームコースとでも言うべき神奈川県のゴルフ場にいることを忘れていたのだ。斎藤は、妻の白く冷たい視線を背中に浴びながら、社宅を飛び出し電車に乗った。今から行けば、昼食時に間に合うはずだ。

ゴルフ場について食堂に向かった。斎藤は目を見張った。テーブルというテーブルが大洋産業銀行の役員で占められていたからだ。その場にいない役員を探すのが、大変なほどだった。お蔭《かげ》で川本相談役との打ち合わせは勿論のこと、ほとんどの役員に葬儀の連絡を済ますことが出来た。

今、地震が発生したらこのゴルフ場を本店にすれば問題がないな、とバカなことを考えた。いや別の声が、この食堂の建物が崩壊すればこの下らない役員たちがみんないなくなってすっきりすると悪魔的なことを囁《ささや》くのが聞こえてきた。

「阿藤先生がお帰りになります」

川本相談役の秘書が息を切らせて報告に来た。

「そうか」

斎藤は、慌ててノートを閉じ、席を立った。

阿藤一徳。雑誌「大都経済」の主筆にして経営者。政界にも人脈が太く、それを利用して経済界にも深く食い込んでいた。

川本のことは随分評価していてよく訪ねてくる。実のところは評価しているというよりも川本が気配りの名人で、他人の話を嫌がらずじっくりと聞くからかもしれない。だから阿藤にしてみれば、ちょっと立ち寄って話をして帰るには気分もよく、またなにかしらの見返りも期待できるため、一石二鳥といったところなのかもしれない。

川本のことはなにも阿藤ばかりではない。多くの人間が慕っていた。人柄がいいというのは彼のような人物のことをいうのだろうと斎藤は思っている。自分のことは一切話題にしない。いつも相手に合わしてくれる。同じ相談役でも大森のように自分のことからまず話しはじめるのとは大違いだ。

しかしその大森が後継に選んだのが川本なのだ。大森にしてみれば、川本が御《ぎょ》し易《やす》いとでも思ったのだろうか。当時、川本にはライバルがいた。行内的にはそのライバルである浅木義彦が後継として有力視されていた。浅木は、家柄も元大物政治家の息子であり、また大学も旧帝大の帝都大学だった。一方、川本は、そうした閨閥はなく、大学も南都大学と、旧帝大とは言え、帝都大学とは見劣りがした。だから誰もが浅木を大森の後継と考えていた。

これに関して大森から少し聞いたことがある。なぜ浅木ではなく川本を選んだか、である。その日は妙に大森は機嫌がよかった。斎藤がたまたま相談役室に行くと、まあ座れと言われ、いつものように昔の自慢話になった。こうした話にじっくりと耳を傾けるのも秘書役の重要な役割だった。話は浅木と川本の比較になった。大森は、浅木は基本的にエリートだったから泥を被れないからな、と言って大口を開けて笑った。大森自身が仙北大学という旧帝大の中でも帝都大学に対して劣等意識を持つ大学出身だから余計にそう思っていたのかもしれない。

大森は、

「浅木のことは実は、伊部さんも評価していなかったんだぞ」

と嬉しそうに言った。

伊部というのは名誉会長で大洋産業銀行の創業者のような存在だ。行内では神様とさえ呼ばれていた。

勿論、斎藤は特に相槌を打つでもなく、微笑みを浮かべて大森を見つめていた。

大森は話を続けた。大森は決して言葉が丁寧ではない。自分のことは俺と呼ぶ。

「ある日、伊部さんが、おい、浅木をなんとかしたほうがいいぞ、と言うんだ。何でだろうと訊くとだなぁ、古くからの取引先の評判がよくねぇと言うんだな。浅木は、生意気だ、経営にちょこちょこ口を出しすぎる、自分をなに様だと思っているんだ、と散々だって話だった。それで伊部さんは、俺にだなぁ、浅木にちょっと説教をしてくれんかと言うんだ。いずれ頭取にすると考えているんだからな、今のうちに性根を入れ替えてやらんといかんと親心を出されたわけだな。それで俺は言われた通り浅木を部屋に呼んで、お前を頭取にするには、古くからの有力取引先が反対するかもしれんから、少し腰を低くするとか、謙虚になってバンカーの心構えをもう一度見直して欲しいって言ったんだよ。そうしたらどうだ、浅木の奴、子供みたいに真っ赤になって、ぷーっとふくれっ面になってな。私は私です、そんなことを言われる筋合いはない、生き方は変えないって怒った。本当にあの野郎はかわいくねぇ野郎だよ」

と大森は顔を歪めた。

「それでどうしたと思う?」

大森は斎藤に問い掛けた。斎藤が僅かに首を傾げると、一層顔をほころばせて、

「わからんかなぁ。浅木はなぁ、失礼しますとも言わずに、俺の部屋を飛びだしやがった。俺はビックリしたぁ。ドアがバンッてな、壊れるかと思うほどの音を立てた。これでこの男は頭取には無理と思ったなぁ。それでな、頭取には川本を選んだ。そればっかりではない。浅木に尻尾を振っとった連中はみんな飛ばしてやった。そりゃそうやろ、川本がやりにくいからな」

と言った。

「飛ばしてやった」と言った時、大森は斎藤をじろりと音が出るほど睨んだ。さすがに迫力があり、心臓がドキリとした。

浅木はその後、帝都大学時代の伝手《つて》を頼って流通大手の西洋グループに転じた。

斎藤は、大森の話を聞きながら、浅木の失脚を伊部名誉会長の責任にしているが実際は大森の差し金で全てが動いているはずだ、と思った。浅木くらい大物の副頭取が、その程度のやり取りで頭取の座を諦めるとは思えないからだ。日常的に大森から、嫌味を言われ、嫌気がさしていたに違いない。浅木が、出ていかざるをえないように、静かにうまく仕組んでいったのだろう。それはそれでたいしたものだ。しかし浅木がトップになると信じていた連中は慌てたに違いない。突然に旗頭が消えてしまったわけだから。その時、どういう気持ちで浅木を見送り、そして大森に恭順の意を

示したのだろうか。

秘書室から出ると、阿藤がステッキをつきながら歩いているのに出会った。やや右足が不自由なようだ。以前、脳梗塞《のうこうそく》かなにかで倒れたことがあると聞いたが、その後遺症かもしれない。その側にぴたりと川本が寄り添っている。まるで阿藤の秘書のようだ。阿藤は大物ぶって歩いているが、川本は細身の身体を折り曲げ、視線を落としながら、阿藤の半歩後を歩く。

その姿を見た時、斎藤は、川本が伊部名誉会長の秘書として評価されたという話を思い出した。この話も大森から聞いたのだっただろうか？　伊部が会長をしていた時、そして五菱銀行との合併阻止に奔走した時、秘書として仕えたのは川本だった。どう仕えたかは、なにもエピソードらしきことは残っていない。そこが控えめな川本らしい。合併破談の大事件であり、後に小説になったくらいだから、川本のエピソードのひとつやふたつが語られていてもおかしくはない。ところが何もない。秘書室にも伝わっていない。何人かの秘書の下らないエピソードさえ伝わっているというのに。これは不思議なことだ、と斎藤は思った。そしてあらためて頭を下げつつ、阿藤と川本を見た。エピソードがないというのが、川本の凄《すご》さなのだとその薄く微笑を湛えた顔を見て思った。秘書は黒子だ、という凄《すさ》まじいまでの信念が聞こえてくるようだ。

川本が伊部の秘書として有能であったことは、まぎれもない事実だ。その後、とんとん拍子で出世したし、ついには頭取、会長にまで上り詰めた。そしてそれらの仕事を十分にこなし、今では相談役だ。行内的には、その人望、執務能力からして大森を凌《しの》ぐ勢力を保持するようにまでなった。

浅木を追い出すように仕向けて行ったのは、大森だと思ったが、川本の黒子に徹する生き方を見ると、彼自身の深謀遠慮だったのかもしれないという邪推さえ湧《わ》いてくる。

斎藤を川本の視線が一瞬、捉えた。斎藤は、その鋭さに射抜かれたように、小走りにエレベーターに向かう。エレベーターの前には、女性秘書が立っている。斎藤が彼女に目で合図すると、エレベーターのドアが静かに開いた。自動のエレベーターを手動に切り替えて、阿藤の到着を待っていたのだ。阿藤がゆっくりと廊下を歩く間、大洋産業銀行の、十基あるエレベーターのうちの一基は、阿藤専用になったわけだ。それが川本の阿藤に対する気遣いだった。他の乗客は、なかなかエレベーターが来ないと不便に思っただろうが、構いやしない。

川本は、つっつっと阿藤の前に進み出て、自らエレベーターの中に入り、B3のボタンを押す。B3の駐車場へ直行する手配を整える。阿藤が軽く頭を下げる。銀行のトップまで務めた男が自分のためにエレベーターのボタンを押してくれるのだ。これは阿藤でなくとも川本に気持ちのいい会釈のひとつもしたくなる。斎藤はその姿をしっかりと目に焼きつけた。秘書はかくあるべきという姿だ。

阿藤は、満足そうにエレベーターに乗った。女性秘書が同乗した。川本と斎藤は深く頭を下げ、彼を見送った。斎藤が顔を上げた時、川本と目が合った。

川本は、

「ごくろうさま」

と斎藤に言った。

彼の顔は、彫りが深いとか、眉が濃いとか、特徴のある顔ではない。強いていえば口がわずかにへの字に結ばれているくらいか。どこといって特徴のない顔だが、じっくり見ると怖さが背筋を上ってくる。それは剣道をやっていた斎藤に伝わる怖さだ。無。気がつくと剣先を喉元につきつけているような表情とでも言おうか。絶対に闘いたくない相手と思わせる顔だった。

斎藤が川本に深く頭を下げている間に、川本は自室へと消えた。

「おい」

突然、声を掛けられ斎藤は、慌てて振り向く。広報の渡瀬が目に入った。

「渡瀬次長」

斎藤が言った。

渡瀬が笑った。

「秘書も大変だな」

「見ていましたか」

「ああ、邪魔にならないように隠れてね」

渡瀬はにんまりとした。

「あれ、阿藤だろう。よく来るのか」

「ときどき、です」

「あいつのインタビューの手配は参るよな。朝がとびきり早いものだから、打ち合わせに行くのが六時だよ」

「そうですか……」

「それに最近は、早朝の散歩会のようなものを始めてね。部長にも声がかかっているのだけれど、行く必要がないと言っているんだ。なにせ散歩して、朝粥《あさがゆ》喰って、八万も請求するんだからな。馬鹿げているよ」

渡瀬は顔を顰めたが、笑っていた。

「そうですね」

斎藤は、相槌を打った。同意したわけではない。ただ軽く返事を返しただけだ。

「斎藤さんに訊きたいことがあって待っていたんだ」

渡瀬は顔つきに真剣さを滲《にじ》ませた。

「なんでしょうか」

斎藤は訊いた。

「役員の今夜の予定だ。今夜専務以上で夜の予定を入れていない人はいないか。できれば企画、総務担当がいい」

渡瀬の質問に役員のスケジュールノートが浮かんだ。空いている役員などいないのではないかと思ったが、斎藤は、

「調べますから、秘書室に来られますか」

と言った。

「もちろん調べてくれ」

「時間は?」

渡瀬は考える様子で、

「七時ごろかな?」

「接待ですか?」

「接待ねぇ。まあそんなところかな」

渡瀬の顔が笑っていない。

斎藤は渡瀬を秘書室に案内した。

「直ぐ来ます」

「悪いな。急がせて」

渡瀬は室内のソファに座った。斎藤は自分の机に戻り、スケジュールノートを開いた。ざっと見渡す。予想通り空きはなさそうだ。

うん？　一人の役員のスケジュールに目が止まった。キャンセルになっている。大岩統一郎専務。企画、広報担当だ。斎藤はノートから目を離し、渡瀬に向かって、

「大岩さんが、空いていますね」

と言った。渡瀬は明るい顔になった。

「予定いれますか？」

斎藤は訊いた。

「少し待ってくれ」

渡瀬が答えた。顔つきが、真剣さを増したように斎藤には見えた。接待ではなさそうだ。待っている間に、他のスケジュールが入らなければいいが、とふと不安になったが、余計なことは言うまい。黒子に徹するのが秘書の役割だと思い直して、斎藤はノートを閉じた。

10

――11月12日(火)17時10分　大洋産業銀行総務部応接室――

総務部総務グループのチーフ浜野直人の手にはケイサン新聞の夕刊が握られていた。浜野は高卒の叩き上げ行員だ。叩き上げのしたたかさ、強さを持っていた。目の前に伊能東助が座っている。この新聞を持って来た男だ。彼は「情報ジャパン」という情報誌を主宰している。

浜野は新聞をテーブルに投げると、マイルドセブンライトに火を点けた。

「怪しい取引……ねぇ」

浜野は煙を吐き出した。

新聞には大洋産業銀行が総会屋グループ代表の妻を借入れ名義人として総額五千二百万円もの融資を行っていることが判明したと一面に大きく報じられていた。総会屋グループ代表とは大戸総次郎のことだ。

融資は、総務部が窓口になって実行したこと、金利も支払っていないこと、返済の督促がなされていなかったことなどから「一般にはあり得ない融資で利益供与に極めて近い特別扱いの融資である」と指摘されていた。

大戸は、「神国日本同志会」という右翼団体を主宰していたが、上場企業の株主総会で活発な活動を繰り広げていたため総会屋と見られていた。そのためこの融資は総会屋など特定株主に利益を提供してはならないという商法違反に該当する疑いがあると新聞は言いたいのだ。

「この女もよく言うよな。自分でサインしたんだぜ」

浜野は呟いた。

新聞によると大戸の妻（後に離婚）は、取引の関係で名前だけ貸して欲しいと大戸に頼まれ、詳しい事情の説明も受けずに融資関係の書類に記名押捺しただけであり、融資された資金は大戸が管理し、自分は一銭も使っていないと主張していた。

「ミスったなぁ」

伊能が言った。浜野が、きつい視線で伊能を捉えた。

「処分した株券の中に、大戸の奴が離婚をする際、くれてやると約束していたものが混じっていた。それをこっちが処分したものだから、かっと来たんだな。こっちにしてみたら担保にはいっているものは、処分させてもらうのが筋だ」

浜野は、言い訳がましく言った。

「どうする？」

伊能が訊いた。

「どうするって、なにをさ？」

浜野は、すっかり冷えてしまった茶を一口啜《すす》る。

「この大戸の記事の始末だよ」

「だって、これ、記者と女と弁護士のやらせだろ。こんな大きな記事にしやがって」

浜野は口元を歪める。

「これだけ大きいとヤバイぜ」

伊能が心配そうに身体を屈《かが》める。伊能の細い身体が余計に貧弱に見える。

「しょうがねえじゃねえか。これだってやりたくてやったわけじゃない。仕事だよ」

浜野は年上の伊能に対して何の敬意も示さない。浜野は地位は決して高くはないが、情報屋などの担当として鳴らしている。彼が情報屋にとっての銀行窓口、すなわち情報提供料の支払い担当である以上、立場はある程度強い。

「そりゃあそうだ。みんなわかっているさ。こんなの普通だってことはな。しかしそれは表に出ないときのことさ。こうやって出てしまえば、裏では当たり前でも、表じゃ異常だ」

伊能はまるで息子に諭すような調子で言う。

「大戸も女と離婚なんかするからだ。ちゃんとしないから文句を言ってくるんだ。貸してくれと言われれば、断る理由なんかない。ただ大戸本人の名前じゃマズイ。当局の目もうるさい。だから女でいいだろう。それだけだ。どこでもやっていることだ」

「どこでもやってはいるが、表には出ていない。なんで上手くやんなかったんだ」

「もともとくれてやるような融資だったが、適当な時期に返済される予定だった。それが突然、あいつが死んじまったものだから、予定がみんな狂った。死んだ奴への融資をそのままにするわけにはいかない。回収しようってことになった。未収の利息は償却してしまうことで、向こうとも話は付いていたと思っていた。まさか訴えてくるとはなあ」

「総会屋の大戸が自慢していたが、おたくに担保で預けた株と不渡り小切手を差し替えてやったって言っていたぞ」

「ああ、聞いたことがある。大戸が株を返せ、代わりにこの小切手だって差し出したのが、不渡り小切手だという話だろ。それは結局、大戸の要求に応じたようだな。バカな話だ」

浜野は悪びれた様子もない。ただ本音は震えていた。まさかこんなに大きな記事になるとは思ってもいなかった。この記事に刺激されて警察当局が動き出したら、どうなるかというのも心配だった。というのはなにも大戸の案件が珍しいのではなく、総務部には多くのこれと同じような融資がある。全容は摑《つか》んでいない。でもそれは仕事の結果だった。それが総務部に与えられた仕事だったのだ。

浜野は煙草をもみ消した。

「当局は動くかな」

浜野は、額を指さした。警視庁という符丁だ。

「今のところはなにもない。ただ……」

伊能は、首を傾げた。

「ただ、なんだ？」

「今日、読東新聞の親しい記者が、久し振りに来て、おたくのことを訊いていった。大熊公康のことや富士倉のことも訊いて帰った。大森のことを話してやったら、面白そうに聞いて帰ったけどね」

伊能は、思い出したように小さく微笑した。

「あんまりうちのことを話さないでくれよ」

浜野は、なんだか背筋がじんじんとする思いが募ってきた。ロクでもないことが進行しているような気がする。

「わかったが、なにかあったら教えてくれよ」

伊能は言った。

「大熊公康ねぇ。神様の友達。誰も逆らえない男……」

浜野は、ぽつりと言った。

「神様の友達？　なんだそれ。そう呼ばれているのか」

伊能の視線が強くなった。

「なんでもない」

浜野は笑った。

「頼むよ」

伊能は、ふてくされたように言った。伊能と浜野は常に情報交換をしていた。お互いにとって有用な情報を提供しあい、その情報をお互いの立場で利用していた。それが彼らの役割であり、仕事だった。

「今日は、ありがとう。いち早く新聞を持ってきてもらって。心配かけました」

浜野は伊能の目の前に封筒を差し出した。五万円が入っている。お互いが領収書を必要としない金だ。

「悪いね。いつも」

伊能が、その封筒を背広の内ポケットにしまった。

「大丈夫だよ。裏金だからね」

浜野が、皮肉っぽく言った。

「どこでもやってることだ」

伊能が、胸をぽんと叩いた。

「そうだ。どこでもね」

浜野は薄く笑った。どこでもやっている。この言葉の響きが妙に心を落ち着かせてくれる。

伊能をエレベーターまで送って総務部に戻ると、同じ新聞を持って広報の渡瀬が部長室に飛び込んでいった。

「あの野郎。記事も抑えられないくせしやがって、なにが広報だ」

浜野は、吐き捨てるように言って自席に戻った。

11

――11月12日(火)17時55分　大洋産業銀行総務部長室――


渡瀬は川田に殴りかからんばかりに迫っていた。

「記者会見なんかできるか」

川田はいつもの冷静さを失っていた。渡瀬が、新聞記事を持ってきて、突然、記者会見をするべきだと言ってきたからだ。

「やるべきですよ。もう広報には各新聞社から問い合わせが一杯かかってきています」

渡瀬の言うことは事実だった。夕刊ではあるが、ケイサン新聞の扱いは異常とでも言うべき大きさだったからだ。渡瀬もその記事の扱いには驚愕《きょうがく》した。一面。そして二面。なにごとが起きたのかと思わせる記事だった。

渡瀬は記事が出れば、一気に世間の関心を冷やすためには記者会見が有効であると確信していた。記事は出たが、企業側が何も対応しないことによって、マスコミを怒らせ、危機を拡大することが多くある。むしろ最初から大きく構えて、小さく抑える方が得策だと思っていたのだ。

ところが記事の扱いの大きさは、どうするかを迷うことなどできないほどだった。記者会見をやらねば、この大戸問題をいつまでも引き摺《ず》ることになる。渡瀬の頭の中には、いつも富士倉問題があった。大戸問題を長く引き摺れば、必ず富士倉問題が白日のもとに晒《さら》されると懸念を深めていたのだ。

「いいじゃないか。もう記事が出たんだから。これで終わりだろう」

川田はまだ渋った。松沢も川田に同調した顔をしている。

「終わりません。むしろ終わりにするために記者会見をやるんですよ。記者は説明を求めています。きっちりと説明すれば、納得して深追いしません。逃げれば追いかけてきます」

渡瀬は強調した。

「逃げるなんて……」

川田は顔を顰めた。

「説明ができないのですか。やっぱりおかしな融資だと認めるのですか」

渡瀬は、迫った。古谷が腰を上げた。怒りに顔を歪めている。

「何を言うんだ。説明できる。きちんとした融資だ」

川田は言った。

渡瀬は、川田に近づき耳元で、

「富士倉の問題に火がついても知りませんよ」

と囁いた。川田は、大きく目を見開いて渡瀬を見た。

「わかった。仕方がない」

川田が言った。記者会見を実施することに、腹を括《くく》ったようだ。途端に松沢も古谷も大人しくなり、川田に同意した。渡瀬は、総務部長の力の大きさを垣間見た感じがした。

「誰がやるんだ。この記事が出て、誰か役員が、俺が説明してやると言ってきたか」

川田が渡瀬に訊いた。強烈な皮肉がこもっていた。確かにこれほど大きな記事が出たにも拘わらず、行内の誰からも問い合わせがない。普段なら小さな記事が出ても、特にいい記事なら問い合わせがあった。例えばどこそこの部がどんな働きをして、シンジケートローンを纏《まと》めたなどという記事が出ると、その成果を誇る役員から、多くの電話が広報に来た。ところがこの記事だけは、行内の反応は全くない。そのことは渡瀬も不思議に思っていた。

「渡瀬次長、あんたがやれよ。記者会見」

川田が、顎をしゃくりあげるように言った。

「私はできません。ましてや私がやっても記者は納得しません」

渡瀬は川田の言葉をはねかえした。

「誰もやらないよ。役員なんて、この話を新聞で読んでも自分のことだとは思っていない。自分は関係ないと思っている。総務部の仕事だろうと関与する気のある奴など誰もいない。そんなものさ」

川田は寂しそうな顔をして、渡瀬を見つめた。川田の言いたいことは渡瀬にもわかっていた。この大戸関連の融資は、この記事の通りなのだ。やはり通常では考えられない融資なのだ。でもそれを黙ってやり続けねばならないのが総務部だった。そしてその相談には誰も乗ってくれない。総務部という狭い社会で、全てを完結しなくてはならないのだ。今回はそれが破れ、大戸問題が外部に出てしまった。役員のほとんどは、わからないと言ってこの問題から逃げ回っている。総務部と係わりたくない。係われば傷つく。これが役員たちの共通した考えに違いない。それを知っているだけに川田の表情が暗いのだ。

「頭取、副頭取、誰ももう行内にはいらっしゃいません」

古谷が深刻そうな顔で報告した。秘書室に確認したのだろうか。

「記者会見しようにもえらい人はみんな呑みに行っていない。今、呼び戻すのもどうかと思うがね」

川田がソファに身体を沈めた。

「ねえ、古谷さん、大岩専務がいらっしゃるか、確認してください。いらっしゃれば、渡瀬が直ぐ行くと伝えてください」

渡瀬の指示を受け、古谷はすぐに部長席の電話を取り、秘書室に連絡した。

「いらっしゃいます。大岩専務がいらっしゃいました」

古谷が弾んだ声で言った。

「じゃあ、ちょっと大岩さんのところに行ってきます。待っててください」

渡瀬は川田に言った。

それを聞いて古谷は慌てて、

「今、広報の渡瀬次長が大岩専務の個室に急用ではいられますから」
と秘書に伝えた。

12

——11月12日(火)18時15分　大洋産業銀行29階大岩専務個室——

渡瀬は大岩統一郎ならなんとかしてくれるだろうという甘えにも似た気持ちがあった。大岩の担当は企画、広報だから今回記者会見してもなんらおかしくはない立場であることも理由の一つだが、彼は渡瀬と同じ城北大学出身だからだ。

大岩は体育会系の明るさと強引さで専務にまでのし上がってきた。大洋産業銀行では、城北大学は役員レースでは、どちらかというとマイナーな勢力だった。帝都大学、明慶大学、そういった壁にいつも阻まれていたのだが、大岩はそうした壁を楽々と乗り越えていた。さっぱりした性格で、部下からも慕われており、記者会見も、ひょいっと受けてくれそうな気がしていた。

「入ります」

渡瀬は大きな声で、ドアを開けた。手にはケイサン新聞の夕刊を持っている。

「どうした。なにかあったか」

大岩は小柄だが、柔道で鍛えているだけにがっしりした体軀《たいく》だ。

「これ、ごらんになりました?」

渡瀬は記事を大岩に突き出した。

「見た。なんだこれは？」

「詳しい説明は後ほどしますが、専務、お願いがあります」

渡瀬は気持ちとは裏腹に、微笑を浮かべた。

「気味が悪いな。お前がそんな神妙になると」

「専務、記者会見をお願いします」

渡瀬が頭を下げた。

大岩は新聞記事と渡瀬とを交互に見た。

「ひょっとしてこの記事のか？」

大岩は、半ば呆れたような顔で訊いた。

渡瀬は頭を下げたまま、

「その通りです」

と大声で答えた。

「おいおい、いくらなんでも、俺はできねぇよ。突然、俺にふるなよ」

大岩は、驚きで地が出たのか、べらんめえ調になった。

「他には誰か役員はいないのか」

「みなさん、呑みに行かれて、誰もいらっしゃいません」

「誰もいないのか」

「いません。専務が頼りです」

「記者会見しないと収まらないのか」

「収まりません」

「仕方がねぇなあ。やるしかねぇのか。だけど何も知らねぇぞ。担当じゃないし、責任は持たないぞ」

「ありがとうございます」

渡瀬は、深々と頭を下げた。

渡瀬は大岩をあらためて尊敬した。なにかと逃げ回る役員が多い中で、なにも訊かずにひょいっと引き受けてくれたからだ。予想はしていたが、見事だと思った。それに顔を見ても、深刻さがない。これはいいことだ。なぜなら今回の記者会見は、融資が問題ではないのかと問われるわけだが、大岩の顔を見ていると問題などないという顔をしている。

「じゃあ、どうすればいいんだ」

「すぐに総務部長室に行っていただきます」

「そこで勉強だな」

「はい。しかしなまじ勉強して頂くと、ぼろが出るかと……」

渡瀬は軽口を叩いた。いくらか気分が高揚していたのだ。

「ばかやろう、てめぇ」

大岩がにんまりと笑った。

「ちょっと電話を借ります」

「ああいいよ」

渡瀬は大岩の机の電話から、広報部にいる倉品を呼び出した。倉品が電話に出た。

「倉品。緊急の記者会見だ。もうすぐ、六時半だから、七時半から、場所は二十階の大会議室だ。日銀記者クラブ所属の報道各社と主要な雑誌に連絡しろ」

倉品が、わかりました、と言ってすぐに受話器を置いた。何を指示してもわかりのいい奴だ。この記者会見は上手く行く。渡瀬は確信した。

「しかし誰もかれも役員連中は呑みに行っちまったなんて、しょうがねぇなあ。呼び出せよ、まったく」

大岩が愚痴っていた。興奮し始めているのがわかった。

13

——11月12日(火)19時30分　大洋産業銀行20階大会議室——


「お待たせいたしました。ただ今より本日のケイサン新聞夕刊の記事となりました融資に関連しまして、記者会見を開催いたします」

渡瀬はマイクを持つ手に汗が滲むのがわかった。落ち着いているのか、興奮しているのかわからなかった。予想以上の反響だったのだ。会場となった大会議室は、普段は研修などに使われるのだが、詰めれば二百人くらいは入る。その会場が、完全に満員なのだ。

足下には大勢のカメラマンが足を投げ出して座り、カメラのレンズを壇上に向けている。

記者が記事を書きやすいようにと机もそのままにしたが、隣の記者と肘《ひじ》が付きそうになっている。彼らの息遣いが、司会の渡瀬にまで伝わってくる。ケイサン新聞の高橋が来ているかどうかはわからない。

実は、記者会見をやるべきだと主張したものの、渡瀬にとっても初めての経験だった。よく一時間で会場の準備ができたものだと下らないことに我ながら感心をする。

壇上には、大岩と松沢が座った。松沢が座るには、ひと悶着《もんちゃく》があった。総務部からは誰も記者会見に出さないと言ったのだ。それは総務部が出れば、追及され、糾弾されるというリスクに晒されるというのだ。

渡瀬は、怒った。

「大岩専務一人にして、どうするんですか。何も知らない専務が立ち往生したら、誰が責任を取りますか。この融資に一番詳しい総務は出る義務があります」

川田の言うことも理解できるが、大岩専務には補助者が絶対に必要だった。

松沢と古谷から融資の概要などを説明されていた大岩が、顔を上げ、

「川田部長、一人出せよ」

と冷静な口調で言った。

「わかりました」

川田が言うと、松沢が、

「私がやります」

と手を上げた。松沢も総務に来て、そう時間が経っているわけではないが、副部長として覚悟を

決めたのだろう。

「ご紹介いたします。皆様方から向かって左から大岩統一郎専務、松沢壮太郎総務部副部長、私は司会の広報部渡瀬でございます。本日の会見の趣旨は、ケイサン新聞の記事についてでございます。大岩から簡単に記事を説明させていただきます」

渡瀬の発言を受けて、大岩が用意したペーパーを読んだ。大岩の前には報道各社のマイクが何本も並んでいる。

大岩は、融資の経緯や現状を要領よく説明した。声には張りがあり、落ち着いていた。俯《うつむ》いて、メモを棒読みするのではなく、時折、記者に顔を向けた。その瞬間に、激しくシャッター音が会場に響き渡った。

「何かご質問はございますか」

渡瀬が会場に声をかけた。声が届かない時のことを考え、両サイドには、ワイヤレスマイクを持った倉品と橋沼と加川行彦が緊張した顔で立っていた。三人とも渡瀬の部下だった。

「謝罪しないんですか」

渡瀬が手を上げた記者を指差すと、マイクを渡す間もなく大岩に向かって叫んだ。

「本日は謝罪会見ではありません。正規の手続きを踏んだ融資ですので謝罪の必要はありません」

大岩が答える。落ち着いたものだ。

「正規の手続き通りと言われてますが、総務部が融資を行うのはおかしいでしょう」

と別の記者。

「総務部が融資をしたわけではありません。窓口として浅草橋支店に取り次いだだけです」

と大岩。

「回収したわけですね」

「そうです」

「利息はどうするのですか」

「請求していきます」

「金銭消費貸借証書がなかったのは？」

「手形貸付ですから、不要です」

「あくまで大戸氏の妻に対する融資だと……」

「そうです。借入れの意思を確認しております」

「大戸氏は総会屋ではないのですか」

「大戸氏への融資ではありません」

大岩が見事に質問の趣旨をかわす。

「大戸とは面識があるのですか」

「ありません」

「総務部の副部長はどうですか」

記者が矛先を松沢に向けた。あまりに見事に大岩が質問を捌《さば》くので、松沢の出番がなかった。驚いた顔を記者に向けた。

「ありません」

松沢は答えた。事実だ。松沢が総務部に来る前に大戸は亡くなっていたからだ。

突然の記者会見のせいか記者側にも準備不足があったのだろう。質問は、数の割には深くつっこんだものはなかった。

「今後の方針は？」

「裁判できっちりと処理をつけます」

大岩がひときわ大きな声で答えた。そろそろだなと渡瀬は時計を見た。時間が午後八時三十分を丁度過ぎたところだ。始まってから一時間が経過した。質問も出尽くしたようだ。記者のなかにも、もう訊くことはないという顔をした者もいる。

「それでは」

と渡瀬は声を張り上げ、

「記者会見を終了させていただきます」

と叫んだ。

その声を合図に、記者は一斉に立ち上がった。その中に読東新聞の社会部記者、細谷と木口の顔があった。渡瀬は目で挨拶をした。彼らも軽く頭を下げた。

渡瀬は、彼らの顔を見た時、足が微妙に震えた。会見を終えた安堵《あんど》感からではない。富士倉案件を思い出したからだ。五千二百万円でこの騒ぎだ。七十五億円だといったいどうなるのか。この何倍の記者に取り囲まれ、追及されることになるのだろうか。

壇上から大岩がゆっくりと立ち上がり引き上げてきた。松沢の顔にも余裕があらわれている。川田を探した。川田は会場の隅にいたはずだが……。川田も同じことを考えたに違いない。富士倉案件は、こうはいかない。なにせ桁《けた》が違うと。

――11月13日(水)早朝　渡瀬正彦自宅――

渡瀬は、新聞配達の音が聞こえるなり飛び出した。朝毎新聞を配達員から奪い取るように受け取った。一面には大洋産業銀行の記者会見の記事はない。その場で新聞を繰る。社会面に記事はあった。記事は予想していたより大きくない。渡瀬は大きく深呼吸をしてから、それを読んだ。

記事は、大戸総次郎の元妻に対する融資回収に絡み、元妻が担保となっていた株券の返還を求める訴訟を起こしたという事実関係の記載に続き、昨夜の記者会見について、「大洋産業銀行は同日夜、記者会見し、『詳しいことは訴状を見ていないので確認できないが、この融資は所定の手続きを踏んだもの』として、便宜供与を否定。『貸出金は今年九月に担保とされた株券などを売却し、ほぼ回収した。一部未払いとなっている金利は先方に請求中。事実関係は裁判で明らかにしていく』などと説明した」と簡潔に報じていた。

第四章　発覚

1

――1997年5月12日(月)8時10分　大洋産業銀行役員専用大会議室――

渡瀬正彦は本店三十階の役員専用大会議室にいた。重厚な木製テーブルの周りに幾つかの椅子が並べられている。臨時の会議やごくたまには重要な契約の調印式などに使用される部屋だ。入り口を入ると正面に広い窓があり、そこからは銀座の街を見下ろすことができ、向こうには東京湾が広がっている。

会議は八時半からだ。まだ誰も来ていない。渡瀬は窓から海を眺めていた。今日は快晴だ。停まったような緩慢な動きの船が見える。その海は鏡のように静かなのに、大洋産業銀行はもう直ぐ嵐に突入するかもしれない。

三月六日午後五時半、東西証券が緊急に東京証券取引所で記者会見をした。内容は総会屋親族企業に利益供与取引をしたことを認めたものだ。会見した東西証券副社長は、利益供与した相手を「ある法人客」と最初発表した。しかし記者からの質問で、ついにその法人客が「総会屋」であることを認めた。

平成五年（一九九三）三月頃、東西証券に総会屋関連の不動産会社の口座が開設された。その後、総務担当常務が営業担当常務に依頼し、平成七年三月十五日、東西証券は自己売買で扶桑《ふそう》銀行株を大量に買い込み、その利益を一日で約四千万円もその不動産会社に付け替えた。証券会社は自己売買で得た利益は全て自己の利益としなければならないのだが、これをあたかも不動産会社から買い注文があったかのように仮装して、計五件の取引で不正な利益供与をした。

副社長は「あってはならないことで慙愧《ざんき》に堪えない」と深く陳謝した。記者から「トップの指示はなかったのか」と問い詰められたが、「それはない」と即座に否定し、会社ぐるみではないと言い切った。

記者会見翌日の七日、蔵相は「徹底的な調査を命じている」と発言し、行政当局としても東西証券に厳しい姿勢で臨むことを明らかにした。これは東西証券が平成三年に特定企業に対して損失補塡《ほてん》を行い、世間の信頼を失墜させたが、その際、表明した改善策が口先だけだったことを証明してしまったために、大蔵省の怒りに火をつけた。

一週間後の十四日には窪田洋社長が辞任を発表、相談役に退いた。社長は会長兼務となった。これで東西証券は樋口護会長、樋口清治社長の辞任に続いて、二代に亙《わた》ってトップが不祥事による引責辞任をしたことになった。証券界のガリバーと言われた東西証券の評価も地に落ちてしまった。

そして遂に三月二十五日午後、東京地検特捜部と証券取引等監視委員会（ＳＥＳＣ）は商法違反

（利益供与）と証券取引法違反（損失補塡・利益追加）の容疑で東西証券本社など十数カ所の家宅捜査を行った。その日以来、「総会屋」が「富士倉雄一」という具体的な名前を持った。

東西証券に向かって百数十人という黒いスーツの男たちが隊列を組み、固い顔をしたまま進軍していく姿を渡瀬はテレビで見ていた。その時、ついに来るべきものが来たと身体が震えた。遅かれ早かれ富士倉雄一の金主は大洋産業銀行であるとマスコミは大々的に書くだろう。今までは、一部の雑誌に書かれる程度で話題にはなっていないが、これからはそうはいかない。しかし現時点で富士倉雄一との取引の詳細は不明のままだ。何も明らかになっていない。行内では主要な役員でさえ大洋産業銀行に最悪の事態が迫りつつあることを知る者は少なかった。

渡瀬は入り口近くの椅子を見た。もうすぐここに総務部長の川田大が来る。そしていつものようにテーブルの端にある椅子に座るだろう。ほとんど何も発言しないで俯《うつむ》き気味に座っているだけだ。深い諦めがあるように渡瀬には思えた。ふと去年の十一月十二日に行われた右翼総会屋大戸総次郎の妻に対する五千二百万円の融資に関する記者会見の数日後のことを思い出した。

渡瀬は総務部長の川田大に呼ばれ、総務部長室で川田と向かい合った。

「なんとかぎりぎり通り過ぎたな」

川田はきつい目で渡瀬を見ながら、茶を呑んだ。

「甘いですね」

渡瀬はきつく言い放った。

「何が甘いんだ」

川田が顔に怒りを浮かべた。

「もし富士倉の件が表に出たら、あんなものじゃすまないということです」

渡瀬は暗い顔で言った。

川田は顔を顰《しか》めて、

「余計なことを言うな。それにあの案件は、詮索《せんさく》するな。お前の手に負える話じゃない。私は、渡瀬、お前を買っている。できたら総務へ来てもらいたいくらいだ」

「それだけは勘弁してください」

「冗談だよ。お前みたいに問題を穿《ほじく》り出そうとする奴は、総務には向いていない。総務は銀行に忠実で、問題をそのまま受け入れる奴がいい」

川田はにやりとした。

「今日の用件はなんですか？　こんな雑談をするためですか」

渡瀬が訊いた。川田は深く考え込むような顔で、

「報告したよ」

「えっ」

渡瀬は、川田が何を言おうとしているのかわからなかった。

「会長、頭取たちに富士倉の件を報告したと言ったんだ」

川田はじっと渡瀬を見つめた。渡瀬は、黙って川田の次の言葉を待った。

「大戸の記者会見の翌日、会長、頭取に呼ばれた。会長室だ。両副頭取もおられた。会長が、大変だったねと言われた。こっちは何て答えていいかわからなかったけどね。ただ、ありがとうござい

ますと頭を下げた。すると会長から他にはこうした融資はないのかと訊かれたんだ……」

川田は顔を歪《ゆが》めた。

「私は、答えたよ。富士倉ビルと富士倉佳明とに七十五億の貸し出しがあり、滞っているとね」

渡瀬は川田がトップに報告をしている姿を想像して息を呑んだ。

「それで、それでなんと言われたのですか」

「誰が？」

「頭取や会長がですよ。総会屋関連に七十五億も融資が残っていて、延滞しているんですよ。何か明確な指示がないとおかしいじゃないですか」

渡瀬は身体が熱くなるのがわかった。川田の報告を聞いて会長たちはどういう反応をしたのだろうか。もったいぶった川田の言い方がじれったくてたまらない。

「そうか、とだけ言われたよ」

川田は空気が抜けたような笑いを浮かべた。

「それだけですか」

渡瀬は、訊き返した。

「それだけだ」

川田は、視線を逸《そ》らした。

「問題があるとは報告しなかったのですか。大事件になる可能性があるとは、報告しなかったのですか」

「そんな大げさに報告して何になるんだ。富士倉佳明は富士倉雄一という総会屋の弟です。富士倉ビルはその佳明が経営しています。融資などの手続きはきちんとしております、と報告した。それだけだ」

川田は渡瀬をじっと見つめた。

「どうして、どうしてそんな報告になるのですか。どうして深刻な事態だと報告しないのですか。構造は大戸の場合と同じじゃないですか。五千二百万円であの騒ぎですよ。富士倉のは桁違いです。大きな問題になるのはわかりきっているじゃないですか。早く全容を解明して、手を打たなくては、銀行を潰すようなことになります」

渡瀬は眉を寄せ、ひきつるように言った。

「うるさい！」

川田は押し殺した声で言った。

「うるさい、とはどういうことですか」

渡瀬はむっとした顔を川田に向けた。

「これが私にできる精一杯のことだ。これ以上の報告はできない」

「なぜですか。実態は総会屋に融資しているのと同じだ。商法違反だ、と言えないのですか。商法違反の融資を放置していいと思っているのですか」

「私の段階では可能な限り問題を呑み込むのが仕事だ。これが男のロマンとでもいうのだろう」

川田は口を引き締めた。

「男のロマン？　何をばかげたことを言っているのですか。そんなロマンではすまなくなります」

渡瀬は川田ににじり寄った。

「もういい。話はそれだけだ。私は上に報告した。後は上がどう考えるかだ」

川田は渡瀬に帰れとばかりに立ち上がった。

「部長、どうしてこんな融資があるのかきっちりと説明してください」

渡瀬は立ち上がりながら声を荒らげた。

「知らないほうがいい。言えるのはそれだけだ。私たちが収めるから……」

川田は言った。渡瀬を見つめる目が暗さを増していた。

川田から報告を受けながら会長も頭取も一切、動かなかった。ただ「そうか」と頷《うなず》いただけだった。渡瀬はなぜ、誰も動かないのか不思議だった。銀行員なら正常な融資だとは思わないだろう。総会屋の親族への融資であるばかりでなく、渡瀬が調べたところでは担保さえまともではない。株券を担保にしているようだが、融資の返済が延滞しているのに売却して返済に充当さえしていない。また富士倉ビルは資本金四千五百万円の小さな会社だ。そして富士倉佳明は個人事業主だ。それぞれの収入さえ定かでない。それほど多くはないだろう。なぜこんな男に七十五億円もの融資が可能で、さらに焦げ付いたまま放置できるのだろうか。それは富士倉雄一が総会屋だからという理由ではないのか。総会屋とはそんなに影響力のあるものなのか。

渡瀬は虚《むな》しさと焦りを覚えていた。富士倉関連融資のことを知って以来、全くその真相に近づくことができないからだ。会議を一カ月前から開いてはいるが、誰も真実を語ろうとしない。新聞記事に出た事実の後追いと言い訳に終始しているだけだ。渡瀬自身も関係者の発言を黙って聞いている。出席者の中から、突然、笑いが洩れたりすることがある。会長や頭取が、マスコミは騒ぎすぎだと発言した時だ。その通りだという追従笑いだ。渡瀬は耳を覆いたくなる。しかし周りに合わせて追従の笑みを浮かべる自分に気づき情けなくなる。だからと言って巨額不正融資のことを誰彼となく相談できるわけでもない。また最も事情を知っていると思われる川田からは何も訊き出すことができない。

それにも増して渡瀬自身に迷いがあった。それはこの融資の真実を明らかにすることがいいのか、それともしないほうがいいのか、判断がつきかねていたのだ。長い間、何の問題もなく続いてきたこの融資を追及することに個人的なメリットは何もない。むしろ周りから余計な詮索をする奴と白い目で見られるのが関の山だ。では何のために渡瀬は、これを追及しようとしているのだろうか。ただ渡瀬が確信を持っているのは、近いうちにこの問題は世間の知るところとなり、大洋産業銀行の経営を窮地に陥れるだろうということだ。もしそういう事態になったとしても最善の努力で、被害を小さくしたい。渡瀬が願っていることはそれだけだ。その意味では正義感からこの融資を追及しているのではない。単に組織の現状を維持したいだけなのかも知れない。

渡瀬は、窓外の海を眺めていた。ゆっくりと雲が流れる。この問題が片付くことがあれば、日がな一日海を眺めていたいものだと思った。

2

――5月12日(月)8時15分　大洋産業銀行会長室――

稲村孝は時間を気にしていた。稲村は大洋産業銀行会長だ。会長室を落ち着かない様子で歩いていた。いつもはでっぷりした腹をやや突き出し気味に歩くのだが、今日は俯き加減だった。総務部長の川田から富士倉雄一関連の融資の報告を受けた後、数日して渡瀬が会いたいと言ってきた。

稲村は渡瀬が本部に来た時からたびたび一緒に呑んだことがあった。初めて出会ったのは常務になりたての頃だ。新橋の安い呑み屋で稲村主宰の本部行員との呑み会を開催した。その時に渡瀬も参加していた。稲村の提示する話題への意見を聞いていると確かに直情径行のところはあった。しかし人の意見にも耳を傾けることができた。一番印象的なのは、真っ直ぐに、稲村を見つめる目だった。今どき、あれほど純な光を放つ目に出逢《であ》ったことがないと稲村は強烈な印象を受けた。それ以来、渡瀬には注目していた。ある時、渡瀬は広報部次長になったと挨拶にやってきた。よろしくお願いしますと渡瀬は言い、こちらこそ頼んだよと稲村は言った。渡瀬は、稲村がまぶしくなるくらい、やる気に溢れていた。

稲村が渡瀬を評価したのは、不祥事の記事を彼が完璧《かんぺき》に抑えた時だった。ある経済雑誌に大洋産業銀行のOBが詐欺を働いたという記事が掲載されることになった。その話を稲村の耳に入れたのは、そのOBがかつて勤めていた神奈川県下の支店の支店長だった。

記事の内容は、そのOBが宗教法人の金を在職中に親しくなった財務担当者と組んで無断で運用、着服したというものだ。事件そのものは直ぐに発覚し、OBは詐欺罪に問われ逮捕された。

現役行員の起こした事件でもなく、稲村は、たいしたことではないとは思ったものの、そのOBをよく知っていたので気分はよくなかった。支店長が稲村に直接報告してきたのも稲村とそのOBが親しいことを彼が知っていたからだ。

稲村は総務部に記事を抑えられないのかとそれとなく訊いてみた。しかし総務部は雑誌名を聞いて、あまり自信のある返事をしてこなかった。世間でも強面《こわもて》で通っている経済雑誌だったからだ。それにしてもなぜこんなことを会長である自分が気にしなくてはならないのかと稲村は自分自身に腹を立てた。その苛立《いらだ》ちは、総務部にも向いた。なぜ雑誌の記事ごときを抑えられないのだ。大洋産業銀行のスキャンダル記事、経営者である稲村が読みたくない記事、これらを封じ込めるのは総務部の重要な仕事ではないのか。稲村は、一人でかっかしていたが、ふと渡瀬に任せられないかと思った。早速、稲村は渡瀬を呼びつけ、記事を抑えろと言った。

「会長。お言葉ではありますが、その雑誌は、いったい何部出ているとお思いですか」

渡瀬は妙なことを訊いた。

「知らん」

稲村は答えた。

「数千部ですよ。刷っているのはもっと多いでしょうが、まともに読んでいる人はその程度のものです。そんな雑誌に大洋産業銀行の記事が出るからといって、いちいち気にしてはいけません」

渡瀬は真面目な顔で言った。稲村は、生意気な口を利く奴だと、少しムッとしたが、渡瀬の言うことは正論だった。

「わかっている。しかしその数千人が私の知っている経済人たちだとすると、当行の悪口が載った記事を彼らが読んでいると思うだけで嫌な気分なんだ。例えば、パーティなどに行くとするだろう。すると記事を読んだ銀行トップがこっそりと近づいてきて、『たいへんですねぇ』と嬉しそうに、私の耳元で囁《ささや》くんだ。その時の顔つきったらない。心から満足そうな顔だ。その顔が見たくないのだ」

稲村は眉を寄せた。普段は怒ったことのないような目に神経質そうな輝きがあった。稲村は、身体つきも太っていて、顔も大きい。外見から受ける印象は温厚で、細かいことにはこだわらないタイプのようだ。稲村自身、外見に合わせたような素振りを見せてはいるのだが、内実は違っていた。気にしだすと止まらないとでも言おうか、他人はどうでもいいと思っていることでさえこだわってしまうのだった。

渡瀬は稲村の話を黙って聞いていたが、

「わかりました。それなら努力してみます。しかし抑えられなくとも、それは諦めてください」

「よろしく頼む。ダメなら仕方がない」

稲村は渡瀬が記事を抑えられるとは思っていなかった。しかし渡瀬なら何とかするのではないかという根拠のない期待感もあった。

数日後、渡瀬がやってきた。

「記事はなくなりました」

渡瀬は言った。報告する顔に気負いも何もない。淡々とした様子だった。

稲村は答えた。

「そうか。ありがとう」

渡瀬がどうやって記事を抑えたのかも稲村は訊かなかった。訊いても、渡瀬は答えないだろう。まあ、何とかなりました、と言うくらいに違いない。

稲村は、極めて満足だった。自分が発した指示を部下が忠実に実行し、それを誇ることもなく詳しい説明もせず、「終わりました」と報告してくる。稲村は、顔色ひとつ変えずに、「そうか」とだけ答える。この瞬間はまさに至福の時だ。これほど充実した気分を味わえる瞬間はない。部下が全てを呑み込み、何もかも万事好都合に処理してくれる。稲村はこの時、自分がトップであることを実感する。

以前、稲村の自宅に腐った動物の肉が送られてきて、その包みを開けてしまった妻が気分を悪くしたことがあった。同じ頃、街宣車が自宅周辺にやってきた。銀行の弁護士が、街宣中止の手続きをした。自宅の半径五百メートル以内には近づかないことという命令が裁判所から下りた。ところが街宣車は五百メートルの外を走りながら、ボリュームを最大にしたのだ。法律は守っているからいいだろうという姿勢だ。妻は近所に頭を下げて回った。なんとかならないのかしら、という妻の愚痴に稲村は、我慢しろと言ったものの、妻の暗い顔を見たくはなかった。そこで総務部に、なんとかしろと指示をした。総務部は、最初渋っていたが、わかりましたと答え、しばらくすると街宣は止んだ。総務部は「終わりました」とだけ報告に来た。詳しいことを説明しないし、稲村も求めない。部下は稲村の立場を忖度《そんたく》し、何も説明しないで結果だけを報告することにまるで美学を感じているかのようだ。稲村は「そうか。ありがとう」とだけ言えばいい。

渡瀬が記事を抑えたと報告に来た時も、同じだった。渡瀬をその場で慰労はしない。しかし渡瀬のことは信頼に足ると思った。総務部でさえ記事を抑えるのに積極的でなかったのに、彼はやりとげた。稲村は渡瀬を頼もしい男だと評価した。それからは何かと渡瀬を重用するようになった。

富士倉雄一のことを総務部から聞いた時も、稲村は「そうか」と答えただけだ。詳しいことなど知りたくもなかった。知って得することはなにもないということだけが、本能的にわかっていた。

稲村は、それで済んだと思っていた。

ところが渡瀬がやってきて、

「富士倉雄一に関連する融資の件を総務部からお聴きになりましたか？」

と深刻な顔で言った。

渡瀬は、ソファに座り、稲村を睨《にら》みつけている。稲村の心臓を射抜くような真剣で真っ直ぐな目だ。今まで見たことがないほど強い。

稲村は、渡瀬の目から逃げたいと思い、視線を渡瀬の頭上に向けた。

「渡瀬君、その絵を知っているか？」

稲村は訊いた。

「はあ？」

渡瀬の目が戸惑いで揺れた。

「君の後ろにある絵だよ」

稲村は視線で渡瀬の後ろを示した。

渡瀬がふり向いた。

「その絵はね。亡くなった伊部名誉会長の部屋にあったものだ。私が頭取になる時にどうしても部屋に飾れと言われてね」

稲村は、合併で大洋産業銀行を創り上げた伊部名誉会長の名を懐かしそうに口にした。絵は裸婦がソファに身を投げ出している構図だった。柔らかな印象の絵だった。

「誰の絵ですか？」

渡瀬は気のない様子で質問をした。

「知らない。しかし良い絵だ。裸婦像はちょっと恥ずかしいと嫌だった。でも是非にと言われてね。断れなかった」

稲村は目を細めた。

渡瀬はしばらくその絵を眺めていたが、再び稲村に向き直った。渡瀬の目は、先ほどのような強さが影を潜め、暗く沈んでいた。

「大戸の件では、あれほどの騒ぎになりました。もし富士倉の件が表に出るようなことがあれば、もう当行はお終《しま》いです」

渡瀬の声は沈んでいた。

「総務は問題のない融資だと言ったが……」

稲村は眉を寄せた。

「総会屋関連に融資したことが問題なのです。融資手続きや外形的なことではありません」

渡瀬はむっとした顔で反論した。

「そうか……」

稲村は、意味なく呟《つぶや》いた。

渡瀬は居住まいを正し、

「たとえ融資が手続き通りなされていたとしても、総会屋という反社会的人物に融資をしたと言って当行に強烈な非難が集中するに違いありません。銀行というところは、融資については厳しくて厳格なものだと思われております。事実、行員はそのように対応しております。ところが総会屋という人物に対して、あまりにも便宜を図るような融資を行っていれば、非難は当然です。なぜそのような融資を行ったのか、責任はどうすると厳しく追及されるでしょう。会長、私は、ビーバーがダムを作るのと同じで、広報として小さな川の流れであれば堰き止めて見せます。しかし鉄砲水のような洪水になったら、とても防ぎきれません。その際には、辞任も覚悟されたほうがいいかと存じます」

と一気に言った。

「そうか。辞任ね。そこまでいかないでもらいたいが……」

稲村は、深刻さを見せずに答えた。

渡瀬は目を伏せた。

「私もそう思います」

稲村は、渡瀬に同意を求めた。

「関谷君が……、彼は頭取に就任して間がないのだが……。辞任は酷ではないか」

「関係ございません。最悪は頭取、会長辞任ということになるでしょう」

渡瀬は落ち着き払って答えた。

稲村は不思議そうな顔で渡瀬を見た。まるでこの男は先が見えているような顔をしている。それにただの広報の次長なのに会長と頭取の辞任を要求している。否、要求というのではない。その覚悟をするべきだと進言しているのだ。普通の感覚では言えることではない。それはそれとしてその進言をまともに取り上げている自分自身が奇妙だと稲村は思った。情けないという気持ちではない。渡瀬の言う通り辞任もやむを得ないだろうと思っているのだ。渡瀬の顔が稲村の目から見ると、いかにも普通なのでそういう気持ちにさせられてしまったのだろうか。

「そうか。わかった」

稲村は答えた。

「会長は、富士倉雄一をご存知なのですか」

渡瀬が訊いた。

「知らん」

「ではなぜ、こんな融資を行ったのですか。会長は、辞任も覚悟されようとしています。責任を感じるということは、この融資をご存知で、問題があると認識されているのですか」

「いや、私は、恥ずかしいが何も知らない。どうして総会屋などに融資をしているのかも知らない。ただ、世間を騒がせた時には、責任を取らねばならないと思っているだけだ」

稲村の視界に、ちらりと裸婦像が入った。富士倉雄一などという奴は会ったこともない……。

もう直ぐ午前八時半だ。富士倉案件の会議が始まる。

「渡瀬の野郎、生意気を言いやがって……」

稲村は呟いた。

3

――5月12日(月)8時17分　大洋産業銀行役員専用大会議室――

会議室のドアを開け、矢島健一は中に入った。思った通り、渡瀬が一人でいた。顔つきがいつもより厳しいように見える。

「おはようございます」

渡瀬が言った。

「おはよう」

矢島は固い顔で答えた。

矢島は企画部次長。いわゆるＭＯＦ担当だ。大蔵省の官僚と銀行との間を取り持つ仕事。渡瀬より一年先輩に当たるが、大学は武蔵野大だった。大洋産業銀行には武蔵野大学の閥《ばつ》が存在しているが、その中に矢島が組み込まれているのかどうかはわからない。だが、ＭＯＦ担当であるということからすれば、大洋産業銀行の将来を担う人材であることには間違いない。小柄だが、がっしりとした身体つきだ。性格は、おおらかと言っていいだろう。さほど細かいところは気にしない。

しかしその矢島が深刻に渡瀬に嘆いたことがある。それがきっかけでこの早朝の会議が大きく動くことになった。

東西証券に東京地検の強制捜査が入った後、新聞などの報道は東西証券追及一色から、誰が富士倉雄一に金を出したのかという方向に移り始めた。ちらほらと富士倉の背後に大洋産業銀行がいるのではないかという記事が出始めていた。

矢島は焦っていた。小さな記事が出るたびに大蔵省に説明を求められるのだが、何もまともに答えられないのだ。誰に尋ねても何も知らない。その上、矢島の上にいる企画部長の若村美雄《わかむらよしお》と反りがあわないことが決定的だった。矢島は、大蔵省が富士倉雄一に関したことを訊きたがっていると若村に進言した。しかし若村はそんなもの気にしなくてもいいと無視し続けた。

若村は、旧産業銀行に帝都大学を卒業して入行した。大蔵省幹部にも知己が多く、彼らと接触している限りでは、総会屋融資など話題に上っていなかったのだろう。事態をそんなに切迫したものと認識していなかった。だから矢島が苛々した顔で、大蔵省の課長補佐からしつこく説明を求められていると言っても何も動こうとしなかった。さらに拙《まず》いことには、稲村や関谷に対しても、問題がない、大蔵省は何も気にしていないと報告をしていることだった。

若村は典型的なエリートだった。いつも花形の部署を歩き続け、傷がつくことはなかった。将来の頭取も約束されたような銀行員人生だった。性格も角張ったところがなく、穏やかで、何をやってもそれなりの成果をあげた。彼にしてみれば、総会屋への融資など、数ある不良債権の一つでしかなかった。総会屋に対する利益供与の疑いで東西証券に強制捜査が入ったとしても、銀行は大蔵省の庇護《ひご》の下にあり、証券会社と一緒にはならないと信じ切っていた。所詮《しょせん》、証券会社なのだ。銀行よりは一段下の業界だと見ていたのかもしれない。それに彼が接点を持っていた大蔵省の幹部たちは、ゴルフや料亭では富士倉雄一など総会屋関連取引のことなど話題にも出さなかった。

彼がやることは一つだけだ。稲村や関谷が心配して、どうなんだと問いかけてきたら、大丈夫ですと答えることだけだった。特に同じ系列の稲村には配慮した。いつもはにかむような笑顔を見せて、大丈夫ですよと答えると、稲村は、満足そうに、そうか、わかったと答えるのが常だった。

矢島はいつも自分の報告が若村止まりになることに苛ついていた。早く行内で調査委員会を立ち上げ、富士倉雄一関連の取引を調べて大蔵省に報告しなければいけないと焦るばかりだった。報告が遅れれば、大蔵省との関係は抜き差しならないことになる。その懸念が日増しに募っていた。

決定的な事態が起きた。四月五日の読東新聞の記事だった。記事内容は、「東西証券から不正な利益供与を受けた総会屋の富士倉雄一の親族企業に対して大洋産業銀行が平成元年に約三十一億円の融資を実行していたことがわかった」というものだった。この資金は東西証券を含む四大証券会社株百二十万株購入に使われた。各社三十万株ずつ。明らかに株主提案権を持つことができる株数を考えて購入したものだ。

融資は「富士倉ビル」名義で行われ、担保は購入した四大証券株の預かり証だが、事後に差し入れられており、融資実行時は無担保だった。富士倉ビルの売り上げは昭和六十三年（一九八八）三月期がゼロ、融資があった平成元年三月期が一億九百万円、平成二年三月期は二億三千万円、平成三年三月期などは百七十万円に過ぎない。六本木にある事務所マンションは富士倉雄一から賃貸しており、所有不動産もない。記事には銀行関係者の話として、「銀行が株を担保に融資をする場合、債務者が保有する株を担保にするのが普通である」と疑問を投げかけている。持ち込み担保という、融資をしてその資金で購入した株式を融資実行後に担保として差し入れる方法がないではない。しかしそれは株の注文から受け渡しまで数日間のタイムラグがあり、その間に株を売却されてしまうリスクがある。だから余程信用のある相手にしか適用しない。そうなると富士倉ビルは余程信用できる相手だということになるのだが、記事では「富士倉ビルは不動産業者としてほとんど実績がなく、異例の融資としかいいようがない」という都市銀行幹部のコメントを掲載して、富士倉ビルの信用に疑問を提示していた。

記事は事実を淡々と書いており、特に大洋産業銀行を鋭く批判するものではないが、東京地検が注目しているとさりげなく書いている。この記事が出ることを矢島は、渡瀬から事前に聞かされていた。

　渡瀬は、記事の出る二日前、四月三日に読東新聞の木口正隆の訪問を受け、「四大証券の株式購入資金の融資を大洋産業銀行が実行している」と指摘された。木口は厳しい口調で、「異例の融資だ」と渡瀬を責めた。渡瀬は、「持ち込み担保融資はよくあることで、異例でもなんでもない」と抗弁したが、かなり動揺した。株式が後から差し入れられたものの三十一億円もの融資が実行時は無担保であることは、かなり異例の取引だからだ。

「この金で四大証券の株が買い占められ、株主提案権を得た富士倉は東西証券を恐喝して利益供与させたのですよ。そのことを知っていて、富士倉にこんな大金を融資したのですか」

　木口は渡瀬に迫った。

「まさか……」

　渡瀬は、言葉に詰まった。融資の目的がまさか株主提案権を得ることにあるとは考えが及ばなかったのだ。これが事実だとすると東西証券利益供与事件の元凶は大洋産業銀行ということになる。

　渡瀬は身体が震えるのを覚えた。

「まさかではない。株主提案権を得た富士倉を東西証券は恐れたのです。株主総会で何をされるかわかったものではないですからね」

「信じられない……」

「ところでその融資は、今はどうなっているのですか」

「どうなっているかというと？」

「焦げ付いているのか、回収したのかということですよ」

「それは……」

「おかしいでしょう。三十一億円もの融資が焦げ付いたら、即、担保を処分するのではありませんか。それをそのままにしているということは、融資が焦げ付いても株主提案権を富士倉に提供していることになるでしょう。それこそ利益供与ではないですか」

「一番、株の高くなったところで売却して回収しようと考えていたんじゃないかな……」

「そんなことは詭弁《きべん》だ。通用するはずがない。では他の債務者でも株式担保で延滞したり焦げ付いたりした時、株式処分のタイミングを見ているわけですか。正直に答えてください」

木口は畳み掛けた。渡瀬は、黙って木口の目を見つめるだけだった。渡瀬は、木口の言う通りだと思っていた。延滞を放置しているのはおかしい。説明できない。

「どうしたのですか。答えられないのですか。銀行が異例の融資をし、延滞しても回収さえしない。それって銀行と言えますか」

木口は、嘲《あざけ》るように鼻を鳴らした。

「潰《つぶ》れますね……」

渡瀬は、木口を見つめたまま呟いた。

「なんですって?」

「大洋産業銀行が、木口さんの記事で潰れると申し上げたのです」

「それはないでしょう。こんな大銀行が潰れるはずがない」

「いや、銀行などもろいものです。こんな不正をやっているという記事を書かれ、預金者が怒り出すとあっという間に潰れるでしょう」

「書くなと私に言っているのですか。ということは、融資のことも、回収しないことも問題があると認めるのですね」

木口は、容赦なく渡瀬を追い詰めた。


「大蔵へはどう説明しますか」

渡瀬は取材の様子を説明すると、弱りきった顔で訊いてきた。

「説明しようにもどうしようもないじゃないか。どう説明したらいいのかわからない」

矢島は頭を抱えた。

「理由も何も本当のことがわからなければ説明のしようもないというわけですね」

「そうだ。大蔵に説明できないようでは、預金者など納得させられるはずがない。自浄能力がなければ、大洋産業銀行は潰れてしまう。なにせ銀行業務の根幹である融資で不正を行っているわけだから。まさに信なくば立たずだよ」

矢島は深刻な顔をした。

渡瀬は、矢島に、

「直ぐ会議を招集しますから」

と言い、会長の稲村のところに飛んで行った。彼は会長と差しで話せる。あのどこにでも穴を開けてしまう勢いが自分にもあればと矢島はまぶしい気持ちで渡瀬を見ていた。渡瀬に比べると若村の壁に阻まれて、会長、頭取に大蔵省が如何《いか》に今回の問題を深刻に受け止めているかさえも報告できないでいる自分を情けなく思っていた。

取材日翌日の四月四日。三十階役員専用大会議室に集まれという声が、矢島にかかった。渡瀬が招集した会議だ。会議には稲村、関谷の両トップ、副頭取、専務、審査部長、川田総務部長、若村企画部長、都築伸行企画部副部長、塩見裕也広報部長、矢島、渡瀬が出席した。この会議が実質的な調査委員会のスタートとなった。

渡瀬が四大証券株購入資金についての取材内容を説明した。

「問題があるのか」

稲村が川田に問いかけた。

川田はペーパーを配った。融資に至る簡単な経緯が記載してあった。川田は淡々とした調子で、「特に問題はない」と説明した。

「大熊公康から、富士倉佳明に融資してくれと依頼があったんだな」

稲村が何度も頷きながら言った。

「そうです。富士倉佳明が四大証券株を三十万株ずつ購入するから、融資してやって欲しいと依頼があったのです。平成元年一月のことです」

川田が表情を変えずに言った。

「富士倉佳明であって、富士倉雄一宛てではないんだね」

関谷は少し顔を崩した。総会屋本人宛てでないことを確認して、安心を得ようとしているのか。

「そうです」

「そんなに株を買ってどうしようというんだろう。本当に株主提案権を得ようと思っていたのか……」

関谷は訊いた。隣に座る稲村の顔を時々窺《うかが》っている。

「大熊は『これからは証券の時代だ』と常々言っていたようです」

川田の答えに、関谷は「ふうん」と言い、

「大熊みたいな総会屋の考えることは、よくわからないな」

と呟いた。関谷の不用意な総会屋という言葉に隣の稲村の顔が厳しくなった。

「三十万株が株主提案権を持つために必要だということは知っていたのですか」

渡瀬が口を挟んだ。

「いや、知らなかった」

川田は、ぶっきらぼうに答えた。

「頭取、会長、あの頃は証券株が暴騰していた時期ですよ。三十万株だろうがなんだろうが、どんどん融資をしていました。今になって考えるとおかしいですが、それは後だしジャンケンみたいなものので、あの頃なら普通ですよ」

若村が、目に笑みを浮かべながら言った。矢島は若村の顔を横目で睨んだ。いっそのこと若村の口を糸で縫いたいと思った。また余計なことを言えば、会長、頭取が安心してしまうじゃないか。なぜ、この場に及んでまで媚《こび》を売るのだ。

「審査は総務部の依頼だったからやったんですよ。持ち込みとは言え、担保もありましたしね」

審査部長が発言した。川田は黙っていた。

「審査としたら、株券の預かり証を取っておけと指示しました。二月八日に融資をしたんですが、株の現物が入ってくるまでは、その預かり証が担保ですよ。現物は十七日に入ってきました」

審査部長は、審査としてやるべきことをやっていると言い訳をした。無担保状態を極力回避するために株券の預かり証を取ったと説明した。

「富士倉雄一なんて知りませんよ。ねえ会長」

関谷が稲村に同意を求める。稲村は口をへの字に結んで、頷いた。

「大熊から頼まれたからやったんだから。富士倉雄一なんて聞いたこともない」

関谷は、声を大きくした。

関谷は大熊からの依頼を強調した。矢島にはその理由が推察できた。渡瀬から教えられたことだが、関谷は昭和六十年三月頃、営業部次長時代に大熊から依頼のあった証券投資資金一億円の融資実行に関与したことがあったのだ。その融資が大熊に対する証券投資資金融資の最初だった。

それにしても会議に緊張感がない。誰もが真実を明らかにしようという気持ちがない。大熊公康からの依頼であれば全て片付くとでも思っているのか。なぜ、審査は総務の依頼であれば無審査同然に融資を決裁したのか。なぜ回収が遅れているのか。そもそも大熊は何者で、なぜ彼の依頼が断れないのか。何もわからない。これでは大蔵省に説明しようがない。矢島は苛々していた。

「大蔵はどうだ？」

稲村が矢島に発言を求めた。

「はい」

矢島は顔を上げた。

「いやあ、何も気にしちゃあいませんよ。あまり大きな問題にするなよと言ってるだけですよ」

若村が、にやにやした顔で口を出し、矢島の出鼻をくじいた。

「そうか……」

稲村は若村の顔を見て、納得したように頷いた。

「担保処分が遅れているのは、なぜですか」

渡瀬が審査部長に訊いた。

審査部長は、自分は全く関係ないという顔で川田をふり向いた。

「株の値上がりを待っている間にタイミングを失った……」

川田は答えた。表情はいつもの通り無表情だ。

「売るなという依頼があったということはないですね」

渡瀬が言った。

「ない」

川田がうるさいという顔で渡瀬を睨み、眉を寄せた。

「それでは直ちに株を売却して、回収してください」

渡瀬が強い口調で言った。矢島は、緊張して渡瀬を見た。

「なに！　そんなに簡単に売れるか！」

川田が怒った。

「おかしいでしょう。延滞し焦げ付きを起こしているのに、株式売却のタイミングを見ていた、では話になりません。記事が出る時には、売却しているか、せめて売却する方針だと言わなければ説明できません」

渡瀬は言い返した。

「私も売却するべきだと思います」

矢島は思い切って発言した。

「そんなに慌てる必要なんかあるか……」

若村が言った。

「大蔵省にも説明できません。株をなぜ処分していないのかと問われれば……」

矢島は、若村の目を見ないで言い返した。

「大蔵が問題にする……。売却できるか」

稲村が川田に訊いた。川田が稲村を見つめて、小さく頷いた。

「できるなら、売却しろ。速やかに」

稲村は言った。

「わかりました」

川田が答えた。

「もう、こんな時間だ。またやりましょう。私、予定が……」

関谷が立ち上がった。これが終わりの合図だった。

「資料はお持ちになりますか」

川田が稲村に訊いた。

「いらない。やばいからな。こんな資料」

稲村が川田に資料を投げた。他の役員たちも次々と資料を川田の席に置いて、退出した。川田はその資料を黙って整理していた。

「こんなものだ……」

川田が寂しそうに呟いた。

「僕は頂いておきます」

矢島は資料を畳んで背広のポケットに納めた。見ると渡瀬も資料をポケットにしまった。

「矢島さん」

渡瀬が声をかけてきた。

矢島が顔を向けると、

「このままじゃダメでしょう」

「ああ。どうにもならない」

「私が稲村会長の時間を取りますから、直接大蔵の考えを伝えてください。私からも頼みますが、矢島さんからも会長に会議をもっとリードしてくれるように頼んでください」

「でも部長が……」

「緊急の時です。若村部長を無視してもいいでしょう。甘いことしか言わないから、会長や頭取の判断を間違えさせてしまいます。私の得ている情報だと、東京地検の次のターゲットは明らかに、当行です」

渡瀬は真剣な顔で言った。若村を飛び越えて会長に直訴しろと言っているのだ。もしそのことが若村の知るところとなったら、相当の罰を喰らうことになる。若村は稲村の子飼いだ。同じ産業銀行出身でもある。矢島が若村を無視して行動した場合、結果として稲村の不興を買うかもしれない。上司を飛び越えるなんてもっての外だ、上司の悪口を言うのか、上司を無能と言っているのと同じだ、と稲村から叱責《しっせき》を受ける自分の姿が浮かぶ。あらためて渡瀬の顔を見る。渡瀬はやれ、と言っている。この男はそうした若村の立場などといったことを全く考えないのだろうか。

「矢島さん。ぐずぐずできません。事態が深刻だということを会長にわかってもらいましょう。会長も大蔵省の言うことには反応しますからね」

渡瀬は結論を迫った。

「わかった。やってみよう」

矢島は渡瀬に大きく頷いた。若村のことを考えると、不安ではあったが、やるべきことをやらなければ悔いを残すような気になっていた。

四月七日午前八時。矢島は渡瀬と一緒に稲村の部屋に入った。若村に知られないように、若村が出勤していない早朝に稲村の時間を取った。

「どうした。朝っぱらから」

稲村は太い腹を突き出して、にこやかに笑みを浮かべた。

「矢島さんが大蔵省の考えを会長に直接説明したいようです」

渡瀬が口火を切った。

「わかった」

稲村は先ほどの笑みをしまい込んだ。

矢島は、大蔵省が新聞記事に出た融資の件などを極めて問題視していること、未だになんら説明に来ないと怒っていることなどを慎重に言葉を選びながら説明した。稲村は真剣に聞いていた。

「会長」

渡瀬が言った。

稲村は渡瀬を見た。

「会長が厳しく会議をリードしてくださいませんか。調査委員会で真相がつかめないと、矢島さんも困ることになります。それにしてもあまりにも緊張感がなさ過ぎます。わざと核心に迫らないようにしているみたいです」

渡瀬の言葉に稲村は何度も頷いた。稲村を見ていると渡瀬の真っ直ぐな攻撃になんとか耐えているという様子だ。渡瀬の言葉に完全に同意しているようでもない。それは時々、稲村が見せる渋い顔からもわかる。

「会長、本気で辞任の覚悟も固めてくださいよ。お願いします」

渡瀬が言った。矢島は驚いて渡瀬を見つめた。稲村に向かって辞任を迫っている。冗談ではない。本気だ。矢島にとっては想像もできない。会長に辞任を迫るなんて、渡瀬はどういう神経構造をしているのだ。

「わかっている。しかし関谷くんがね……。渋っている……」

稲村が苦しそうに弁明している。その稲村の弁明の様子を見て、矢島はさらに驚いた。渡瀬がどのような考えで稲村や関谷の辞任を迫ったのかは知らない。ひょっとしたら渡瀬独特の勘がそのような要求をさせているのかも知れない。しかし稲村が全く拒否をするでもなくそれを受け入れ、あろうことか関谷の説得にも乗り出している。会議がなかなか核心に入らないのは、入らないのではなく、入れないのではないか。即《すなわ》ち、稲村も関谷も総会屋融資であることを十分に承知して相当程度関与しているのではないだろうか。

矢島は会議が真相を究明するのは無理ではないかと稲村を見つめながら、冷静に思った。実際、その後も調査委員会が開かれたが、特に大きな変化はなかった。会議は相変わらず緊張感のないまま続いていた。誰も真相にはなかなか迫ろうとしなかった。

「ゴルフ場の融資は、驚いたね」

矢島は渡瀬に言った。

渡瀬は少し青ざめた顔で矢島を振りかえった。真相のわからないまま、マスコミの矢面に立たされている渡瀬に矢島は同情した。しかし今日の会議も空疎なものになるだろうと半ば諦めていた。

4

——5月12日(月)8時18分　大洋産業銀行総務部長室——

川田は会議に提出する資料を整理していた。そろそろ行かなくてはならないと思いながら気が向かなかった。

一体誰がゴルフ場に係わる融資の話を読東新聞に書かせたのだ。地検がリークしているのか。それとも内部から出ているのか。

川田は恨めしそうな顔でもう一度記事を見た。

五月四日付けの読東新聞一面だ。川田は、昨日の巨人戦の様子を新聞で確認するのを楽しみにしていた。新聞受けから取り出した瞬間に、その場に新聞を落としてしまった。身体がぶるぶると音を出して震えた。卒倒するかと思うほど、身体から血の気が失せた。

「大洋産業、無価値担保で三十億融資『東西証券事件』総会屋親族企業へ、回収不能の恐れ」という見出しが飛び込んできたのだ。

川田は気を取り直して記事に目を遣《や》った。

「大洋産業銀行が平成二年（一九九〇）当時、山梨県内の認可されていないゴルフ場の『会員資格保証金証書』を担保に関係ノンバンクと共同で新たに三十億円を融資していたことが三日、関係者の証言でわかった」

記事は詳細にマリオン牧ノ原カントリーの融資のことを伝えていた。

マリオン社は新宿副都心支店の取引先だった。バブル期に医療用マンションと銘打って、医者付きの高級マンションの売り出しで、急成長した。ここの葉山孝夫という社長が、どういうわけか大熊と懇意になった。大熊は葉山をたきつけてゴルフ場を計画した。用地は山梨県下の牧ノ原町に決め、マリオン牧ノ原カントリークラブと名づけた。十八ホールとクラブハウス。総工費は八十三億一千万円。第一次募集三百名、募集価格一千万円、第二次募集五百名、募集価格一千三百万円、第三次募集四百名、募集価格一千六百万円、合計千二百名で百五十九億円を集め、着工は平成二年七月。オープンは平成四年七月の計画だった。

昭和六十年三月に葉山を社長に据え、資本金五千万円でゴルフ場準備会社が設立された。施工は住倉銀行が主力の熊野組だった。

準備会社は昭和六十三年十二月、山梨県知事宛てにゴルフ場等造成事業事前準備申込書を提出した。翌年の五月、新宿副都心支店は融資証明書二十一億円を発行し、同年九月にはゴルフ場親会社マリオン社の株を三千万円取得し、資本参加した。そして平成二年三月には県から開発に向けての事前協議書作成に関する指示が通知されたため、融資証明に基づき同年七月マリオン社に五億円融資を実行した。ゴルフ場開発は、大洋産業銀行の融資を得て、実際に動き出した。

ところが平成二年四月一日には大蔵省が不動産価格の高騰を懸念して、不動産関連融資の総量規制を導入した。これは銀行が不動産関連にどの程度融資をしているか、細かく報告させ、規制しようとするもので、実質的に不動産融資をするなと言っているに等しい規制だった。

総量規制が打ち出された翌日、日経平均株価は一九七八円三八銭安となり、史上三番目の下げ幅を記録した。


「川田さん、マリオン社の調子が悪いんですよ。このまま支援できないかもしれません」

総量規制や株価暴落でマリオン社の経営が急速に悪化していると新宿副都心支店から川田の所に報告があった。

「ゴルフ場融資は難しくなったな。しかし融資証明書を出しているし、どうしたらいいかなあ」

川田は答えた。

川田は悩んでいた。とりあえず七月には五億円の融資で対応したものの、これ以上は難しい状況だった。だが、この融資は大熊公康からの依頼だ。

「妙なことにならなければいいが……」

川田は不安な気持ちでいた。ひたすら大熊が余計なことを言ってこないように祈るだけだった。大熊は、川田ではなくトップに直接依頼をする。するとトップは、それをこちらに丸投げしてくる。そうすると対応せざるを得なくなるからだ。

川田の不安は的中した。平成二年九月初め、大熊が、富士倉佳明にマリオン牧ノ原カントリーへの投資資金として三十億融資してくれと依頼してきたのだ。

大熊は富士倉佳明に融資をしろと言ってきたが、川田は、「マリオン社が資金不足に陥っているのではないか」と疑っていた。富士倉に融資した金を大熊はマリオン社に回すつもりなのではないだろうか。新宿副都心支店の情報からするとマリオン社の経営はかなり厳しい。

それに川田は、富士倉が大熊のダミーであることは承知していた。富士倉佳明にはめったに会うことはない。ゴルフ場に投資したいなどと、富士倉から直接、聞くことは絶対にない。全て大熊が手配し、融資された金もどう使うのかは全て大熊の手の内にあったのだ。

もともとゴルフ場開発の施工は住倉銀行がメインの熊野組だった。だから川田にしてみれば、関連する融資は住倉銀行がやればいいと思っていた。ところが大熊が絡んだ途端に、大洋産業銀行が頭を悩ますことになってしまった。

大熊は、

「地上げを進めているが、開発認可がなかなか下りない。認可が下りなければ、ゴルフ場開発会社名義では融資を受けられないから、なんとか富士倉佳明名義で融資してくれ」

と依頼してきた。例によってトップに、「なんとかしてくれ」と強硬にねじ込んだらしい。川田は、トップからの話を受け、仕方なく営業九部に行き、営業部長に相談した。営業部長は、「総務が責任を持つなら知恵を絞ってもいい」と言った。誰も彼も大熊の依頼を断るという選択肢を持たない。総務が責任を持てば、それでいいという態度だ。

「しかし大蔵検査が近いからな」

営業部長が囁いた。

「前回はいつ入った？」

川田は訊いた。

「昭和六十一年十月。四年前だ。間違いなくもうすぐ入検だな」

営業部長は渋い顔で答えた。

実際のところＭＯＦ担当からは九月にも大蔵省検査があるとの情報がもたらされ行内ではその準備に追われていた。大蔵省検査が銀行に入るかどうかは本来極秘事項だ。しかし情報は筒抜けだった。それはＭＯＦ担当の腕がいいという証明だった。大蔵省の検査部からＭＯＦ担当が情報を入手しているのだ。

「検査の後に実行するのが、無難だな」

営業部長が言った。

「他に問題があるのか」

川田が訊いた。

「富士倉関連融資が大幅な担保割れだということだ。それに富士倉佳明の融資に対する利息の支払いが六億以上も滞っている。これでは大蔵検査で不良債権に間違いなく分類される」

富士倉関連融資の担保割れは次のような状況になっていた。平成二年八月三十一日で富士倉佳明への十六億円の融資に対し株式担保価格約十三億円、富士倉ビルは三十一億円の融資に対し株式担保価格約九億円。融資額合計四十七億円に対し株式担保価格が約二十二億円。約二十五億円もの担保割れだった。また富士倉佳明の延滞利息は六億一千六百万円だった。

「分類されるとどうなる？」

「当然、新規融資は無理だ。まずは回収優先だな」

営業部長は、軽い調子で言った。川田は、これ以上ないほど顔を顰めた。

「回収したらいいじゃないか。こんな融資に付き合うのはどうかしている」

営業部長は、微笑を浮かべた。自分には責任はないと思っているのだろう。

「それは無理だ。トップマターだ。なんとかしなくてはならない。いい知恵はないか」

川田は言った。きつい目で営業部長を睨んだ。

川田は、この時、通常の銀行員としての常識を、大熊の依頼とトップからの指示という事実の前に失いつつあった。川田はそのことを十分に認識していた。川田は支店や営業部で多くの客と融資の交渉をしてきた。その際、業績が振るわなかったり、担保が大幅に割れていたりすれば当然に融資を謝絶してきた。

ところが大熊からの依頼となると断れないのだ。それは大熊の依頼による融資が過去連綿と続いてきたことも一因だ。バブルの崩壊で不良化してきた。返せと言っても返してくれる相手ではない。十分に大蔵省にも説明できない融資だから、隠す以外にない。表にすれば、いろいろなつまらないことが明らかになり、にっちもさっちもいかなくなってしまう。それに奴は暴力団をバックにしている。もし奴を怒らせたりしたら、トップに危害が及ぶかも知れない。あるいは何処《どこ》かの支店にトラブルが発生するかも知れない。そうなれば全て総務の失点だ。それだけは避けたい。トップだって上手くやってくれというスタンスだ。何も変えようとしない。トップが変化を望んでいないのに、部下が変化を起こせるはずがないのだ。

銀行員とは不思議な人種だ。不良化した融資を大蔵省に見つかりたくないという、暗黙の了解が川田と営業部長の間になんとなくできた。

川田は営業部長と見つめあった。積極的に富士倉案件を隠蔽《いんぺい》しようという気持ちがあるわけではない。大蔵省の検査官にいろいろとあではないのか、こうではないのかと訊かれて、苦しみながら答えている姿を想像すると、お互いうんざりするだけなのだ。その共通した気持ちが醸成されると、後は、責任の所在だけだ。これも明確にするという気持ちはさらさらない。なんとなく決めるのだ。川田が、総務部からの依頼のメモを出すよ、と囁くだけでいい。隠蔽を依頼するメモではない。ただ総務部長の印が押してあり、案件をよろしく頼むと書いてあるだけだ。それで十分なのだ。もし大蔵省に隠蔽が発覚した時は、総務部だろうが営業部だろうが、責任の重さは同じだと思うのが、普通の感覚だ。しかし銀行員は違う。やむを得ずやらされたのだと言い訳するスタンスを取りたいのだ。これで安心するのだ。

「どうする？　なにかいい知恵はないか」

川田が訊いた。

営業部長はにこやかに笑みを浮かべ、

「新宿副都心支店で名目はなんでもいいから担保割れの分、マリオン社に二十五億円の融資を実行する。それで富士倉佳明、富士倉ビルの融資を肩代わりする。これで富士倉関連の融資は担保フルカバーになって正常債権になる。分類は免れるという算段だ」

「マリオンは調子よくないいんじゃないのか」

川田が訊いた。

「調子は良くない。だが延滞はしていないし、正常先への融資だ。それに二十五億円は、銀行の外に出るわけではない。振り替えるだけだ。姑息《こそく》な手段だとは思うが、後のことはまた考えよう。今はとりあえず大蔵省検査を乗り切ることだよ」

「大熊が依頼してきたゴルフ場への三十億円の融資は大蔵省検査の後ということか」

「そうだ。検査官が帰った後、ゆっくりとやればいい。それくらいは待てるだろう」

営業部長は言った。

「大丈夫だ」

川田は頷いた。

「しかし……」

営業部長は首を傾《かし》げ、考える顔になった。

「どうした?」

「三十億円の追加融資を行えば、また大幅な担保割れになるな、と思ってね」

「どうする?」

川田は営業部長を見つめた。彼は川田に頼られていることに、かなり満足な様子だった。

「どこかに半分面倒をみさせるか。総務部でどこか親しいノンバンクはないか」

「三十億円のうち、担保でカバーされる分、十五億円程度を銀行でやり、残りをノンバンクに振るのか」

「親しいところはあるか」

営業部長は訊いた。

「太洋ファイナンスがいいかもしれない。出向者も行っているし、融資を斡旋《あっせん》してやれば、あの会社の再建にも役立つだろう」

太洋ファイナンス㈱は、太洋産業銀行の親密先企業である丸の内ファイナンスの子会社だ。もともとは独立系ノンバンクだったが、経営が悪化し、銀行の斡旋で丸の内ファイナンスの傘下に入った。銀行としても融資を斡旋し、再建に協力する義務があった。

「そこがいい。小さくて小回りが利きそうだ。とりあえずの緊急避難だから、一年程度の融資で、もしなにかあれば大洋産業銀行が責任を持つという念書の一枚も差し入れておけば、いいだろう」

営業部長は言った。

「富士倉佳明の延滞利息のほうはどうする?」

川田が訊いた。

「担保割れのほうばかりに気をとられていたな。さてそっちのほうはどうするかな?」

営業部長は、考えるように上目遣いになった。

「やっぱりここは太洋ファイナンスに頼んで融資をしてもらうか」

川田は言った。

「延滞しているところに、いいのか?」

営業部長が訊いた。

「なんとかしてくれるだろうさ」

川田は、自信ありそうな顔で言った。

大蔵省は事前の情報通り、九月半ばに大洋産業銀行に検査に入った。

ＭＯＦ担当はたいしたものだ。現職のＭＯＦ担当、ＯＢのＭＯＦ担当、ありとあらゆる人間が駆り出されて情報収集をした。お蔭で、入検日も入検する支店名もズバリ的中した。

川田はＭＯＦ担当から聞いたことがあるが、検査官が酒席で野球は中日ドラゴンズが強いね、米はコシヒカリに限るね、と囁く。この場合だと名古屋近辺の支店と新潟支店に入検するのだろうと推察して警戒を発するのだ。まあ、あれほど酒を呑み、平日からゴルフに興じ、プレゼントを贈っているのだから、もし情報が取れなかったりしたら、ＭＯＦ担当は何を言われるかわからない。それに検査期間中も検査官と酒やゴルフ三昧《ざんまい》だ。

「大蔵省の検査官なんて人種は主計局や銀行局エリートの虎の威を借る狐のような奴ばかりですよ。手心を加えて欲しければ接待しろと要求してくるのだから、本当に反吐《へど》が出るくらい下らない連中ばかりです」

ＭＯＦ担当が川田に言った。

川田は、そういうお前は、その下らない連中の尻馬《しりうま》に乗って、酒やゴルフに興じているわけだから、同列か、それ以下じゃないのかと嫌味のひとつも言ってやりたかった。しかしＭＯＦ担当の情報のお蔭で、富士倉案件を隠蔽することができたと思うと、

「助かったよ。ありがとう」

と川田はＭＯＦ担当に頭を下げた。

富士倉案件は、無事に検査を通過した。

川田は、稲村に「富士倉案件は無事に検査を通過いたしました」と報告した。大蔵省検査をごまかしたことに対する罪悪感はまるでなかった。稲村から、褒めてもらいたいとは思わなかったが、よくやったという一言くらいはあるかと思った。しかし、稲村は、

「そうか。わかった」

とにこりともせずに答えた。

こっちが苦労していることを十分の一でもわかっているのかと言いたくなった。

同年十月八日に総額三十一億七千万円のうち営業部から十五億七千万円を富士倉佳明に融資し、富士倉ビルに付け替えた。太洋ファイナンスが残りの十六億円を融資した。それぞれの担保は「会員資格保証金証書」だ。銀行、太洋ファイナンスにそれぞれ千五百万円、百口が差し入れられた。

この会員資格保証金証書は担保とは言っているが、正式な会員権とはどういう関係があるのか、この時、川田は説明を受けなかった。予定されていた会員権募集価格とは全く無関係な価格設定になっているから、心配はしたが、会員権と同じ権利を有しているのだろうと思っていた。大熊は、ゴルフ場が完成すればその証書は会員権になると言った。しかしゴルフ場が完成しなければなんにもならない。実際、まだゴルフ場は完成していないわけだから、読東新聞が「無価値」と断じた通り全くの無価値になってしまった。しかしそれでも融資実行時点では、それが唯一の担保だったのだ。

大蔵省検査をごまかしてまで融資を実行したのだが、そのつけは直ぐに来た。地獄だった。ごま

かしの連鎖に囚われてしまった。次から次へとごまかすための融資を繰り返さざるを得なくなったのだ。

今思えば、大蔵省検査を理由に大熊へ融資を断ればよかったのだが、死んだ子の年を数えるようなことを今さら言っても仕方がない。

川田は、書類を風呂敷に包んだ。頭の中には、どう言い繕うかと考えが錯綜《さくそう》していた。しかし身内をごまかせても、もう無理だ、行くところまで行くに違いない、いっそのこと事件になってくれれば全てが明るみに出て終わりになる、そうなれば誰も苦労することはなくなる、そう思う気持ちもあった。

一枚の書類が目に入った。これは出せない。川田は書類を机の引き出しにしまった。そこにはゴルフ場資金として出した約三十一億円の支払い先が記録してあった。当初、大熊が話していたように地上げなどには使われていなかった。大半はマリオン社に流れていた。マリオン社の資金繰りに当てられていたのだ。そして一部は大熊の懐にも入っていた。株などの失敗の穴埋めに使ったのだろう。そのほかにも名前を言えば、誰でも知っている与党の有力政治家にも金が支払われていた。これは、融資を実行した後、総務部員がマリオン社の経理担当からこっそりと聴取したものだ。聴いたからといって融資の返済を求めるわけにはいかなかったが、記録にだけは残していたのだ。

何のために苦労して融資をしたのだろうか。いったい俺は何をやっていたのだろうか。問題が大きくなれば、株主総会が心配だ。めちゃくちゃになるだろう。こんなことになっても「上手くやってくれ」とトップは言ってくるだろう。あいつらいったい何を考えているんだろうか。

川田は自嘲《じちよう》気味に、

「くそっ」

と呟いた。

5

――5月12日(月)8時19分　大洋産業銀行頭取室――


「本当に馬鹿なことを言う奴だ」

関谷省吾はぶつぶつと呟きながら、昨夜一緒にプライベートで呑んだ大手電器メーカーの専務の顔を思い出していた。彼は大学の同期だった。

酒を呑みながら、

「やっぱりお前のところがM資金を管理しているんだってことがわかったよ」

と彼は唐突に言った。関谷は思わず酒を噴き出しそうになった。

「なんだい。いきなり」

「新聞に出ているじゃないか。総会屋に三十億も株を買う資金で融資したんだろう。あんなのは秘密資金から出すんだろう?」

彼の質問に関谷は答えようがなく、黙っていた。

「ちゃんとした人から聞いた話だけど、お前のところの川本相談役がM資金の元締めで、稲村会長が実務責任者だっていうじゃないか。代々大洋産業銀行のトップがM資金の管理をしているとその人は言っていたぞ。今度お前が頭取なわけだから、川本相談役の代わりに管理するようになったら、俺にも融通してくれよ」

彼は真顔で言った。

M資金とは、戦後の混乱期に米国進駐軍マッカート大佐が国内から集めた貴金属や日本軍の占領地から運んできた金塊などを日銀の奥深くに保管し、それを占領政策に使っていたが、占領が終結して日本に管理を任せたという曰《いわ》くつきの資金だ。その額は数千兆円とも言われ、戦後の復興にも使われたという。

「お前、そんな話を真面目に信じているのか。見損なったよ」

関谷は辛うじて言った。酔いが醒《さ》めていく。

「そんな言い方をするな。俺は見たんだよ」

彼は上目遣いで関谷を見た。目は濁っていた。

「見たって、何を見たんだ？」

「小切手さ。あれは本物だった」

「小切手？　なんだそれ」

「お前も頭取の癖して何も知らないんだな。大森さんや川本さんに頼りにされていないのじゃないか」

彼が二人の相談役の名を出した。確かに頼りにされているとは言い難い。しかし頭取だ。なった以上はしっかりやるしかない。あまり馬鹿にした言い方は止せ、と関谷は憤慨した気持ちになった。

「頭取だって知らないことはあるさ」

関谷は不機嫌な様子で言った。

「俺が見たのはね、二千五百億円の小切手。その人が見せてくれた。まさに本物だった。コピーとかそういうものではない。これでも財務担当だからな。小切手は見慣れている」

彼は、関谷の不機嫌な様子を全く気にしないで話した。

「馬鹿な。偽造だよ」

「そう思った。しかし本物だった。印刷、紙、なにもかも本物だった。そして裏には稲村さんの署名と印があった」

「まさか！」

「本当だよ」

彼は、ますます目を赤く濁らせた。

「その人は、それをとりあえず預かっているだけらしい。もうすぐ換金に回すらしいが、その人には一％の手数料が支払われるそうだ」

「二十五億円？」

「そうだ。一％で二十五億円だ。ただ換金時期が来るまで預かっているだけでだ。ぼろい商売だろう」

「換金の交渉というのは、どことやっているのだ」

関谷は、彼の真剣さに恐ろしさを覚えながら、訊いた。

彼は呆れた顔で、

「それはお前のところの稲村さんと川本さんに決まっているだろう」

関谷は、彼の話を否定しながらも大洋銀行と産業銀行が合併を果たす時、膨大な裏金が動いた話をどこかで聞いたような記憶が蘇ってきた。大洋銀行は五菱銀行との合併を破談にし、産業銀行と結びついた。あの破談、そして一転しての合併には政界、裏世界のありとあらゆる人間たちが蠢《うごめ》いた。

また合併合意の後、本店をどこにするかで決裂寸前までもめたことがある。その時、丸の内にあった国有地の払い下げが突然決定し、区画を広く整えることができた。それで一挙に本店問題の片がついたことがある。そうした節目節目に秘密資金が使われた可能性はないだろうか。ちゃちな裏金程度ではないはずだからだ。

彼を見た。酔いが回り、赤黒い目になっている。彼自身も会社で微妙な立場であるという。もし自分に自由になる金が手に入ったら、社長の座を買うことだって可能だと思っているに違いない。

「おい！」

関谷は彼に強く呼びかけた。

「うん？」

寝呆《ねぼ》け眼《まなこ》で見ている。

「あまり馬鹿な夢をみるな。それだけだ」

関谷は、明日も早いことを理由に立ち上がった。

「あいつ、本当に騙《だま》されることはないだろうな」

関谷はまた独り言を呟きながら、壁の時計を見た。もうすぐ調査委員会だ。

読東新聞が派手にゴルフ場への融資を書いた。銀行の常識に外れていると厳しく批判している。彼が言ったように川本相談役や稲村会長がM資金を管理しているのだったら、融資などという銀行の根幹に絡む手段を使わずとも、大熊の要請を満足させられたに違いない。そうだ。彼にそう言ってやろう。M資金などないから、融資に頼ったのだと。そう言えば彼も目が覚めるだろう。

それにしても大熊が平成五年十月に死んでからの頭取就任でよかった。関谷は、ほっと胸を撫で下ろした。稲村などは頭取就任前に何度も呼び出されたそうだ。大熊邸で行われたパーティなどにもいそいそと出かけ、夫人と写真におさまったりしていた。また川本も海外出張から帰ってきたら、京橋の事務所に入りびたりで、お土産持参の出張報告を強いられていた。大熊が病院から退院すると、川本、稲村で盛大に快気祝いを高級料亭で行っていた。いったいなぜ、あんなに大熊に気を遣っていたのかわからない。大熊邸には、当行が持っていた絵が多く飾られていたとも言うではないか？　ちょっと大熊が本店に立ち寄り、あの絵を自宅に飾りたいので貸してくれと言われたら、断れなかったのだろう。今、その絵は銀行へ戻されたのだろうか。誰も知らない。

一体何者だったのだろう、あの大熊という男は……。あの男のお蔭で、せっかく就いた頭取の地位さえ危うくなってきた。こんな馬鹿な話があるか。稲村が、富士倉問題が大きくなれば責任をとらざるを得ないかも知れないと言ってきた。私にはなんの責任もないぞ。強いて言えば、十年以上も前、営業部で大熊への融資の手続きを手伝ったことがあるだけだ。それも持ってきた株券が確かにあるか、数えて確認しただけだ。その程度の関与しかないのに、なぜ、責任をとらねばならないのか。悔しくて夜も眠れない。まだ頭取に就任して一年と少しだ。稲村は辞めたっていいだろう。二期四年も頭取をやったのだから。この銀行はそれぞれが頭取、会長を二期四年ずつやるのが、暗黙のルールだ。そういう意味では、もしも万が一辞任せざるを得なくなったら、後任を大洋銀行系から選び、私がその後見人になるのだ。

しかしどう考えてもわからない。どうしてあんな男が怖かったのか。確かに伊部名誉会長といつでも会える男だった。大熊はパパ、パパと甘えていたらしい。五菱銀行との合併を破談させるのに功績があったという話だったが、結局、名誉会長がけじめをつけなかったのが問題なのだろう。ずるずると関係を引きずる間に、あの男の伝説ばかりが肥大化していく。名誉会長と次の役員人事の話をしたなどと吹聴《ふいちょう》して回っていたらしいが、そうした行動ひとつひとつが、下の行員を萎縮《いしゅく》させてしまったのだろうか。

川本さんも丁寧な人だから、少し気を遣いすぎたのではないだろうか。あの人は、どんなちんけなフリージャーナリストにも頭を下げる人だ。傲岸不遜《ごうがんふそん》なのもどうかと思うが、丁寧すぎるのもよくないということだ。

そろそろ行くとするか。今日の会議では弁護士がゴルフ場融資の合法性を説明するらしい。バブル期の産物だ。さっさと償却してしまえば良かったのだ……。

6

――5月12日(月)8時20分　読東新聞社会部――

「コーヒーに砂糖入れますか」

尾納が高柳に訊いた。

「おお、たっぷり入れてくれ」

高柳は、でっぷりとした腹を撫でた。

「身体に悪いっすよ。その腹なんとかしたほうが……」

木口が嫌味たっぷりに言った。

「お前みたいに打ち捨てられた案山子《かかし》みたいな身体ではスクープはものにできんのよ」

高柳は尾納が運んで来た甘いコーヒーを音を立てて呑んだ。

「用意できました」

細谷がテープレコーダーを持ってきた。

「おお、じゃあ早速聞かせてくれ」

高柳の指示で、細谷がテープのスイッチを入れた。

いきなり『けしからん』というダミ声が聞こえてきた。

「元気のいいオッサンだな」

高柳が笑った。

「ええ、そりゃなんたって大洋産業銀行の中興の祖をもって任じていますからね」

細谷がにんまりとした。

テープの中身は細谷が大洋産業銀行相談役大森良雄のインタビューを採ってきたものだ。

『けしからんと思っている。大熊との関係は私が元だと言う奴らがたくさんいる。確かに私は大熊を知っているし、川本に大熊を引き継いだのも私だ。それに私が頭取に指名した川本が、事件の傷口を広げてしまったのは間違いない。それには大きな責任を感じている。どうして川本は、君が記事にしているように、深みにはまったのか。みんな頬被りしているから私が話さざるをえない。畠山なんか都合が悪くなると入院しやがった』

尾納、木口、細谷は真剣な顔で耳をそばだてて聞いている。一人、高柳だけが眠るように目を閉じている。

『そもそも大熊が伊部名誉会長と深く付きあうようになったのは、五菱との合併を潰す時だ。あの時、伊部は大洋銀行の会長だったが、代表権はなかった。だから取締役の大半が賛成している五菱との合併を白紙に戻すためには、それこそ命懸けの勝負をかけなければならなかったんだ。まず、いの一番に古くからの有力取引先を回り、合併反対の声を上げさせた。次に支店長会議を招集して、そこで合併に反対させた。また総会屋を通じて取締役に圧力をかけた。簡単に言やぁ脅したんだな。取引先や総会屋への協力取り付けは、伊部とその意を体した大熊がやった。お宅の新聞にスクープされてから、たった二週間でひっくり返すためには、それこそ死に物狂いでやった。やれること、考えられることは何でもやったって感じだ』

『今度は産業銀行の方だが、伊部の相方だった横尾名誉会長が大熊に借りを作った。大洋と産業のどっちの本店跡地を新生大洋産業銀行の本店にするかともめた時、当時産業銀行本店の隣地は国有地だったのだが、本店用地問題で悩んでいた横尾に、その国有地を買えばいいという話を持ち込んできたのが大熊だった。横尾は大熊の話に乗ったが、全部信じたわけじゃなかった。国有地が、そんなに簡単に払い下げられるとは思えなかったからだ。ところが横尾が買うと返事をしたら、数日して払い下げが決まった。横尾に当時の大蔵大臣から直接電話があった。大臣は、福留だったかな？　横尾は、嬉しかったのは勿論だが、そりゃ驚いたそうだ。

　横尾は国有地を購入した。その結果、産業銀行本店跡地を新銀行の本店にするということに決まり、本店用地問題は解決したんだ。これで横尾は大熊に頭が上がらなくなってしまった。

　この経緯は横尾が本店用地問題を大熊に相談したというのではなく、悩んでいる横尾のところに大熊が、ここならどうですかと自ら売り込んできたんだ。だから大熊は自分で動いて国に払い下げさせたのか、もともと払い下げの情報を他人より早めに摑んでいて、それを利用しただけなのか、今となっては闇の中だ。大熊が国を動かせるだけの力があったとは思えない。あいつは調子のいいところがあったから、私は、情報をうまく利用して、横尾に取り入ったというのが真相だろうと思っている。

　大熊が本店内の二つの名誉会長室に自由に出入りし、伊部のことを、パパ、パパ、と呼び、横尾のことを、お父さん、お父さん、と呼んでいた。これは私も実際に聞いたが、こんな呼び方が許されていたのも、この本店用地問題の時の借りが大きかったと思う』

『私が大熊を紹介されたのは、前任の村井からではなく伊部からだった。村井は、大熊など知らないと言っているようだが、嘘だろう。伊部が私に大熊を紹介して、自分が直接バトンタッチした村井に紹介しないわけがない。村井は、今回の問題から上手く逃げようとしているだけだ。また畠山についてももう少し、君は調べた方がいい。彼は産業銀行の人だが、丸の内ファイナンスの役員を務めた時期もあり、丸の内ファイナンスも、今回、資金調達した太洋ファイナンスもみんな産業銀行系列だ。このノンバンクを使った融資は産業銀行出身の審査担当役員が始めたと言われているが、役員は畠山の了解をとったのではないか。畠山の口利きがあったように思うよ』

『そもそも私が大熊と初めて会ったのは、伊部が、ちょっと役員応接室に行って欲しい、紹介したい人物がいる、と部屋に電話をしてきた時だ。大広間に行くと、そこに大熊が一人で待っていた。大熊は、私に向かって、伊部名誉会長があなたのことをとても優秀な人だと褒めていた、などと言って、その場でとても名誉会長と親しい関係にあることを誇示してきた。その時は、大熊が名誉会長と因縁深い人物だとは知らなかった。その後は、会長を務めている間に、毎年二、三回ずつ大広間で会っただけで、料亭だとかで席をともにしたことはない。大熊の息子の結婚式にも呼ばれなかった。確か、大熊が入院した時は、秘書室に言われて、一回だけ花束を持って、病院に見舞いに行ったことがある。それと大熊が亡くなった際にも私が出向いたのは葬儀ではなく、お通夜の席だ。大熊との付き合いはそんなものだ。富士倉雄一？　誰だ？　大熊の配下の総会屋か。そんな奴は全く知らないし、会う必要もないじゃないか』

「大熊との関係の薄さを強調していますねぇ」

尾納が含み笑いをしながら言った。

「しっ」

高柳が大きな目を開け、尾納を睨み、口を指で押さえた。黙れということだ。尾納が首を竦《すく》めた。

『大熊という人間は、なんとなく人なつっこいというのか、懐に飛び込んできても憎めないタイプの人間だった。ことあるごとに私の前では伊部の話を出すので、一本気な性格の私とは馬が合わなかった。向こうもそれを勘づいていたのだろう。私は、会長と呼ばれても、さすがにパパと呼ばれることもなかったし、突っ込んだ話をすることもなかった。初めて会ってから、二回目か、三回目の時に、大熊が、阪神製鋼の内紛を収めたことがあると自慢気に話していたことは記憶に残っている。私が取り合わなかったので、そのうちたいした話もしなくなった。その点、川本は大変真面目な性格で、誰の話にもよく耳を傾け、相手の意向を尊重する男だった。いわば男の中の男という感じなのだが、その優しさが、大熊に食い込まれる原因になったのだろう。特に川本は伊部の秘書役で、秘書室長も務めており、五菱との合併問題の時に、伊部と大熊との間で具体的にどんなやりとりをしていたのか、つぶさに見てきたから尚更だ』

『私は会長だった時、総務部長に株主総会を上手く収めろとか、短時間で済ませろとか、そんなことは言った覚えはない。私が退任する昭和六十三年の株主総会の際、その直前に赤坂山王町支店巨額横領事件というのが起きた。預金課長が約三十六億円も横領して暴力団に金を毟《むし》り取られた事件だったが、その問題で総会が紛糾するからといって総会屋に応援を頼んだなどということは一切ない。あの総会は収益トップに押し上げた私の花道総会だった。退任は予定通りで、赤坂山王町支店事件とは全く関係ない。あの総会でも二、三人の総会屋から質問が出たが、私は原稿なしで答え、多少時間がかかっても、気にしないからと総務部長に伝えておいた。そもそも私は株主総会など何時間かかってもいいという態度で臨んでいたのだから、総会屋の力など借りるはずがない』

『金融ビッグバンは着々と進行しており、課題は多い。私は扶桑銀行の本橋会長とは商工会議所の関係でとても親しい。二人で合併の話をしているのだ。これが実現すれば、五菱銀行を大きく引き離して、断トツのトップになることができる。私は今でも大洋産業銀行内の部下にいつでも扶桑銀行と合併できるように研究しておけと言っている』

「とりあえず切るか」

高柳が言った。細谷はテープレコーダーのスイッチをオフにした。

「大森は昭和五十七年の商法改正もよく認識していて、総会屋との付き合いは慎重にしていた。大熊を出入り禁止にすればよかった。しかし名誉会長を慕ってくる大熊を出入り禁止にするわけにはいかなかった。この気持ちは部下も理解してくれるだろう、などと言っています」

細谷がテープ内容を補足した。

「しかし、まあ、終始、自分は悪くないの一点張りですね」

木口が、顔を顰めた。

「川本はなんて言っているんだ」

尾納が木口に訊いた。木口はメモを取り出して、

『富士倉雄一という人物を総務部は知っていたのかもしれないが、私は知らない。会ったこともない。あんな融資があるのは、新聞報道で初めて知った』

『あくまで担保を取り、審査も通っていた融資だと思っている。法的にも問題ない。今から見ると問題があるように見えるが、バブル時代にはよくあったことだ。せいぜい善良なる管理者としての注意義務違反程度だ。たいした問題にはならないと思う』

『大熊のことは知っている。総会屋だと言われているようだが、もう活動していなかったはずだ。大口預金者で支店の大事なお客だった。向こうが会いたいと言ってきた時には、時間の都合をつけて会ったことがある。右翼の峰島芳太郎と関係がある人のようで、こちらがきちんと対応しないと何をされるかわからないという面も確かにあった。対応が難しい存在だった』

『大熊にトラブル処理などを頼んだことはない。もうじいさんになっていたし、ぎらぎらしたところもなくなっていた。合併当時はいろいろお世話になったようだが、それよりも政治家の方が何か

と頼んできて、迷惑をした。彼らの依頼を現場に下ろしはするが、ダメなものはダメだと回答した。昔は、行内の人事抗争にも総会屋が絡んできたことがあったが、今はない。大熊のようにトップ自らが会うような人もいなくなった』

『富士倉関連の融資は、昨年の十二月に総務から報告を受けた。きっかけは別の総会屋への融資が報道され、記者会見までやったからだ。担保はどうなっているかと訊いたら、割れているというので、私は彼らに、すぐ回収しろ、と命じた。ああいった融資は全て担当者がやる。上は知らない。それに総会屋の富士倉雄一ではなく弟への融資だと思っていた』

木口はメモを読み上げて、一息ついた。

「甘い認識だな。それに本音を言っているとは思えない」

高柳が呟いた。

「検察はどこまでやるつもりですかね？」

細谷が高柳に訊いた。

「わからん。しかし検察の意気込みは並みではないことは確かだ。銀行のトップが総会屋への融資の責任を感じてはいないのか、あるいは、責任はないと無理に思い込もうとしているのかわからないが、融資には決裁権限があるはずだからな。責任は上に上っていくだろう」

高柳がコーヒーを呑んだ。

「細谷のゴルフ場関連融資はヒットでしたね」

尾納が言った。

「あれは伊能の事務所を訪ねた時、耳にしたんですよ。伊能は、富士倉と親しいですから、ゴルフ場融資の話は以前から知っていたようです。伊能が、面白い話があるよと言って耳打ちしてくれて、それでその話を検事に当ててみました。その検事は、今回の事件を東西証券ルートより大洋産業銀行ルートにシフトしたほうが、成果があがると考えていたんですが、検察は東西証券ルートから政治家の線が出てこないか、必死で探っていますから、その検事の言うことはなかなか聞き入れられなかったようです。彼も、うちで記事になれば、検察の捜査の流れが変わるかもしれないと思ったんじゃないでしょうか。でも警戒心の強い人で当てるのに相当、苦労しました。出勤電車の中でやっと摑まえてこっそりと話をしました」

細谷が自慢気に言った。

「ほほう。満員電車の中でね」

高柳がニヤリとした。

「彼は、知っている、事実だと答えました。それで調べ出したら、あのゴルフ場には闇が巣食っていました。驚きました。記事には書けませんが、あれじゃ大洋産業銀行は結局騙されたも同然だ」

細谷が、憤慨しつつ説明した。

「マリオン社の経営内容が悪化し始めた平成三年八月に大物総会屋の谷三郎と大熊と川神《かわじん》商事の徳永茂一とが話し合ってマリオン牧ノ原カントリークラブ準備会社の資本金を一億円増資しました。この三人とも闇世界の大物ばかりですよ。それで増資後の資本金は一億五千万円になりました。増資資金の一億円は、川神商事グループの東京総合開発が出しました。ひょっとしたら住倉銀行の融資かもしれません。

川神商事グループといえば、旧川神財閥の財産管理会社で徳永茂一はその代表であり、昭和六十一年十月に住倉銀行と共和相互銀行が合併した時の裏の立役者で、政財界の大物フィクサーと呼ばれ、恐れられています。それにこのグループは広域暴力団とも太いパイプがあるという噂もあります。

大洋産業銀行は、その増資のことを全く事前に知らされなかったようです。大熊が自分には大洋産業銀行がついているし、川神商事には住倉銀行がついていると上機嫌で話したことから知ったようですね。全くのん気といえば、のん気ですが、無責任の極みでしょう。

大洋産業銀行の総務部はこれを知って慌てました。相手はあの有名な川神商事グループ。暴力団との関係も噂される会社と一緒にゴルフ場の開発をするとは思ってもいなかったからです。なんとか接触をしたいとも考えたようですが、結局何もしなかった。恐《こわ》かったんでしょうね。一番、心配になったのは融資した約三十一億円の資金ですが、それは地元の農協の口座にまとめられたところまでは確認したようですが、彼らが調べた時は、もぬけの殻になっていたようです。私が調べたところでは、地上げに使うという触れ込みだったようですが、その気配はない。何せ地上げそのものが進んでいませんし、地元でも金をばら撒かれたという話は浮かんでこない。いったいどこへ三十一億円は消えてしまったのか、興味があるところです。ところでゴルフ場準備会社が川神商事グループに乗っ取られたみたいになって、もうどうしようもないと思った総務部は、彼らの力でなんとかゴルフ場が完成することをひたすら待つことにしました。完成すれば、こちらには『会員資格保証金証書』があると思っていたからです。

案の定、マリオン社は平成四年四月に破産しました。大洋産業銀行は相当な焦げ付きを発生させたはずです。それに普通はこんなことできないでしょうが、倒産をきっかけにゴルフ場は、大洋産業銀行には通知もせず、勝手に牧ノ原カントリークラブと名前を変えてしまいました。その直後、それまで開発許可を渋っていた県も動き出したのです。それはやはり川神商事グループのメインバンクである住倉銀行が県にゴルフ場融資をすると約束したからだと思います。

大洋産業銀行は、ゴルフ場開発の認可が平成六年六月に下りたことは知っていました。これで安心だ。ゴルフ場さえできれば、と一日千秋の思いで完成を待っていたことでしょう。ところが、東京総合開発の新代表者、徳永茂一の配下ですが、彼に訊いたところ、会員資格保証金証書のことも、地上げ資金として約三十一億円の融資を受けたことも何も知らないと話していました。『それは初耳だなあ』と彼は笑っていましたよ。県にも確認しましたが、そんな『保証金証書』などは県としても認知していないし、認め難いという見解でした。それで『無価値』と見出しに打ったのです。大熊に乗せられて融資をし、手をこまねいているうちに一枚上手の住倉銀行と川神商事グループにゴルフ場ごと乗っ取られたわけですよ」

「馬鹿な銀行だな。川神商事グループが仮に大熊から保証書を担保に差し入れた三十一億円の融資のことを聞いていたとしても知らないと言うだろう。その保証書の価値を認めたら、自分たちが損をするだけだからな」

高柳はぽつりと言った。

「彼らは、将来そのゴルフ場を住倉銀行系列のオーシャンゴルフグループに売却して、開発を進めるつもりのようですが、そんな三十一億円もの会員権の保証書を認めるわけはありません」

細谷は言った。

「有効性を争う気持ちはあるのかな」

高柳が細谷に訊いた。

「事件の進展如何《いかん》でしょうが、これまでの経緯を見る限り、住倉銀行や川神商事グループを相手に喧嘩《けんか》するとは思えませんねぇ。無価値と書いたのは間違いではありません」

細谷が答えた。

「勇気のない、不作為の失態の象徴のような銀行ですね。相手が強そうなら、何も言わない、やらない。そのうち時間が解決するとでも思っていたのでしょうか。先送りの典型だ。騙されても当然の報いだよ」

木口が怒って言った。

「ところで、細谷が言う通りその三十一億円は、いったいどこへ消えたのだろうか？」

尾納が軽く首を傾げた。

「さあ、今のところそれはわかりませんねぇ。先ほども話しましたが、地上げに使われた形跡はありませんでした。興味深いことを挙げるとすれば、当時は県知事選の真っ最中で、与党民自党のドンが押す候補とそれに反対する候補が血で血を洗う決戦を行っていましたが……」

細谷が記憶を辿《たど》るような顔になった。

「それに使われたのか？」

尾納が再度訊いた。

「いや……、そういうことがあったなぁというだけで何も……」

細谷が頭を掻いた。

「いくらバブル時代だと言っても狂っている。こんな銀行は潰れて、出直したほうがましだと思えてきましたよ」

木口が声の調子を強くした。

「徹底的に攻めろ」

高柳が言った。

「広報の渡瀬次長の話では、今日にもゴルフ場融資について銀行としての見解を纏《まと》めると言っていました。どんな結論が出るのか……」

細谷が言った。記事が四日。今日が十二日。あまりにも遅い対応だと細谷は思っていた。

7

――5月12日(月)8時40分　大洋産業銀行役員専用大会議室――


先ほどから顧問弁護士が、眠くなるような声でゴルフ場融資についての見解を説明している。説明というより自分で作成した報告書を棒読みしていると言ったほうがいいだろう。

渡瀬の右手には塩見広報部長、矢島企画部次長（MOF担当）、都築企画部副部長、若村企画部長、川田総務部長が並ぶ。他に、審査部長、営業部長、そして顧問弁護士三名。左手には稲村会長、関谷頭取、副頭取、専務たち。全員が神妙な顔で弁護士の報告を聞いていた。

「平成二年十月頃、富士倉ビルがマリオン牧ノ原カントリークラブの開発に参入することになり、大熊公康氏を通じて、大洋産業銀行に対して富士倉ビルがゴルフ会員権を取得するための資金として、三十一億七千万円の融資申し込みがあった」

渡瀬は、聞きながら苛々してきた。なぜ富士倉ビルがゴルフ場開発を手がけるんだ。弁護士には
そんな当然の疑問も沸いてこないのか。

「……近い段階で知事による開発許可が出される見通しにあった。また大洋産業銀行新宿副都心支店は、ゴルフ場開発会社の親会社マリオン社と取引深耕《しんこう》しており、ゴルフ場開発プロジェクトの支援方針を決定していた」

結局、ゴルフ場開発許可は、平成六年まで下りなかったではないか。その時点では、マリオン社はなんと破産してしまっているではないか！　融資する段階ではマリオン社は業績が悪化していなかったのか。業績が悪化していたにもかかわらず融資をしたのではないか。このマリオン社は、ひょっとしたら大熊の会社だったのではないのか。

「大洋産業銀行は……十五億七千万円については富士倉佳明に、残り十六億円については太洋ファイナンスが融資し、将来太洋ファイナンスから申し出があれば、その融資を銀行が肩代わりする約束が両社の担当者間でなされていた」

なぜこんな複雑な融資のやり方をしたのだ。なんの権限もない担当者間で十六億円の融資を肩代わりする約束？　それはどういうことだ。弁護士はおかしいと思わないのか。

弁護士の報告は続く。融資の実行の状況。太洋ファイナンスからの肩代わりの実施など。そして「マリオン社は破産したが、ゴルフ場開発会社は新たなスポンサーを見つけて、存続しており、ゴルフ場のオープンは近い」と説明した。

「会員資格保証金証書」が担保として有効か否かについては、

「大洋産業銀行が融資した資金は富士倉ビルを通じて、マリオン牧ノ原カントリークラブに出資されており、その見返りが保証書である。これは開発許可前の先物会員権の取得であり」に続き、くどくどとその保証書の法的な性格を論じた後、

「バブル期はこのような法律的に脆弱《ぜいじゃく》な内容を有するゴルフ会員権証書であっても、プレミアム付きで売買されており、十分な財産的価値を有し、活発に取引の対象とされていたのである。富士倉ビルとしてもこのような会員権を相当のプレミアムをつけて売買し、利益を得、その利ざやにより融資金の返済に充てることを意図していたものと考えられる。バブルの最盛期であれば、このようなゴルフ会員権であっても飛ぶように売れたということである。以上の通り、本件ゴルフ会員権証書は、融資当時十分な経済的価値があり、担保適格性を有していた」と断じた。

いつの間にか、「会員資格保証金証書」から「ゴルフ会員権証書」に変わってしまっているではないか。

渡瀬は数々の疑問を思い浮かべながら、役員たちの顔を見つめていた。

更に弁護士は、銀行の融資も会員権という十分な担保があるのだから、バブル期なら不思議な融資ではないと言い、バブル崩壊で担保価値が減ったことについて取締役の責任はないとも言った。また太洋ファイナンスの融資を後に肩代わりしたことは、担当者間で約束していたのだからやむを得ないという判断を示した。

「銀行の依って立つところは第一に信用であり、仮に担当者レベルであっても約束を守るということは銀行にとって根本的な大義であり、このような信用の積み重ねが今日の金融機関を支えてきたといっても過言ではない」

弁護士は声高に言った。役員たちは大きく頷いた。約束を守るとはいっても程度問題だ。誰の決裁も得ず、どういう権限があって十六億円もの融資肩代わりが担当者間で決められるというのだ。

大蔵省検査の忌避に関する報告に及んだ。

新宿副都心支店で二十五億円を融資し富士倉関連融資の大幅な担保割れを回避したこと、それに富士倉佳明に対する延滞利息解消のために太洋ファイナンスから六億一千六百万円の融資を受けさせ、銀行融資を肩代わりさせたことなどを詳細に説明した。

これらは皆、このまま放置すると大蔵省検査で不良債権に分類されてしまうと焦った総務部が営業部と相談して行ったものだ。なお太洋ファイナンスから受けた融資は大蔵省検査が終了した十月三十一日に銀行で肩代わりしている。

弁護士はこれらの大蔵省検査忌避のための融資について、

「できるだけ多くの債権を回収しようという目的にかなった融資であり、緊急避難的措置でもあり、取締役の判断は合理的である」

と言い切った。

弁護士の考え方は、

「大蔵省検査で不良債権に分類されてしまうと、即、回収行動をとらなくてはならない。まだゴルフ場が完成していない段階で回収行動をとると、融資が完全に焦げ付いてしまう。融資を回収するためには、保証書が会員権としての価値を持たねばならないが、そのためにはゴルフ場の完成が不可避である。ゴルフ場完成のための緊急避難的措置として、こうした大蔵省検査忌避の融資は認められる。また融資した資金は、全て銀行内、または銀行とその関連会社内で還流しており、損失が増えたわけではない」

というものだった。

渡瀬は信じられなかった。報告を読み上げる弁護士の顔が妙に無表情なのが、気になった。

最後に読東新聞の記事は「保証書には十分な担保価値があるため虚偽と誤解に基づくものだ」と結論付けた。

「以上です」

弁護士が報告書から顔を上げた。

会議室には不思議な安堵感が漂っていた。最高裁判事を務めたことのあるヘッドの顧問弁護士が、煙草に火を点け、ゆっくりと煙を吐き出した。部下の弁護士の報告に満足した様子だ。

「バブル当時にはよくあったことですよ。問題にはなりません」

彼は役員たちを見渡して言った。

渡瀬は昨日、東京経済情報社の川室謙三から「大洋産業銀行に近いうちに東京地検の強制捜査が入る。トップも含めた役員の逮捕が予想されるから、覚悟しておいたほうがいい」という連絡を受けていた。また読東新聞の尾納たちからも同じ内容の連絡を受けた。渡瀬は東京地検の強制捜査は免れない事態だと覚悟した。だから今のこの不思議な安堵感が堪えられなかった。

「そうですよ。バブルですからね。よくありましたよ。ことさらうちが問題にされる融資ではない」

関谷が稲村の顔を窺うように言った。

「多くのゴルフ場がみんなバブルでおかしくなった。これも同じだ」

稲村が受けて答えた。いくらか関谷よりは表情が固い。

「融資した金はどう動いたかは調べてあるの?」

関谷が訊いた。

「地元の農協に振り込まれたまでは確認しましたが、その後は何とも……」

川田が答えた。

「なかなか資金のフォローはできないからね。普通でも難しい」

稲村は言った。

「大蔵省の検査をごまかすというか、忌避するなんてことはどこでもやっていることだ。そんなことは当たり前だよ」

副頭取が平然と言った。

「そうですよ。真面目に検査を受けていたら、融資なんぞできやしない。どこでもやっています。まだうちなんかいいほうだ」

審査部長が周りの反応を見ながら、声に出して笑った。

「大丈夫だ。安心しました。先生があんなに言ってくださっているのだから、なんの問題もない」

稲村が我慢できないかのように煙草に火を点けた。彼はヘビースモーカーだった。

渡瀬は、膝の上に置いた拳を痛いほど握り締めた。心臓が、壊れるほど激しく打ち始めた。ここにいる銀行役員たちは、本当に自分が今まで尊敬し、一緒に働いてきた人たちなのだろうか。渡瀬は、一人一人の顔をじっくりと見つめた。稲村、関谷……。穏やかに笑っている。なぜ、この事態にこれほど余裕のある笑顔を見せることができるのだろうか。無価値なものを担保にし巨額の融資をする。大蔵省の検査を忌避するのは当然だと言う。融資が焦げ付いても、それはバブルのせいだと何の責任も感じない。彼らは一体何者だ？　銀行経営者なのか。彼らにはこの富士倉関連融資が大きな問題となり、世間の非難を浴び、大洋産業銀行の経営が翻弄《ほんろう》され、もしかしたら破綻するかもしれないという危機感はないのか。否、こんな危機感のない、かつ無責任な経営者に経営されている銀行は、既に根元が腐り、破綻寸前なのかもしれない。怒り、悲しみ、悔しさ、何かわからない、とてつもない興奮が渡瀬の中から噴出し始めた。

「待ってください」

渡瀬は、テーブルに音を立てて、手を打ち付けると、声を張り上げて立ち上がった。

「どうした？」

稲村が渡瀬を驚いた顔で見て言った。全員の視線が渡瀬に集まった。

「本当にこれは問題のない融資ですか。本当に皆さんはそう思っていますか」

渡瀬は役員たちを強く見つめた。頭の中が熱くなってきた。

「こんな融資を私は教えられたことはありません。きちんと資金使途を確認して、担保を取って、融資して、そして返済される。融資はもっと厳格なものです。生きて使われ、きちんと返済されてこそ融資だとあなた方が私たちに教えてくれたのではありませんか。それなのに資金がどう使われたのかもわからない融資が本当の融資ですか」

「だからバブル期にはそんな融資は一杯……」

ヘッドの弁護士が口を挟んできた。面白くないことを言うという不快感があらわになっている。

「弁護士さんは黙っていてください。あなたは銀行員じゃない。今は銀行員としての話をしている。

銀行員の誇りだ」

「何を馬鹿な……。バブル期には普通だ。こんなこと！」

「黙ってろ！　今は銀行員のことを話しているんだ」

渡瀬の剣幕に弁護士はむっつりと不機嫌な顔で腕組みをした。

「資金使途を調べられないこともあるが……」

副頭取が小声で反論した。

「三十一億円もの金が、どこでどう使われたかわからないなどという話が通用しますか。それに大蔵省の検査をごまかすのは当然だとはなにごとですか。どこでもやっているとはどういう根拠での発言ですか。五菱銀行に訊きましたか。住倉銀行に訊きましたか。君たちも検査をごまかしているのかと訊きましたか。いい加減なことを言わないでください」

渡瀬の目には涙が溢れ出してきた。役員たちが暗い顔で黙り込んでいる。

「馬鹿な……」

審査部長が呟いた。川田は顔を伏せている。

「何が、馬鹿ですか。そうでしょう。どこの銀行に大蔵省検査をごまかすのは当然だ、どこでもやっているなどと発言する役員がいますか！」

渡瀬は、審査部長に向かって叫んだ。涙が止まらない。自分が何を言っているかわからなくなってきた。

「大蔵省は問題にしています。きちんと説明しなければ大変なことになります」

矢島が立ち上がって発言した。

「東京地検の強制捜査が入るという情報もあります。確かです」

渡瀬は涙を拭《ぬぐ》いながら言った。

「そんなことがあるはずがない。信じられない」

ヘッドの弁護士があざ笑った。

「あなたは黙ってろと言ったはずだ。入らなければ結構なことだ。しかし必ず入る。私たちの問題はそこまで大きいと覚悟して対応するべきだ」

渡瀬は弁護士に向かって叫んだ。

「失礼する」

ヘッドの弁護士が立ち上がると、その部下たちも席を立った。ヘッドの弁護士の顔は赤くふくれているように見えた。

彼らを誰も止めなかった。

渡瀬は立ったまま流れる涙を拭おうともしなかった。会議室は、重い沈黙に沈んだ。

第五章　座礁

1

――1997年5月20日(火)8時59分　大洋産業銀行広報部――

橋沼康平が、泡を食った様子で、走って渡瀬の側にやってきた。渡瀬は、倉品実と窓の外を眺めていた。

「次長!」

橋沼が叫んだ。

「どうした慌てて」

渡瀬がわざとらしい余裕を見せた。

「ついに、ついに来ました」

橋沼が唇を震わせた。

「見てたよ」

渡瀬が倉品と目を合わせた。渡瀬は広報部の窓から階下の様子を眺めていたのだ。丁度、国会通りに止まったテレビ局の中継車の側を隊列を組んだ検察官が通り過ぎるのが見えた。

「どれくらい、いたんだ」

「正確には分かりませんが、二百人はいたと思います」

橋沼が言ったが、その言葉が終わらないうちに広報部のある二十八階の空気が慌ただしくなった。検察官が大挙して企画部にやってきたのだ。

渡瀬の卓上電話が鳴った。渡瀬が受話器を取ると、総務部管理グループの次長からだった。この部は川田大が統括する部ではあるが、その業務は本店管理、警備、各種配送など銀行の言わば雑用全般を担っていた。

「渡瀬ですが」

「渡瀬次長、東京地検の捜査の目的を申し上げます。東西証券の総会屋に対する利益供与疑惑の関連捜査だそうです」

「確認していただきましたか」

「言われた通り、確認いたしました」

彼は、勢い込んで言った。かなり興奮していた。

「了解しました。ご苦労様でした」

渡瀬は受話器を置いた。

渡瀬は数日前、各部の部長などを集めて強制捜査が入った時の注意を指示したのだ。広報部の次長が、そのような指示をするなどというのは権限外のことなのだが、誰も不思議に思わなかった。

それは渡瀬が、富士倉問題の行内における調査委員会の主要メンバーであることは知られていたし、この問題の実質的な指揮を執っていると思われていたからだ。

特に、調査委員会で会長以下役員に対し涙を流しながら真実を明らかにすべしと意見をしたことは、各部長にその日のうちに伝わっていた。だから渡瀬が強制捜査が入る可能性があるためにその心構えについて指示をすると言って会議を招集しても、誰も不思議に思わなかった。

その会議の席上で渡瀬が言ったことは、検察捜査情報の企画部への一元化、検察官への対応だった。どの部署、あるいはどの関係者の自宅に検察が入ったかの情報を企画部に集中し、企画部は取りまとめの上、対外的な対応窓口である広報に報告すること。そして検察官が入ったら、速やかに部長が応対し、捜査の手足となる部員を一名以上つけること。特に優秀な部下をつけることを依頼した。スピーディな対応をしなければ、証拠を隠滅している、あるいは捜査に非協力ということでそれだけで問題にされる可能性があるからだ。

「やばい書類があるんだけどな。どうする？」

会議に出席した部長が訊いた。

渡瀬は躊躇《ちゅうちょ》せず、

「そのままにしておいてください。今さら処分してもつじつまが合わなくなり、証拠隠滅で逮捕されかねませんよ」

と言った。

質問した部長は、緊張した顔で、

「分かった」

と答えた。

会議が終わって解散したとき、渡瀬が管理グループ次長を摑《つか》まえて頼んだのが、検察官に捜査の目的を質《ただ》してくださいということだった。検察が入ってきたら、最初に対応するのが本店を管理する管理グループだ。

渡瀬は、管理グループ次長に、

「検察が入ってきたら、捜査令状の提示を求めてください。そして捜査の目的を確認してください。大洋産業銀行の捜査なのか、東西証券の捜査なのかでは大きい違いがありますからね。もし仮に東西証券の捜査ならば、まだ当行が本格的なターゲットになっていない可能性も残されています。悪あがきかもしれませんが……」

「分かりました。検察から確認しましたらどうしましょうか」

「私にご連絡頂けますか。私の方は、それに基づいてマスコミに対応します」

「まるで渡瀬次長は東京地検の捜査を受けた経験がおありになるみたいですね」

彼が真顔で言った。渡瀬は苦笑しながら、

「まさか、そんなことはありません。もし東京地検の強制捜査を受けるとしたら、金融界初の出来事ですよ」

と大げさに否定した。

渡瀬は、管理グループ次長の電話を受けながら、見事に当たったなと妙な感慨にふけり、一本の電話を思い出した。

五月十二日の会議で役員や弁護士相手に、検察の強制捜査が入ると言い切ってしまった後のことだ。東京経済情報社の川室謙三から、独特の高い声で電話があったのだ。

「地検の強制捜査は五月二十日だ。しっかりやるんだな。頭取クラスまで持って行きたがっているぞ」

川室は、

「分かりました」

渡瀬は、受話器を持つ手に力が入ったが、質問を返せなかった。

渡瀬は川室の情報を信じた。検察情報が簡単に手に入ることは絶対にない。曖昧《あいまい》な観測的な情報は入ってくることはあるが、正確な情報は皆無に近い。その中であまり他人に係わろうとしない川室がわざわざ電話で知らせてきてくれる情報は相当に深いところから入手したものだろう。だからこの情報は正しいと見ていい。そう渡瀬は判断したのだ。

「もし頭取まで逮捕されるとしたら……」

渡瀬は呟《つぶや》いた。

「次長、何か」

橋沼が興奮した顔を渡瀬に向けた。彼は、この危機的な状況を決して悲観的に捉えていないところがいい。なんだか野球の試合でもやっているように生き生きとしている。

「橋沼、例の調査は順調か」

渡瀬は訊いた。

「それがなかなかで、総務部の連中、非協力的なんですが、今日、こんなことになりましたからピッチを上げます」

「頼んだぞ。強制捜査後には必ずやらねばならなくなるからな」

「分かりました」

「例の調査って購読している情報誌のですね」

倉品が口を挟んだ。

「そうだ。何せ膨大になるからな。調査も大変だよ。別に頼まれたわけでもないけどな」

渡瀬は答えた。

渡瀬は川室からの情報の後、強制捜査後の銀行をどうするか、一人で真剣に考えた。もし彼が言う通りに頭取クラス、ないしは頭取まで本当に逮捕されたらこの大洋産業銀行はどうなってしまうか分からない。潰れてしまう可能性だって否定できない。

渡瀬は、もし運よく銀行が存続できたとしても、一気に経営を改革しない限りは世の中の信頼を回復することはできないだろうと考えた。渡瀬の頭の中では、もはや強制捜査は所与の条件となっていた。それでその後のやるべきことを考えていたのだ。

その一つが、情報誌と言われる総会屋などが発行している新聞、雑誌の類の購読を中止することだった。渡瀬がいる広報部にも幾つかの情報誌が送られてくる。それらには金融業界や他の業界のかなり突っ込んだスキャンダルが書かれているものが多い。その購読料は広報部の予算ではなく、総務部予算で支払っていた。中には直ぐにゴミ箱行きのくだらないものもあれば、表向きは真っ当な情報誌を気取ってはいるが、営業的には押し売りに近いものもあった。

「他の銀行は、七百部も取っているのに、お宅はたったの四百部だ。このままなら何を書かれても知りませんよ」

ある世評の高い会員制雑誌の営業部長が渡瀬に言ったことがある。渡瀬は憤慨したが、総務部の川田に頼んで七百部に購読部数を増やしてもらったことがある。年間購読料が一万二千円だから三百部も増やすと、それだけで三百六十万円の出費だ。

世間では「総会屋は銀行から月給を貰い、証券からボーナスを貰う」と言われていた。渡瀬は銀行改革の第一歩として、この購読誌を全て断ち切ることにした。今回の事件は総会屋との癒着が原因だからだ。そのために総務部に行ってどんなものを購読しているのか調べる必要があったのだ。その役割を橋沼にやらせていた。

「早くやり遂げます。相当な数に上りますよ。白も黒も入れたら、八百くらいあるんじゃないですか」

橋沼は言った。嬉しそうな顔をしているのが頼もしい。

「ほほう、そんなにあるか。総務部の連中はそれを税務調査の度に否認されていたからな」

渡瀬は総務部が国税調査の度に図書新聞費として五億円ほど計上し、ほとんどを否認され、交際費として計上し直すように注意されていたのを思い出した。国税庁からは、総会屋などが出す新聞や雑誌は図書・新聞としての価値がないと以前から認定されていたのだ。そうであればもっと早く購読を中止すればいいのにと思ったが、検察の捜査が入る可能性が大きくなってもそうした考えが総務部から出てくることはなかった。

「それをみんな購読中止するのですか」

倉品が心もとなさそうな顔で訊いた。

「そうだよ」

渡瀬は言った。

「飯の種を断たれるわけですから、相当に抵抗があるでしょうね」

「そうだろうな。でもやらなくちゃいけないだろう」

渡瀬はそう言いながら、購読中止をやり遂げる組織を作らねばならないと考えていた。

企画部が騒がしい。女性行員の悲鳴も聞こえる。検察官が何人も入り込んでいる。通路の壁面に備え付けられたキャビネットを全て開き、中に入っているファイルを次々に段ボール箱に入れている。

部長の若村や次長の矢島がその様子を呆然《ぼうぜん》と眺めている。彼らの机の中も探られているようだ。

「さすが企画部だな。検察官の人数が違う」

渡瀬が感心したように言った。

「そりゃ経営の中枢ですから、ありとあらゆるものを持っていきますよ。それにしても広報には来ませんね」

倉品が首を傾《かし》げた。

「広報なんかに来ても碌《ろく》な資料がないと思っているのじゃないか」

渡瀬は微笑した。

「そうですよね。胡散《うさん》臭そうな事件がらみのデータしかありませんから」

「そう僻《ひが》むな。企画が終わったら、来るかもしれないから」

「僻んでなんかいませんよ。来るなら来いですよ。僕はなんにも悪いことなんかしていませんからね」

倉品が胸を張った。

検察は企画部、秘書室、営業部、審査部、検査部、国際部、公務部、総務部、そして各役員の個室などを調べた。総勢二百人近い人数だった。

本店以外では新宿副都心支店、六本木駅前支店、日本橋中央支店そして審査担当の役員自宅、総務担当役員自宅、審査担当や総務担当役員経験者の自宅や事務所、それに太洋ファイナンス本社などを調べた。

新宿副都心支店はマリオン社取引店、六本木駅前支店は富士倉佳明や富士倉ビルの取引店、日本橋中央支店は太洋ファイナンスの取引店だった。

捜査に入った場所の報告を受けた時、渡瀬は、東西証券関連を装った大洋産業銀行の本格的な捜査だと思った。調べた支店を見ただけで検察が既にかなりの情報を得て、強制捜査に臨んでいることがわかる。それにしても公務部や国際部を調べたのはなぜだろうか。公務部は官庁関係の窓口、国際部はその名の通り国際関係を所管している。ひょっとしたら新たな事件が始まるのかもしれない。渡瀬はふと思った。

渡瀬は企画部の喧騒《けんそう》を横目で見ながら、パソコンの画面を睨《にら》んだ。そこには渡瀬の考える新しい銀行の姿があった。

渡瀬は今回の事件は、総務部という組織に問題案件を無責任に丸投げしてきた歴史が生んだものだと考えたのだ。総務部は総務部で株主総会を円滑にやり終えたければ、そうした問題を丸呑みしなくてはならないと思っていたわけだ。そして最も責任あるトップが自ら大熊公康などから融資を依頼されたら、部下に指示を与えて実行させた。これはトップの暴走だった。こうした暴走を食い止められる組織にしなくてはならない。これが一番肝心だし、やらなければならないところだった。

パソコンの横には組織分掌規程が置かれ、総務部欄が広げられていた。分掌規程にはいろいろな役割が細かく記載されている。銀行改革の第一歩は、大熊公康、富士倉雄一たちの窓口になった総務部の解体でなければならない。この総務部の何が問題なのかを突き詰めると、「その他」の部分だ。総務部以外の部は自分の役割が明確に規程されている。そのためどの部にも属さない業務が、「その他、他に分掌されない事項」として総務部が担当することになっていた。これが問題なのだ。他部は、面倒なトラブルや自分の部でやりたくないことをこの分掌規程を楯《たて》にして総務部に無責任にも丸投げしてきたのだ。「これはうちの仕事じゃない」と他部が言うと、総務部は、仕方なくそれらを受け止めてきた。そして受け止めるのはいいが、完全に処理せず、ゴミ箱に入れたままにしていた。それはいつか腐り、どうしようもない腐臭を放つようになる。それでも総務部はそのままにしていたのだ。川田たちは、その腐ったゴミを喜んで放置していたわけではないだろう。捨てるに捨てられなかったのだ。誰の目にも触れないようにして、彼らはその腐臭に耐えていたのだ。これは全てのトラブルや嫌なことを総務部に丸投げしてきた渡瀬たち自身の無責任さが問題だった。この無責任をなくすためには総務部を解体して、それぞれが自己責任で問題を解決する組織にしなくてはならないのだ。

総務部解体に伴って、株主総会を何処《どこ》が主催すべきか、ということだ。株主総会は株式会社にとって最高の議決機関だ。この株主総会において役員選出や利益処分が株主の合意を得られなければ、株式会社として存続できない。それほど重要な総会であるために、総務部は問題のない株主総会、いわゆる「シャンシャン総会」を目指した。そこに大熊や富士倉など総会屋のつけいる隙があった。

トップは、「何時間でも株主と議論する」と大言壮語するが、それは建前だけのことだ。実際に株主総会で、総会屋から厳しい質問が出たとしたら、総務部長は、不手際を責められて配置換えになるのが落ちだ。株主総会で不手際を起こさない、即《すなわ》ち、数十分で終わらせること、これが総務部の重要な、期待される役割になった。

これを変えなくてはならない。そこで渡瀬は「株主総会は投資家への情報公開の場」と位置づけることにした。いわゆるインベスター・リレーションズ（ＩＲ）の場にするのだ。こう発想を変えるだけで、株主総会は暗く重い場から、明るい陽の当たる場に変わる。そこで株主総会を総務部解体後は経営の中枢である企画部が主催することにした。これで総会屋は入り込むことが出来なくなる。彼らは陽の当たる場所は苦手だからだ。

つぎに総会屋などへの不正な融資を回収したり、不透明な取引を解消したり、行内に行われている日々の業務が法令を遵守しているかをチェックしたり、最も危険で他部から煩《うるさ》がられ、嫌われる強力な監査部門を作ることだ。銀行の組織は通常、縦割りになっている。仮にそうでなくとも縄張り意識は強烈で、例えば国際部なども他部にその中身を見せることはない。人事部でさえ国際部の人事にはアンタッチャブルだ。だから時々、過去に不祥事を起こしながら、国際部内で隠蔽《いんぺい》され、当事者がのうのうと出世の階段を昇っていったことがある。また証券部なども同じだ。こうした部のセクショナリズムは最近とみに強くなった。それは専門性が高くなったことが大きな原因だろう。他の奴らに何がわかる！　この意識が強くなってきたのだ。

そこで今、銀行内で何が起きているのか、そのことにリスクはないのかと横割りで、公正に調べる組織が必要だと渡瀬は考えたのだ。従来も検査部があるが、これは事務のチェックだ。検査部は今回の総会屋事件を見過ごした、あるいは知っていたかもしれないが、見て見ぬ振りをした。なぜならそれが経営に係わっていたからだ。検査部は、経営の意思決定が是か非かには立ち入らない。だから総会屋案件に対して経営の意思を感じ取った場合、触らぬ神にたたりなしとなるのだ。

まずは不正な融資や不透明な取引を解消、回収する組織の人間には、暴力団や総会屋と直接対峙《たいじ》する強い人間を持ってこなくてはならない。銀行に対する忠誠心が強く、損得勘定で動かぬ個性を持ち、正義を愛する者たちだ。それに敵から危害が加えられる可能性があるから、家族構成も大事だ。小さい子供がいる者は避けよう。誘拐でもされたら大変だ。組織を横断的にチェックする者は、専門的な知識を持ち、勇気のある者にしよう。彼らは組織内の憎まれ役になるだろう。そんな時でも、いい銀行にしたいという強い希望を失わない者たちがいい。

そしてこれらの組織はトップに直結させる。彼らの報告が包み隠さずトップの耳に入るような仕組みを作らねばならない。それには彼らの報告を聞く委員会を、トップが招集して開催し、そこには第三者の弁護士や会計士などの参加を求めるのだ。さらにトップ自身を直接チェックする第三者機関の設置を考えねばならないだろう。社外取締役というのもいいが、一般の社外取締役のようにトップの友人たちではだめだ。トップを監視する気力のある人で構成するのだ。

次々と考えが浮かんでくる。これらは今までどの銀行にもなかった仕組みだ。渡瀬はこの新組織を具体化したいと思った。もう二度と東京地検に強制捜査を受けるというような愚かな事態を招かないためだ。それに曖昧なトップの意向を忖度《そんたく》して、不幸な仕事を続けている川田たちのような行員を解放するためだ。

「しかし……」

渡瀬はキーボードの指を止めた。

「誰が、この考えを実現してくれるのだろうか。稲村か、それとも関谷か？」

彼らではないだろう、と渡瀬は思った。そう思うとこれらの考えは本当に日の目を見るのだろうか。渡瀬は再び思い直した。やらねばならないことは、いずれやらねばならなくなるのだ。必ずこの考えを具体化するという強い信念が必要だ。それだけのことだと……。

渡瀬は、意外に落ち着いているものだなと思った。川田は当事者だからこうは行くまい。背後を見ると、先ほどまで所在なげに机に向かっていた部長の塩見がどこかに消えてしまった。強制捜査後のことでも考えて誰かに会っているのだろうか。今日から事態は思いがけない方向に刻々と動くに違いない。その中で誰もが失脚を怖れ、また浮上できる機会を窺《うかが》うような展開になるのだろう。そろそろ稲村や関谷のところへ行き、辞任の判断を聞かねばならない。こういう事態になった以上辞任はやむを得ないだろう。

「おいおい、国際部がどうしてこんなにめちゃくちゃに掻き回されるんだ」

国際担当の副頭取が血相を変えて、渡瀬のところに駆け込んできた。彼は渡瀬の机の脇にあったゴミ箱の上に腰掛けた。

「副頭取、それはゴミ箱ですから、こちらの椅子に座ってください」

渡瀬は困惑して言った。

「いいよ。ゴミ箱だって何だって！　それよりなにか情報はないのか。国際部はどうなるんだ。この事態をＦＲＢ（米国連邦準備制度理事会）にどう報告すりゃいいんだ」

副頭取は、キンキンと声を張り上げた。目が落ち着きを失っている。事態を呑み込めないでいるのだ。検察が彼の机の中を思う存分に引っ掻き回したのかもしれない。

「全て、これからです」

渡瀬はきつい調子で言って、彼を睨むように見つめた。副頭取は、ゴミ箱に腰を下ろしたまま、渡瀬を見つめていた。

2

——5月20日(火)9時01分　大洋産業銀行総務部——


十数名の黒い背広の男たちが靴音を立ててやってきた。川田はじんじんと足元から悪寒が上ってくるのを感じていた。ここで踏ん張らないといけない。目だけは大きく見開き、黒い集団を見つめていた。

その集団は、まるで鉄騎兵のように全身を鉄の鎧《よろい》で武装し、近づく者は全て殺戮《さつりく》してしまうような無慈悲さに満ちているかに見えた。庶務を担当している女性行員は、悲鳴を抑えるために口に両手をあてたまま、身体を硬くしていた。彼女はまるで今にも制服を剝《は》ぎ取られ、強姦《レイプ》されてしまうのではないかと恐怖に怯《おび》える戦場の少女のようだ。

「来ましたね」

チーフの浜野直人が川田に囁《ささや》きかけてきた。川田は、浜野に軽く頷《うなず》いた。彼の顔には薄く笑みが浮かんでいた。この男は、この事態を楽しんでいるのか？　まさか？

次長の古谷義昭が机に向かったまま、必死の形相で手を動かしている。顔の眼鏡がずり落ちそうになっている。彼は机の上に置いたメモのような書類を必死で細かく切り刻んでいるのだ。何をやっているんだ？

副部長の松沢壮太郎が、呆《ほう》けたように口を小さく開いたまま、ぼんやりと立っている。机の上には読みかけの週刊誌が開いていた。彼は総務部に来て、まだ一年も経っていない。総務部の事情は全く知らない。穏やかな人柄で、真面目で実直だ。川田が週刊誌を読んで、世事に強くなるのもこの重要な仕事だ、と命ずると真面目に俗悪な週刊誌の暴力団関連記事を読んでいるような男だ。あまり身近ではない記事内容に、時々、顔を顰《しか》めて、頭が痛くなりますねと苦笑していたが……。松沢の目にはこの黒い背広の集団が、週刊誌の記事中にあったヤクザの殴りこみに見えているかもしれない。

「そのまま！」

集団の中のリーダーらしき男が鋭い目で辺りを睥睨《へいげい》しながら、叫んだ。川田は全身が揺らぐほどの緊張を覚え、身体が強張《こわば》った。

集団の男たちは、リーダーの指示に従って各所へ散らばった。ある者は、壁面キャビネットから書類を取り出し、廊下に並べ始めた。ある者は、総務部員の机の引き出しを開け、その中のものを机の上に置いた。引き出しに隠しておいた個人の通帳なども出されてしまう。引き出しの中のゴミも全て掻きだされる勢いだ。

「スケジュール表は？」

部員が質問を受けているのが川田の耳に聞こえてきた。渡瀬は書類やスケジュール表などを変に始末するなと言っていたが、それは総務の事情を知らない奴が言うことだ。総務のスケジュール表を押さえられたら、自分たちの身がどうなるか知れたものではない。部員たちは各自の責任でスケジュール表を始末したはずだ。

「ありません」

部員が直立し、やや顎《あご》を上げ気味に答えている。

「ありませんとはどういうことだ。スケジュール表なしで、君は行動しているのか」

「……」

「答えないのか。手帳を出せ。手帳は持っているだろう」

「……持っていません」

「きさま、馬鹿にするんじゃないぞ」

検察官の顔に怒りが走る。部員はじっと天井を見つめたままだ。

「ここに座れ」

部員は検察官に肩を摑まれ、椅子に座らされた。

「パソコンを立ち上げろ。パソコンでスケジュール管理をしているだろう」

検察官は大洋産業銀行の細かい事情まで知っているようだ。現在ではスケジュールは主にパソコンで管理し、紙をなくしているのだ。

部員は黙って、自分のパスワードを入力し、パソコンを立ち上げた。

「スケジュールの画面を出せ」

部員がキーボードを叩くと、スケジュールがレイアウトされた画面になった。だが何も記入はない。真っ白だ。

「これは、どうしたんだ」

「……使っておりません」

部員は検察官の目を見ずに答えた。

検察官は部員をひと睨みすると、どけ、と言って部員を椅子から立たせた。そして自ら椅子に座ると、画面を変え、パソコンのマウスをクリックした。するとそこにびっしりと書かれたスケジュール表が現れた。部員の顔はみるみる青ざめた。

「これでも使っていないと言うのか！」

検察官は大声で怒鳴った。部員はパソコンの画面に身体ごと抱きついた。

「どけ！　捜査の邪魔をすると逮捕するぞ」

検察官が部員の背広の上着を持って、思いっきり引っ張った。部員は、パソコンから引き離され、床に尻餅《しりもち》をついた。

「パソコンのゴミ箱に重要書類を捨てているぞ。それをチェックしろ」

検察官が他の者に指示した。

部員はスケジュール表をパソコン上でゴミ箱に入れて処分したものの、そのゴミ箱のデータを消去し忘れていたのだ。

「おい、お前、何をシュレッダーにかけたんだ」

古谷が検察官に襟首を摑まれている。古谷の眼鏡が斜めにずり下がっている。

「な、何も……」

「何もじゃないだろう。今、ここでシュレッダーを使っていただろう」

「……」

「切りくずを取り出せ」

検察官は古谷をシュレッダーに向かって投げつけた。古谷は前のめりになって、シュレッダーに摑まった。

「取り出せと言っているだろう」

検察官は苛々《いらいら》とした口調で言った。古谷はシュレッダーの取り出し口の蓋《ふた》を横開きに開けた。途端に中から裁断された書類が、山となって溢れ出してきた。裁断くずを入れる箱に入りきらなかったのだ。

「この切りくずを張り合わせろ。今すぐだ！」

検察官の罵声《ばせい》に古谷は眼鏡を直しながら、泣き出しそうな顔をしている。

「こ、これをですか」

「お前が今、シュレッダーにかけた書類を元に戻せ」

検察官は糸くずの山のようになった裁断された書類を指さした。

古谷は黙って俯《うつむ》いている。生真面目で気の弱そうな古谷が俯いていると、そのまま自殺でもしかねない雰囲気が漂う。

「おい、お前は責任者か」

検察官は川田の方を振り向いた。川田は慌てて、

「はっ、部長です」

「お前が指示したのか」

検察官が冷たい口調で訊いた。

「何をですか」

川田は努めて冷静に答える。

「書類をシュレッダーにかけろとかの隠蔽工作をだ」

検察官は裁断くずを見た。川田は黙っていた。

「お前が指示したのかと訊いているんだ」

検察官は興奮しているのか、目が赤くなっている。

「ぶ、部長は、何も」

古谷が今にも泣き出しそうな顔で検察官に言った。

「ではお前を逮捕する。証拠隠滅の現行犯だ。こんなところで逮捕者第一号が出るとは思わなかった」

検察官は古谷の腕を摑んだ。古谷は、ひっと悲鳴ともなんともつかない声を発し、首をすくめた。彼の目が川田を見つめた。恨めしそうにも悲しそうにも見える。川田に助けを乞《こ》うているのだ。しかし川田は何も出来なかった。事態をそのまま受け入れるだけだった。

「これはなんだ」

また別の場所から検察官の怒声が聞こえる。川田が振り向くと、浜野のふてくされたような顔が目に入った。

「鍵じゃないですか」

浜野が顔を斜めにし、検察官から視線を外して答えている。

「だから何の鍵だと訊いているんだ」

「マンションの鍵かな？　よく分かりません」

「これがマンションの鍵か！　きさま、こっちを向け」

検察官が浜野の襟首を掴んで、顔をぐいっと自分に引き寄せた。浜野の顔に検察官の息がかかるほどだ。

「知りませんよ。浜野は苦しそうに顔を歪めて、検察官を見つめていた。何で私の机の中に入っていたのか」

「答えないのか」

「知らないものは答えられないじゃないですか。苦しいですよ。手を離していただけませんか」

浜野の抵抗に検察官は手を緩めた。

「もしこれが何か重要な鍵だったら、お前、只《ただ》じゃ置かないぞ。証拠隠滅には懲役もあるんだぞ。知ってるな。お前の人生はこの鍵が握っている。まさに人生の鍵だな」

検察官は薄く笑った。浜野は俯いた。

「今なら許してやってもいいぞ。これはどう見てもマンションや車の鍵ではない。銀行のロッカーの鍵でもない。それらは全て把握済みだからな。正直に言え。こんなもので人生を棒に振るな。銀行は面倒なんか見てくれんぞ」

検察官はまるで独り言のように浜野の目の前で鍵を揺らしながら言った。

浜野は顔を上げた。いつものへらへらした顔ではなく、この数分で痩《や》せてしまったと思えるほど引き締まり、緊張している顔だった。

「さあ、なんの鍵だ。言いたくなったか」

検察官が浜野を見据えた。

「貸金庫です。芝浦にある倉庫会社に借りました」

「そうか……、貸金庫か、中身は？」

「現金が入っています」

「裏金か？」

「そうです」

「どうやって作った？」

「昔、貸してたのが返済された分とか……」

「返済された分とか、他には？　中身を取り出して金額をチェックすれば、全て分かるんだぞ。今、話せ。話せば楽になる」

「みんなで手分けして裏金を作っていました。昔からです」

「どうやって？」

「航空券などの株主優待券を換金しました。チケットショップで……」

「換金の明細や配布先は分かっているのか」

検察官の口調は穏やかだ。浜野は小さく頷いた。

「金庫の中に入っています」

「相手は、総会屋か」

検察官の質問に、浜野は唇を嚙み締め、眉間《みけん》に皺《しわ》を寄せると、

「はい」

と答えて、そのまま俯いた。

「残念だが、証拠隠滅に利益供与までプラスされそうだな」

検察官は浜野の肩を軽く叩き、鍵を指先で摘《つま》んでぶらぶらと揺らした。浜野は、気の抜けた顔で検察官を見つめると、肩を一段と落とした。

「おい、お前、こっちへ来い」

部長室のドアを開け、川田を検察官が手招きしている。川田はゆっくりと検察官に近づいた。

「入れ」

川田は部長室に入った。部長室の中には段ボール箱が幾つも並べてあった。壁面キャビネットは全て開け放たれ、中は空だった。

「この書類は?」

検察官がＢ４判の書類を一枚、両手で広げた。線が何本も入ったチャート図だ。

川田は、時間にするとほんの数秒間、目を閉じた。いつまでもどこまでも闇《やみ》が広がって行き、決して晴れることがないような長い時間の感覚だった。このまま目を閉じ、沈黙の中で身体を消してしまいたくなった。

川田は目を開けた。検察官は川田の目の前に書類を突き出した。

「三十一億円のゴルフ場融資資金の流れです」

川田は抑揚なく答えた。

チャート図には大熊公康の名や幾つかの政治団体の名があった。そのうちの一つは大洋銀行と産業銀行が合併する時に、影響力を行使した政治家の流れを汲《く》む団体だった。

3

――5月20日(火)14時35分　大洋産業銀行会長室――


渡瀬は稲村に会うため会長室に向かった。途中、女性秘書に出会った。役員の大部屋にいて受付などを担当している若い秘書だ。渡瀬が見ると泣いているようだ。

「相当手荒く調べられたのですか」

渡瀬は声をかけた。彼女は赤らんだ目を渡瀬に向けて、

「こんな酷《ひど》いことは初めてです。今、私のロッカーの中のものをみんな外に出されてしまいました」

「君のロッカーも見たの」

「ええ、机の引き出しを空っぽにさせられたと思ったら、更衣室に来いと言われて、ロッカーを開けさせられました。私物も沢山入っていたのでとても恥ずかしくて……」

「酷いね」

「秘書室は大変でした。エアコンの中まで調べられてしまいました。役員秘書の方などは、通勤のハンドバッグを開けさせられて……、泣いておられました」

「早く、終わるといいね」

渡瀬は彼女を慰めると、急ぎ足で歩いた。

稲村の部屋をノックして、ドアを少し開ける。

「渡瀬です」

中に向かって声をかける。

「おうおう入ってくれ」

中から稲村のやや興奮した声が聞こえてきた。渡瀬はゆっくりとドアを開き、身体を半身に入れながら、

「大丈夫でしたか」

と訊いた。稲村は腹を突き出して、余裕ありげに笑みを浮かべて机に向かっていた。動揺を隠している様子はない。

「あんまりたいしたことはなかったよ。机の中を探って、銀座のクラブからの新規開店案内の葉書を持っていった。驚いたな。あんなもの持って行ってどうするのかね。検察官が行くつもりなのかな」

稲村は冗談っぽく言い、笑った。

「良かったですね。あちこちの部が相当に荒らされていますよ」

「そうみたいだな。さっき関谷君が来て、嘆いていたよ。いや、震えていたと言った方が適切かな。相当に怒鳴られたりしたらしい。部屋中引っ掻き回されて、何もかも持って行かれたようだな」

稲村は愉快そうだ。

「随分、会長と差がありますね」

渡瀬は軽く言った。すると稲村は真面目な顔で応じた。

「当たり前だろう。私は大熊とは関係がないが、あっちは大ありだからな」

「と、いいますと?」

「分からないのか。大熊問題は大洋銀行の問題だよ。こっちはとばっちりを受けただけだ。検察もその辺りを分かっているから、私より関谷君の部屋を念入りに見たというわけだよ」

稲村は意味ありげに、薄笑いを浮かべた。

「さっき坂野専務から電話があった。彼の自宅に検察が大挙して来たみたいだな」

坂野裕輔《ゆうすけ》は産業銀行出身の法人営業部門担当専務だった。過去に審査担当役員を経験したことがあった。

「情報は得ております」

「彼は審査を担当していたからな。捜査は覚悟していたようだ。なにせ数日前から自宅の前にマスコミの車が何台も停車して、道を塞《ふさ》いでいたようだから。彼は検察官が来た時、たまたま自宅にいたようだが、テレビの番組をメモしたファックス用紙まで持って行ったと驚いていた。それはゴミじゃないですかって聞いたら、あなたの筆跡がありますからと答えたらしい。そのファックスは秘書室から、今回の事件に関係する新聞記事を送ってもらったものらしいがね。他には誰のところに捜査が入ったのだ」

稲村は訊いた。

渡瀬は、現役役員や元役員の名前を挙げた。

「そうかそうか。やはり審査、総務経験者ばかりだな。相談役たちの自宅には入らなかったのだな」

「把握しているのは以上です」

稲村は、放っておくと幾らでも質問を繰り返す子供のようになっていた。顔を見ると、なんら動揺をしていないように見えるのだが、実際は極めて不安定な精神状態にあるようだ。質問の傾向が他人の捜査状況と自分との比較ばかりしているように渡瀬には思えた。

渡瀬がここに来たのは、この事態をどう処理していくかを相談するためだ。稲村は経営のトップにはいるものの、自分自身がそう思っているように今回の総会屋問題にはあまり関与していないと渡瀬は信じていた。それだから稲村なら比較的冷静な判断が下せるのではないかと思ったのだ。

「これからが大変ですが」

渡瀬は机の前に立った。椅子に座っている稲村を見下ろす形になった。

「そうだな」

稲村は真面目な顔で言った。

「まずこの事態を行内外に説明、謝罪しなくてはなりません。大蔵省にも事態を話し、そして会長の進退をはっきりする必要があるかとも……」

「以前、君からこういう事態について聞いていたから、私は覚悟ができているのだが、関谷君がね……」

「頭取が何か?」

「やはり頭取になって間がないものだから、責任はない、辞める必要はないという外野の声が大きいのだよ。だからここに至ってもなかなか決断が出来ないらしい」

稲村はため息をついた。

「しかし検察の強制捜査を受け、社会を混乱させた以上、トップの責任は免れませんよ。辞めないことに非難が集まってしまいます」

「分かっている。関谷君を説得するさ」

稲村は言った。

「問題は大きくなっております。今回の強制捜査は表向きは東西証券の富士倉に対する利益供与の関連捜査ではありますが、当行の利益供与あるいは背任も視野に入れていると思われます」

渡瀬は僅《わず》かに身を乗りだした。稲村は後ろに身体を引いた。

「背任?」

「そうです。今日はこういう事態でしたから調査委員会が開けなかったのですが、昨夜、読東新聞の記者から電話がありました」

渡瀬は昨夜遅くかかってきた細谷からの電話を思い出していた。

深夜の一時近く、寝室の電話が激しく鳴った。渡瀬は飛び起きて受話器を取った。まだ身体の芯《しん》が目覚めない。ふらふらする頭で受話器を耳に当てた。

「もしもし……」

「すみません。起こしてしまいましたか。細谷です」

読東新聞の細谷の声だ。彼はどんな厳しい質問でも明るい口調で尋ねる不思議な個性をしている。

「大丈夫です。どうしましたか」

「ちょっと聞きたいことがありまして」

「また何か新たな事実ですか」

「ええ、背任の時効にかからない融資があるものですから」

「えっ、どういうことですか」

渡瀬は背中に電流が走ったような気がして、目が覚めた。

「三年前の秋、大蔵省検査を逃れるために富士倉側に約六億円もの融資を無担保で実行したでしょう。勿論、今も返済になっていない。この融資で表面上は富士倉の融資が不良債権になるのを防ぐことが出来たが、実際は焦げ付きを増やしただけです。富士倉側に対する融資の多くは時効にかかっているみたいですが、これは新しい融資ですから背任の時効、五年にはかかっていないようですからね」

細谷が話している融資は五月十二日の会議で弁護士が説明した六億一千六百万円のことだ。それがもう細谷の耳に入っている。

渡瀬は何も答えられなかった。

「渡瀬さんはこの融資をご存知でしょう。これくらいの流れは把握していないと広報次長というわけにはいきませんものね」

細谷は言った。受話器の向こうで細谷が声の明るさとは全く違う真剣な顔で、聞き耳を立てているのが見える。ここでプライドを優先して、知っているとでも答えれば、どんなに突っ込まれるか分からない。

「初めて聞く話です」

「おやおや、そうですか。お宅の調査委員会は全く機能していませんね。

説明しますとね、お宅は随分複雑なことをしているのですよ。富士倉の融資を正常に見せかけるために太洋ファイナンスに六億円を富士倉に融資させて延滞を解消させ、大蔵検査終了後に、今度はお宅が富士倉に六億融資をして、太洋ファイナンスに返済させた。結果はお宅に六億の不良債権が増えただけだ。こんな馬鹿なことをしていていいのですか」

穏やかな細谷の声が険しくなった。

いいわけができないではないか。渡瀬は会議のことを思い出し、腹立たしさをぶつけるように激しい口調で、

「それが事実であるとしたら、総会屋でなくとも個人に六億円もの無担保融資をするなどというのは尋常ではない。特別に便宜を図ったと言われても仕方がない」

電話をしてきた細谷に怒るというより、くだらない融資をした者たちに怒りをぶつけていた。

「そのコメント貰いますよ」

細谷は言った。

「使っていいけど、大洋産業銀行関係者にしておいてください。広報としては『個別取引にはコメントできない』です」

「いつものコメントですね。了解しました。しかし大変ですね。嘘が嘘を呼び、ごまかしがごまかしを呼ぶという感じですね。なんだか哀れに見えてきましたよ。一度やってしまったごまかしをごまかし続けているうちに、みんな何をやっているのか分からなくなってしまわれたのではないですか」

細谷が同情したような口調で言った。渡瀬はその通りだと思った。この富士倉関連取引に係わり

があった総務や審査の銀行員たちは、自分たちが深刻な罪を犯しているという自覚は皆無だったに違いない。全員で傷口が見えないように絆創膏《ばんそうこう》を張り替え、張り替えしていただけだ。それが組織での役割であるかのように。

「悪いことをしているという自覚はなかったと思います」

渡瀬はぽつりと呟いた。

「そう思います。企業犯罪はみんなそうです。お休みください。明日は大変そうですから」

細谷は受話器を置いた。

渡瀬の話を聞き、稲村が憂鬱《ゆううつ》そうに眉を寄せた。

「融資はこの間の会議で川田総務部長から説明のあったものです」

「あの融資が背任に問われる可能性があるのか」

「会長、今回のことは私たち銀行の生命線である融資を悪用したわけですから、時効云々《うんぬん》は関係なく背任と言われても仕方がありません」

渡瀬は強く言った。

「君はいつも厳しいねぇ」

稲村は苦虫を嚙み潰したような顔をした。

ドアが開いた。秘書役の斎藤達也が入って来た。

「お話し中、失礼します」

「いや、いいんだ。緊急か」

「大蔵省の大川事務次官のコメントを入手いたしました」

「見せてくれ」

稲村の指示に斎藤はメモを手渡した。稲村は憂鬱そうな顔でメモに目を通し、

「読んでみろ」

と渡瀬に言った。渡瀬は稲村の手からメモを受け取った。

『金融機関たるもの、貸し出し実行に当たり資金の使途や債務者の状況などを総合的に勘案して、公共性の観点から社会的批判を受けることのないよう十分、留意するのは当然だ』

大蔵省事務次官として最大級の批判だった。

「関谷君と至急話してみるよ」

稲村が言った。急激に老け込んだような、疲労感に満ちた顔になった。

4

――5月20日(火)16時25分　大洋産業銀行相談役室――


「君、なんとか助けてくれよ」

大森は眼鏡を取って、ハンカチで目を擦《こす》った。涙を流している。渡瀬は驚いた。豪腕で何者も恐れないといった風情の大森良雄相談役が泣いているのだ。驚きだった。

渡瀬の席に突然大森から電話があり、すぐ部屋に来てくれと言う。渡瀬は忙しいからと断ったが、ぜひ頼むと電話口で懇請してきた。やむを得ず渡瀬は大森の部屋にやって来た。

「どうされたのですか」

「週刊誌が書くというのだ。私の親友のことだ。もし書かれたら親友は今、体調が悪いから、死んでしまうかもしれない。なんとか記事を止めてくれ。書かないように説得してくれ」

「週刊誌はどこですか」

「週刊新世紀だ」

週刊新世紀は出版社系週刊誌の老舗《しにせ》で厳しい記事を書くことで有名だ。記事を抑えられるという雑誌ではない。

「いったいどんな記事ですか」

「今回の総会屋事件の原因が全て私だと言うんだ。親友の会社が倒産しそうになった時の問題を持ち出そうとしているんだ」

大森の親友の会社の問題というのは、あまり一般には知られてはいないが、大森本人の話や各種の噂などを総合すると次のような話だ。

大森の親友が経営する会社の経営が悪化した。そこへヤクザなどが入り込み、会社の手形などを乱発し、食い物にした。親友から相談を受けた大森は小野田健に相談した。小野田は山梨県出身で戦後GHQに食い込み、財を成し、今太閤と称された中田栄三元首相と刎頸《ふんけい》の友といわれる政商だ。大森は帝都ホテル株買い占め事件の際に、その打開策として小野田を希望通り帝都ホテルの会長に据えたことから懇意になった。小野田は、ある右翼団体幹部にその処理を依頼した。幹部はその会社からヤクザを追い出し、問題を解決した。全てが解決した後、会社は小野田が買収した。

一連の問題解決に尽力したその右翼団体幹部は、大洋産業銀行からの融資で都内の高級住宅地に豪邸を購入した。これはもっぱら銀行が彼に支払った謝礼を融資の形で仮装したのだという噂が立った。この点は、大森も銀行側も問題解決の謝礼であることは当然ながら否定している。しかし右翼団体幹部が大洋産業銀行の融資で豪邸を購入したことは事実であり、その購入時期が問題解決の時期と極めて近いことも事実だった。それに銀行側が通常の審査で右翼団体幹部に融資したとは思えないことなどを考慮すると、謝礼と疑われても仕方がない。また一説には右翼団体幹部と大洋産業銀行の幹部とが縁戚《えんせき》に近い筋だったので、小野田からの依頼と併せて、総務部からの依頼で彼が動いたという噂もあった。

なにはともあれ大森のプライベートな問題解決の謝礼に、銀行から右翼団体幹部に破格の融資を行ったという噂は、広く情報屋や裏世界に流布《るふ》したようだ。そのため今度は、その噂が形になって株主総会などで問題にならぬように総務部が大熊公康や富士倉雄一を使ったということらしい。

渡瀬は、大森本人からもこの話を聞いたことがあった。それは当然のこと、いろいろな問題を解決してきたという自慢話としてであり、小野田に頼んだことも右翼団体幹部に頼んだことも完全に否定していた。

「相談役のご親友の問題解決が発端になって、大熊や富士倉に喰い込まれたということを書くつもりなのですね」

「そうだ、君。君も知っているように私は自分の問題を右翼や総会屋に頼んで解決しようなんてことは断じてしていない。分かるだろう」

大森は大柄な身体を揺するように声高に話した。涙を流したからといって悄然《しょうぜん》としているわけではない。怒りが涙を誘発したのだ。

「私は、戦争中、死線を三度も彷徨《さまよ》い、生き延びてきた男だ。海に落ちても、爆撃を受けても生き延びた。それに今や財界のゴミ掃除と自負するくらい問題の解決には自分自身で当たってきた男だ。そんな男がなぜ総会屋に依頼するんだ。株主総会だって自分で仕切ってきた。怖いものなどありゃあせん！」

大森は興奮して泡のような唾《つば》を吐き散らした。

渡瀬は、不安や憤りで歪む大森の顔を極めて冷静に眺めていた。大森にとっては銀行に強制捜査が入り、当然自分の部屋も調べられたことなどよりも、親友の問題を蒸し返されることが一番心配なのだ。

渡瀬は、これほど心配な親友のことを、問題が発生した際、総務部などの銀行幹部にもし彼が話していたらどうだろうかと、ふと思った。銀行幹部は大森の顔、態度、発言などに直接触れ、何を考えただろうか。大森が直接的に指示はしなくても、銀行幹部は大森の心を忖度して、何とか円満に問題を世間に知られないように解決しようと行動したのではないか。それは組織に生きる者としての当然の選択だっただろう。大森の知らないところで、あるいは知っていたとしても知らないと言い切れるところで銀行幹部は動いたに違いない。この思いは渡瀬の確信になった。

あなたの曖昧な態度、何気ない仕草、その一つ一つが総会屋などに食い物にされる原因になったのだ、と渡瀬は悔しくて怒りにも似た気持ちが溢れてきた。

「私は、言っておくけど大熊もたいした奴だと思っていないし、ましてや富士倉なんぞは全く知らんぞ」

大森は上ずった声で言った。

「それで相談役は何がご希望なのですか」

渡瀬は訊いた。大森は拍子抜けしたように口を小さく開けた。

「君、君は聞いていなかったのか。週刊誌が書くんだよ。止めてくれ」

「それは出来ません。今、銀行は危急存亡の秋《とき》を迎えています。それに、ましてこの問題は銀行のことではなく相談役の私的な問題です。ご自分で解決してください。もしお望みならばいい弁護士をご紹介いたします」

渡瀬は大森を睨みつけた。大森は渡瀬の態度に驚いた顔をした。今までなら自分の頼みは何事にも最優先で行員たちが動いたのにこの目の前にいる男はそれを拒否するのか、信じられないという顔だ。

「だめか……」

大森は渡瀬の意思が固いと見て、肩を落とした。

「申し訳ございません」

「いや、いいんだ。君がインタビューに同席してくれると、記事がいつも良くなるものだから、期待したんだがな」

大森は寂しそうに渡瀬を見つめた。渡瀬は黙って低頭した。

「しかし地検の捜査を受けるなどという事態に、どうしてなってしまったのかねぇ。私の時代は総会屋になんか気を遣わなかったのになぁ。川本は真面目だから」

大森は自分が引き継がせた後任頭取であった川本相談役の名前を挙げて、愚痴をこぼした。

渡瀬は姿勢を正して大森に向かい、

「相談役は三度も死線を彷徨われました。その話はよく聞かされました。そのご経験があるせいでしょうか、何事もご自分でお決めになり、実行されてきました。しかしあなたの後任やあなたの周りの役員は、いつもあなたのことを気遣ってきたのです。失礼な言い方ですが、そうしたあなたへの気遣いが、今回の問題の原因の一つだと思っています」

大森は、黙って渡瀬の話を聞いていたが、

「分かった。もういい。私の時代は終わったようだ。今回の問題で相談役を辞任しろと言われたら辞任する。君たちの手でいい銀行を創るんだぞ。二度と失敗するな」

大森は、弱気の顔を消していつもの強気の顔になった。週刊誌と自分で戦う腹が決まったようだ。

渡瀬が部屋を出ようとしたら、大森が呼び止めた。

「なんでしょうか」

渡瀬が振り返った。

「君は酒を呑むのか」

「多少は……」

「これを持っていけ」

大森は机の引き出しに入っていたウイスキーを一瓶取り出した。サントリーの『響』だ。

渡瀬は固辞した。

「いいから、持って行け。これから忙しくなるだろう。酒でも呑んで寝るがいい」

大森はウイスキーを紙袋に入れると、渡瀬に強引に持たせた。

「私の銀行員生活も最後になってこんな事態になるとは、寂しいものだな」

大森は、無理やり微笑するような顔になった。渡瀬はウイスキーを手に持ち、その顔を見ていると、ふいに涙が零《こぼ》れた。先ほどの怒りが溶け出してしまった。甘い、と自分自身を諫《いさ》めた。

5

――5月20日(火)22時53分　大洋産業銀行中央玄関――

「橋沼はいるか」

渡瀬は雑誌記者との電話を終えた倉品に訊いた。

「手の空いている奴は中央玄関の駐車場まで来てくれと管理グループからの依頼があって、行きました」

倉品が答えた。

「何かあったのか」

「地検様がお帰りになるので、車に段ボールを積んで欲しいそうですよ」

「呆れた連中だな。捜査に来て、書類積みに行員を駆り出すのか」

「ちょっと中央玄関に行ってみましょうか。そろそろ帰るんじゃないですか」

倉品が好奇心旺盛《おうせい》な表情を見せた。

「マスコミがまだ外にいるだろう。知った奴に会うのは嫌だな」

渡瀬が言った。

「嫌だなと言ったって帰るわけがありませんよ。見に行きましょう」

倉品が強引に渡瀬を席から立たせた。渡瀬は倉品に引きずられるように中央玄関に向かった。

もう辺りは真っ暗なのに中央玄関の駐車場には煌々《こうこう》とした明かりが灯《とも》り、周囲を照らしていた。そこには白いバンが何台も並んでいた。検察官に混じって管理グループの行員や橋沼もいた。白いワイシャツの袖《そで》を捲《まく》って、バンに段ボール箱を積み込んでいる。橋沼が渡瀬を見た。渡瀬は軽く片目を閉じた。

自動車が通過する道路の両脇に行員たちが壁のように並んだ。書類を積み終えたバンが出発するのだ。中央玄関を出た一般道にはマスコミから派遣されたカメラマンがカメラを構えている。

バンが動き出した。フラッシュが無数に輝く。暗闇の中に光が放たれるたびに、白いバンが浮かび上がる。バンは数珠《じゅず》繋ぎで大洋産業銀行本店を出て、地検に向かった。

渡瀬は中央玄関のところからバンが次から次へと出て行くのを眺めていた。

「これからどうなるんですかね」

側にいた倉品が独り言のように呟いた。

「さあな、しかしどうにかしないと大変なことになるのは間違いないだろうよ」

渡瀬は答えた。渡瀬の目には、読東新聞の木口の顔が浮かんでいた。彼が言った「潰れますね……」という言葉が、木霊《こだま》のように耳の奥で響いていた。

渡瀬が握り締めている読東新聞夕刊には、

『稲村大洋産業銀行会長が辞任へ　総会屋への融資で引責　川本相談役も辞任の意向』と大きく見出しが躍っていた。リードの部分には『関谷頭取辞任の可能性も』とあった。木口や細谷たちが経済部と一緒になって取材を進めているのだろう。

「倉品、行くぞ。記者会見の準備だ」

渡瀬は倉品の背中を押した。まだまだ白いバンの流れは続いていた。

6

——5月23日(金)17時26分　大洋産業銀行20階大会議室——


大会議室は熱気に包まれていた。正面の横長のテーブルには会長稲村孝、頭取関谷省吾、副頭取間宮実、副頭取太田誠一郎が緊張した顔で座っていた。彼らは目を大きく見開き、瞬《まばた》きもせずに会議室内を見ていた。

稲村たちの側には広報部長の塩見裕也がしきりに腕時計に目をやっていた。彼の額にはうっすらと汗が滲《にじ》んでいた。

渡瀬は会場の隅に立って、全体を眺めていた。渡瀬の合図で塩見が記者会見の開催を告げる手はずになっていた。

ようやく記者会見にこぎつけることができたと渡瀬はほっとした思いだった。

しかしそれにしてもたくさんの記者が集まったものだ。顔見知りの記者も多い。北洋新聞の目蒲《めかま》がいた。渡瀬と目線が合うと、俯き気味に近づいて来た。渡瀬が簡単な挨拶をした。彼は、「こんなに大事になるとは思いませんでした」と暗い声でぼそりと言った。渡瀬は、「ええ、まあ」と曖味に答えた。読東新聞の尾納《おのう》、木口、細谷もいた。尾納はいつもの変わらぬ穏やかな笑みを浮かべて、渡瀬に目礼した。渡瀬はいつか彼に、どこから大洋産業銀行のいろいろな内部情報を入手したのか聞いてみたいと思った。

正面のテーブルにはマイクが数えられないほど並び、稲村たちに鋭い刃を向けているようだ。テーブルの前ではカメラマンが無造作に足を投げ出して座り、レンズを覗《のぞ》き込み、彼らの不安な表情を狙って、容赦なくシャッターを切る。カメラマンの足元にはマイクのコードが黒い蛇のように、あるいは地表を這《は》う木の根のようにうねり、絡まっている。

会議室の窓側には、行内にあった予備のファックスがありったけ設置され、衛星放送用のアンテナが窓から外に向かって電波を発信している。

二十階のエレベーターのところには記者が余計なところに行かないように柵《さく》を設け、広報部員が立ち番をしていた。行内を勝手にうろつきまわられては問題になるからだ。一階の受付では会見に来る記者に記者章を渡し、不審人物が入場しないようにチェックした。

強制捜査後の二十一日、二十二日の行内は混乱を極めた。司令塔が一切機能していないわけだから、具体的な指示がどこからも出なかったのだ。営業現場からはどうしたらいいのだという悲鳴が本部によせられ、海外拠点からも、何か説明しろと怒声が飛んできた。しかし今回の事態、なぜ東京地検の強制捜査を受けるにいたったのか、東西証券の利益供与に絡んでどうして大洋産業銀行が総会屋に巨額の融資をせざるを得なかったのか、行内のチェックは機能していなかったのか、などなど当然に起こる疑問に明確に答えられる人間は誰もいなかったのだ。大声を上げても、ただ慌てるだけの本部に営業現場は諦め、唯《ただ》ひたすら客に頭を下げたのだ。

渡瀬は早く記者会見を開かねばならないと稲村たちに主張した。しかしこれには二つの問題をクリアしなくてはならなかった。それは会見の場で一連の融資などについてどのように言及するかだ。発言の一言一言が稲村たちの責任、勿論刑事、民事などの法律的な責任問題に発展するから、慎重にならざるを得ない。もう一つは後継者問題だった。稲村と関谷は辞任の覚悟を決めたが、後継者を誰にするかが問題だった。行内外の混乱を収拾出来、事件に関与せず、大洋産業銀行を新たに発展させることができる人材を選ばねばならない。後継者選びは、稲村たちの専決事項だった。

渡瀬は、記者会見用の発言作りに集中した。渡瀬の考えは、トップに責任を及ぼさないようにすることだった。大熊や富士倉などの総会屋に喰い込まれたのは大洋と産業の合併にまで遡《さかのぼ》ること、そしてトップが断固として彼らを排除しなかったことに原因があった。しかし渡瀬としては、トップに責任があると言ってしまえば銀行経営が基盤から崩れ去ってしまうという恐れを抱いていたからだ。

二十一日の十七時過ぎに、稲村や関谷以下役員たちと、渡瀬や川田、矢島たちが三十階の役員専用大会議室に集合した。

「では発表してもらおうか」

稲村が渡瀬を見て言った。渡瀬は、緊張をほぐすように唾をひと呑みすると、用意した発言原稿を読み始めた。

渡瀬は総会屋への融資について、

「総務部が総会屋の不当な要求の窓口になり、審査部に圧力をかけ審査を歪め、実行に及んだ。融資という銀行業務の根幹に係わることで問題を起こしたことは極めて遺憾である。原因は行内のチェック機構が機能しなかったことにあり、総務部や審査部の責任は重大である」

という趣旨の内容を説明した。稲村たち役員は黙って聞いていた。責任を押し付けられた形になった川田も何も言わずに俯いたままだった。

川田にしてみれば何のために審査に影響力を行使したのかを説明したいという思いが強いはずだ。決して私利私欲のためではない。トップを守るためにそうした行為をしてしまったのだと分かって貰いたい。川田の俯いた横顔を一瞥《いちべつ》すると、渡瀬には彼の強い思いが空気の中を伝わって来る気がした。しかし今までそうしてきたように今回の会見でもトップを守るために彼は甘んじて犠牲になる覚悟であるに違いない。

間宮実副頭取が、発言を求めた。間宮は企画、人事畑を歩み、行内でも人望が厚い人物だった。豊かな白髪をたたえ、いつもは穏やかに笑みを浮かべていた顔に苦渋が滲み出ている。

「少し違うのではないでしょうか。審査、総務という現場に責任を押し付けるのは、どうかと思う。私としては心苦しい」

間宮は、渡瀬の顔を見た。渡瀬は間宮の発言がどういう方向に向かっていくのか読めなかった。稲村を見ると、小さく何度も頷いている。間宮の発言に何か感じるところがあるのだろうか。

「今回の責任は、長きに亙《わた》って、総会屋との付き合いという問題から目を背けてきた私たちの問題ではないでしょうか。総務や審査はそれぞれの立場で精一杯仕事をやってくれたに過ぎない」

「副頭取のおっしゃることは理解できます」

渡瀬は言った。

間宮が渡瀬と二人きりになった際、彼は、「怖かったのだ。銀行は世間に向かって開いている職場だ。何時《いつ》、誰の手によって危害を加えられるかも分からない。そのことが一番心配で、ずるずると関係を断ち切れなかった」と悔しそうに歯噛みしたことを思い出した。その彼の思いが、総務や審査にだけ責任を負わせるのは問題との発言になったのだろう。

「では、私の趣旨を入れた発言にしてくれないか」

「そのようにしますとトップに責任が及ぶような事態にもなりかねません」

「それでも構わない」

間宮の顔は真剣だった。部下に責任を押し付けることを潔しとしないという勢いがあった。

「そうですなぁ。合併以来の問題ですから、彼らだけに責任があると言い切ることは出来ませんなぁ」

関谷が間宮の発言に賛同した。

「本当にそのように直してもよろしいのですか」

渡瀬は確認した。発言次第では、彼ら自身が刑事、民事の責任を追及されることを認識しているのだろうかと気がかりになった。たんなる部下に対する同情論で動き、トップが動揺を来たしては組織が瓦解《がかい》してしまう。

「直してくれ。予定時間が過ぎた。再度一時間後に集まろう」

間宮は、強い口調で言った。誰も間宮に反対しなかった。

渡瀬は別室に行き、発言原稿を練り直した。そこに川田が入ってきた。

「部長……」

渡瀬は、川田のあまりの暗さにそれ以上言葉を続けることができなかった。川田は虚《うつ》ろな目を渡瀬に向けた。

「間宮副頭取の意見を反映するのか」

「ええ、ご指示ですから」

「そんなことをすると、トップが逮捕されるぞ。みんなトップの責任ということになる。そんなことをしたら俺たちがやってきたことに意味がなくなる」

「でも副頭取の意見が、真実をついています」

「真実か……。何が真実で何が嘘なのか、まったく分からなくなった。しかし俺はいつも俺なりに奴らと戦ってきた。必死だった。それが役割だったからだ。でもこんな大騒ぎになって結局のところ責任を果たすことが出来なかったというわけだ。情けない」

「それはないですよ」

渡瀬は川田を励ました。

「俺は今までの総務を代表して逮捕されるに違いない。悔しいが仕方がない」

渡瀬は川田の口から逮捕という言葉が出て、身体が震えた。地検の強制捜査は、遊びや単なる調査ではない。不正の責任者を逮捕し、牢獄《ろうごく》に繋ぐためなのだ。そのことを頭の中から排除しようとしていたのが、川田の言葉で現実に引き戻された。今後は、現実的に幹部の逮捕ということを前提にして、この危機的状況を乗り切っていかなくてはならない。

「部長は、逮捕なんかされませんよ。一生懸命やってこられただけですから」

「そんな慰めはいいよ。俺は覚悟している。だが心配なことがあるんだ。それを渡瀬に頼んでおきたい」

川田は渡瀬の目を見た。真剣な光が戻っていた。渡瀬は姿勢を正した。

「株主総会だ。もう一カ月もしたら株主総会を開かねばならない。総会が開けなければ、銀行は株式会社として終わりだからな。しかし俺はやれそうもない。かといって総務の誰かが代わりにやるというわけにはいかない。今回の事件の元凶だからな。そこでお前、やってくれないか」

「私はなんの経験もありませんが……」

「分かっている。しかしお前ならなんとか準備してくれるんじゃないかと思って頼むんだ。俺が出来れば、やるんだがな。頼むよ」

川田は頭を下げた。渡瀬は、

「分かりました」

と答えざるを得なかった。遺言を聞かされているようで拒否出来る雰囲気ではなかった。

「ありがとう。これで安心だよ。しかし悔しいな。連綿と続いてきたものを断ち切ろうにも断ち切れなかった。そうすれば我が身ばかりか、前任もその前任も傷つけることになるからな。俺が住む社会では、前任を否定するなどということは出来なかった。問題だと思いながら、いつかはと思いつつ、次に引き継ぐことを選択してしまった。問題の先送りと非難されても仕方がない。所詮《しょせん》は勇気がなかったんだ……」

「誰もそんな勇気など持ち合わせていませんよ。それにしてもがんじがらめにされて身動き出来なかったのですね」

「そのことをなんて表現したらいいのだろうな。俺は俺なりに、副頭取は副頭取なりにがんじがらめにされていたということだろう。なんて言うかな、それを……」

川田は、目を閉じ、額を拳でぐりぐりと押し始めた。言葉を捜しているのだ。

「そうだ。呪縛《じゅばく》。呪縛だ。人に呪《のろ》いをかけて動けなくしてしまう。心の自由を奪う。呪縛だよ」

川田は嬉しそうに呪縛を連呼した。

「呪縛って、呪いという字と縛るという字ですか」

「そうだよ」

川田は背広のポケットからボールペンを取り出すと、机の上に散乱した紙を一枚摑み、その上に「呪縛」と大きく書いた。渡瀬は、その二文字に衝撃を受けた。まさに過去から連綿と続き、経営を縛り続けた闇の姿を言い表した言葉だと確信した。この言葉を使って間宮の意向を反映しよう。それにこの言葉には、個々のトップや銀行幹部の責任を曖昧にする力があるようにも思えた。

「この言葉頂きます」

渡瀬は言った。

「あまり使われない言葉だから、マスコミが飛びつくかもしれないな」

川田は、力のない笑みを浮かべた。

「いいじゃないですか。この際、派手に書いてもらいましょう」

渡瀬は、川田が「呪縛」と書いた紙を握り締めた。

一時間後に招集された会議では「呪縛」という言葉に稲村たち役員全員が頷いた。

渡瀬は、会見では経営の改革案を述べる必要があると主張して、総務部機能の解体も含む抜本的見直し、株主総会の公開、集中日開催の回避などの各種改革の実施、第三者による監査、チェック機構の設置などを会見発言に織り込んだ。これは渡瀬の問題意識を反映したものだったが、誰も異を挟まなかった。

7

――5月23日(金)17時30分　大洋産業銀行20階大会議室――

渡瀬は会議室の時計が十七時三十分になったことを確認して、塩見に片手を挙げて合図をした。塩見は、軽く頷き、咳払《せきばら》いを一度してマイクの前に進んだ。

「皆様、定刻になりましたのでただ今より、東京地検の強制捜査という事態を受けましての大洋産業銀行の記者会見を開催いたします」

塩見は記者に呼びかけた。正面のテーブルに並んでいる稲村たちは会場の記者たちを見つめ続けている。

「それでは頭取の関谷省吾より謝罪ならびに今回の事態についての説明などを申し上げさせていただきます」

塩見に名前を告げられ、関谷は、大きく息を吸った。会見用のペーパーをテーブルに広げると、目の前の銀行が用意したマイクに顔を近づけた。

「頭取の関谷でございます」

と関谷は深く低頭した。そして顔を上げるとペーパーを読み始めた。

「当行が行った富士倉佳明氏ならびに富士倉ビルディングに対する融資について、社会の皆様がたから厳しいご批判を頂き、東京地方検察庁の家宅捜索を受ける事態を招いたことに対して、こころより深くお詫《わ》び申し上げます」

ここで関谷は再び深く頭を下げた。彼に合わせて稲村たちも頭を下げた。

「なおこの融資に関しましては目下検察ご当局において真相究明のための事情聴取が行われておりますが、当行はこれに全面的に協力しているところであります」

関谷は良く通る声で読み続けた。顔を上げることは一切ない。

「もとより私ども銀行は社会の信用、信頼の上に成り立っており、当行の行為がこうした基盤を大きく揺るがすことになったことにつきまして、その責任を痛感しております。このような事態を招いた原因は長年の歴史の淵《ふち》にわだかまった澱《おり》から完全には訣別《けつべつ》出来なかった経営体質そのものにあります。当然のことながらこの体質に甘んじ、それを改革することが出来なかった私どもを含む歴代の経営者の経営責任は重大であります」

関谷は初めて顔を上げた。幾らか紅潮しているように見える。隣の稲村が腹をせり出すように胸を張った。経営責任を認めたことに自負を感じているようだ。

「そこでこの経営責任を明らかにするために稲村会長と私はそれぞれ会長、頭取の職を六月二十七日の株主総会後に辞任することを本日決定いたしました。また会長、頭取経験者である相談役も同日付けにて全員辞任いたします。後任の会長、頭取にはそれぞれ間宮実、太田誠一郎が就任いたします。今後、当行役職員一同は間宮会長、太田頭取の下で一致団結して、新しい大洋産業銀行に脱皮するべく全身全霊をもって努力して参ります」

関谷は間宮と太田に視線を向けた。間宮と太田は固い表情のまま、低頭した。

渡瀬は醒めた目で間宮と太田を見ていた。間宮は旧産業銀行出身、太田は旧大洋銀行出身だった。二人ともトップになるには問題のない人柄だった。特に太田は営業部長の時に大洋産業銀行の役員人事を左右する有力取引先になびかなかったために役員になるのが一年遅れたという伝説があった。もの静かだが、信念があるという評価だった。

しかし渡瀬はやるせない思いに気持ちを暗くしていた。それはこんな緊急事態になっても大洋と産業のたすきがけ人事を踏襲していることだ。二人が会長、頭取に選ばれた経緯は、漏れ伝わってきたところによると、関谷が大洋銀行出身で道半ばの辞任となるため、次の頭取も大洋から出さねばならないということになったようだ。多くの役職員の中から旧行意識を飛び越えて、この苦難を乗り切ることが出来る人材を選んだというより、大洋、産業という旧行の中で選んだのだ。

限界かな、と渡瀬はふと不吉な思いを抱いたが、それを振り切るために首を振った。渡瀬は何人かの雑誌記者を探した。彼らに「ヤラセ」の質問を頼んでおいたのだ。どうせ今日の記者会見は厳しい責任追及になるはずだが、それでも間宮と太田の晴れ舞台であるには違いない。そこでそれに相応《ふさわ》しい二人を励ます質問をしてもらおうと、事前に依頼しておいたのだ。渡瀬なりに記者会見を混乱の中にも明るい希望があるよう演出したかったのだ。依頼した雑誌記者と目が合った。渡瀬は、軽く頭を下げた。よろしく頼むという思いを込めた。記者は右手を挙げて、微笑んだ。うまくいく予感がした。

「どのような困難に遭遇しようとも社会の皆様からご批判を頂戴するような不透明な関係は断じて断ち切り、再発防止に万全を期し、清冽《せいれつ》な経営に邁進《まいしん》いたします」

関谷は力強く言い切った。

続いて関谷は「補足説明」と言って、ペーパーを繰った。

「当行が富士倉佳明氏、及び富士倉ビルディング向けに、株式購入資金など多額の融資を行った最大の原因は、当行取引先の元出版社社長からの依頼であり、それを断れなかったことにあると聞いております。元出版社社長の死後も融資を実行したのは、死後も同氏の呪縛が解けず、急に対応を変えることが出来なかったためと聞いております」

関谷は極めて第三者的な言い方に終始した。また大熊公康の名前を出さないように配慮した。ここで「呪縛」という言葉を使い、なんとも曰《いわ》く言いがたいような大熊の影響力を匂《にお》わしたのだ。記者たちは素直に「呪縛」という言葉に反応した。あまり耳にすることのない言葉だったからだ。

関谷は大熊の呪縛について説明を加えた。これは渡瀬たち調査委員会の面々が役員や相談役たちからヒヤリングしたものだ。

「元出版社社長との接触窓口であった総務部に、同氏から一方的に吹聴《ふいちょう》された数々の経営への関与、及び個人によって濃淡の差はあるものの歴代トップとの親密さが蓄積され、伝承されていったこと。その伝承は総務部内で門外不出なものとして扱われ、経営トップに事実が確認されることなく、裏づけはないが真実であるとされていったこと。当行の創業者であり、全行員の尊敬を集めていた伊部、横尾両名が元出版社社長と親しい関係にあったと言われてきたことがこの伝承を定着させることにつながったことであります」

関谷の説明はどのように記者たちに受け止められたであろうか。曖昧模糊《もこ》とした意味不明な言葉の羅列と思っただろうか。それとも資本主義の総本山というべき銀行の内部が非常に土俗的で、因習めいたおどろおどろしい世界であると思ったであろうか。どちらにしても経営責任を自覚しているようなしていないような不思議な説明だった。その説明を作った渡瀬は記者たちの反応がどうなるか気がかりではあった。

「実像とも虚像とも明確に判別がつかないまま、元出版社社長の存在感のみが膨らみ、総務部の意思決定に重大な影響を及ぼし、判断の自由度を著しく損なわせることになったものと考えられます」

関谷の説明は全て故人となった大熊公康が不正融資の原因であり、現役の総会屋富士倉雄一の影響は受けていないというものだった。これは関谷たち経営陣の本音だったのだが、一方で現役の総会屋に不当な利益を供与したものではないという苦しい言い訳だった。

関谷は大熊公康のことを総会屋ではなく元出版社社長とぼかして言ったが、銀行側は、大熊に対して決算前に決算説明をするなど、異例の扱いをしていたのも事実だ。そのことを関谷たちは知らないはずはない。おそらく大熊のことを総会屋と認識していたに違いないのだが……。

関谷は続いて、大蔵省検査のごまかしがあったことを認め、総務部解体や株主総会の改革、監査機関の設置など経営改善策を説明し、最後に、

「私と稲村会長が相談役として残る最大の意味は次期経営陣をサポートしつつ、こうしたあらゆる再発防止策を実施し、開かれた透明性の高い企業づくりに努めることにあると考えており、それが辞任するに当たっての私どもの責任の果たし方であると確信しております」

と結んだ。

稲村と関谷は古い相談役たちを全て退任させ、自分たちは相談役として残ることにしたのだ。渡瀬は、稲村たちが相談役として残ることに不満はあった。相談役という存在こそが、経営陣の自由

を奪うものだからだ。

しかし関谷は道半ばであり、稲村にしても会長の任期を全うしたわけではない。その意味で二人はこれからも経営の中枢に位置することは当然の権利と判断したに違いない。それに加えて今回の事件は過去の経営陣に大きな責任があり、自分たちにはたいした責任はないとも思っているのだろう。

関谷は用意したペーパーを全て読み終え、やっと記者たちに向かって顔を上げた。

「質問を受け付けます」

塩見は記者たちに向かって呼びかけた。

8

――5月23日(金)18時00分　大洋産業銀行20階大会議室――


記者が次々に手を挙げる。塩見が指名する。指名された質問者に広報部員がマイクを持って走った。

「呪縛が解けなかったとはどういうことなのか。説明して欲しい」

記者が厳しい顔で訊く。

「富士倉佳明氏は元出版社社長からよく面倒を見てやってくれとご依頼を受けた大切なお客様だという認識がございまして、元出版社社長が亡くなったといっても急に方向を変えることができませんでした」

関谷が答える。

「呪縛が解けなかったとは、亡霊が出たみたいだ。分かりやすく説明してほしい」

「貸し出しがかなりの額に上っており、債権保全を考えて、あれこれやっていたのだと思います」

関谷の回答はいまひとつ要領を得ない。

「辞めることは逃げになりはしないのか。留まって責任を果たすべきじゃないのか」

関谷の対応に不安を覚えたのか、この質問は稲村がマイクを持った。

「今回のような事態を招きましたのは、経営のチェック機能が十分に働いていなかったということであり、それを改革できなかった歴代の経営者の責任は重大であります。それを明らかにするために、私どもや相談役も全て辞任するわけでありますが、これで責任を果たしたというつもりは毛頭ございません。私と関谷が相談役として新経営陣をサポートするのも責任を果たすためです」

稲村は強い口調で言った。

「なぜ現職に留まらないのか。相談役の方が責任を果たせると思う根拠がわからない」

稲村は苦笑した。まるで辞任するなと言わんばかりの質問に戸惑っているのだろう。

「六月二十七日の株主総会までは現職に留まり真相究明に尽くします。辞任は責任を明確にすることであり、相談役として新経営陣をサポートするのとは別であります」

「辞めることは責任逃れだと首相に言われたことについて考えを聞かせて欲しい」

記者が辞任にこだわるのは、稲村たちに辞めて欲しくないわけではなく、村橋首相が辞任は無責任と発言したからだ。

「私は六十五歳、関谷は六十歳、非常に若い相談役ですので、全精力を使って新経営人をサポートします」

稲村は額の汗をハンカチで拭《ぬぐ》った。

「富士倉雄一とは面識があったのか」

いよいよ記者の質問が富士倉関連に移り始めた。

「ございません」

稲村は胸を張った。

「では元出版社社長とはどうか」

「頭取就任前に一回、就任後に二回ほどお会いしました」

稲村は、質問に答えながら腹立たしく思っていた。それは大熊公康に会ったのは、全て旧大洋銀行側の差し金だと思っていたからだ。

頭取就任の直前、「ぜひ、会っておかねばならない人がいる」と旧大洋銀行出身者に強く言われ、大熊の事務所に挨拶に行った。旧大洋銀行に悪く思われないことが、頭取就任の条件だから断れないではないか。就任後の大熊邸での宴席や料亭で行われた快気祝いなどもみんなそうだ。全ての段取りは旧大洋銀行がやった。旧産業銀行の連中は、私のことを笑っている。稲村は、乗せられやすい奴だと。ああ、悔しい。一生の不覚だ。

「本当に会っていないのですね」

記者はしつこく喰い下がった。

「会っていません」

「赤坂山王町支店巨額横領事件の際の株主総会に会長は取締役として出席していたが、どうだったのか」

「あの総会には多くの株主が出席されました。中で一人、相当詳細に質問された方がいました」

「富士倉雄一か」

「違います」

「総会屋なのか」

「存じあげません」

稲村はウンザリした顔を塩見に向けた。総務担当でもないのに、株主総会の詳細を知る訳がないではないか、という顔だ。

「申し訳ありません。他の質問者の方がいらっしゃいますので」

塩見が稲村の顔から察して、マイクを他の記者に回すよう広報部員に指示した。

「今回の事件の原因に政治家は絡んでいないのか」

「政治家ですか？」

関谷が聞き返した。

「どうも呪縛とかなんとか、亡霊のようなものでごまかされている感じがする。もっと具体的な利益供与があったのではないか。本店用地払い下げに絡んでとかであるが……」

「いろいろ事情聴取いたしましたが、政治家の関与などは一切ございません。それに元出版社社長とは儀礼的な付き合いで、頼みごと、頼まれごとはなかったと聞いております」

関谷は丁寧に答えた。関谷が頭取に就任するときには大熊は既に亡くなっていたから、気楽なものだ。

「経営のスキャンダルめいたことが、付け込まれた原因と考えたらいいのか」

「そういうことは一切ありません。とにかく元出版社社長は伊部、横尾らと親しく、その印象だけが強く残ったのです」

関谷の答えに記者が苛々して、

「友好的な関係が、泥沼化するのは考えられない」

とまるで叱り飛ばすように言った。

「怒らせたら大変だという思いばかりが先行してしまいまして……」

関谷は申し訳なさそうに記者に頭を下げた。

「なんだかんだと言っても、融資は富士倉雄一に対して行ったものではないのか」

「あくまで富士倉佳明氏、富士倉ビルとの取引であると認識していました」

関谷は苦渋の表情で答えた。

「実態は同一でしょう。おかしいじゃないか。質問には誠実に答えてくださいよ。総会屋富士倉雄一に対して融資したという認識はあったのでしょう」

「そういう認識はしておりません。総務では富士倉雄一氏が総会屋であると思っていたようですが、融資先はあくまで佳明氏であったということです」

関谷は淀《よど》みなく答えた。

「それではどうして大蔵検査のごまかしなどをやったのか」

関谷の隣にいた太田が、マイクを握った。自分の専門だと思って関谷に助け舟を出したのだ。

太田は頭取就任を急に申し渡された。電話をしてきたのは関谷だった。おとといの夜だった。太田は上海《シャンハイ》にいた。有力取引先のビルが完成したパーティに出ていたのだ。地検の強制捜査という非常事態ではあったが、出席は相当以前から予定されていたことであり、欠席するわけにはいかなかった。周りの出席者の目が気になり、パーティの間中、針の筵《むしろ》に座っているような気分を味わっていた。疲れきった気持ちでホテルに帰ると関谷からの緊急電話が入っていた。急いで連絡を取ってみると、頭取就任の打診だった。関谷の口ぶりでは打診というより、命令に近かった。

太田には気になる点が、僅かだがあった。頭取就任は名誉なことであるが、それが胸に引っかかっていた。それは審査担当役員をやっていたことがあるということだった。富士倉雄一を知っているわけでも、ましてや大熊公康と面識があったわけでもない。しかしながら審査担当役員として富士倉佳明の案件の説明を受けたことをぼんやりとだが覚えている。この記憶が、晴れやかな空の一点の黒雲のように太田の心に浮かんでいた。

それに今日、取締役会で頭取の内示を申し渡される直前に川田が暗い顔で訪ねてきた。彼は、東京地検の苛烈《かれつ》な取調べを受けているようだった。大丈夫か、と声をかけたが、彼は心底疲れきっているような顔で、申し訳ありませんと言った。なんのことだと訊くと、地検が関心を持っているようなのです、と答えた。太田が不安げに、だれに？　と訊くと、あなたにです、と彼の口から言葉が漏れたのだ。太田は震撼《しんかん》した。なぜ？　という強烈な思いがしたが、審査を担当していたからか、と彼に訊くと、力なく頷いた。しかしここで頭取就任を躊躇するわけにはいかない。もう行くところまで行くしかないと覚悟を決めた。私は一度だって自分に恥じる仕事をしたことがないからだ、審査を担当していたからといって不正に加担したことは一度もない、後ろ暗い仕事などしたことがない、と太田は自分に言い聞かせて、頭取就任を受諾し、ここにいるのだった。

「平成二年（一九九〇）の九月と平成六年の九月に大蔵検査が入っておりまして、平成二年は不良債権として抽出されないように貸出金を減らして抽出基準以下の残高にしたのではないかという疑い、平成六年は、新たな融資を実行し、延滞解消を偽装したのではないかという疑いを持っております。いずれにしましても大蔵省が見逃したのではなく、私どもが検査忌避を画策したということです。大蔵省検査は完璧だったが、私どもが忌避をしたのは重大であり、現在調査中であります」

太田は、興奮しているのか甲高い声で、詳しく答えた。大蔵省に気遣うあまり銀行の検査忌避を簡単に認めてしまったことに後悔はしていなかった。太田の正直な認識だったからだ。とにかく太田は曇りやごまかしのない銀行員生活を送ってきたことが自分の支えになっていた。だから記者の質問にも自分の考えに誠実に答えようと思っていた。それこそが頭取の条件であると信じていた。

記者たちは太田の詳細な説明と責任を認める姿勢に多少とも驚いた。他の役員とは違うという印象を得た。ひょっとすれば突っ込めるかもしれないという思いを記者に抱かせたのだ。

「ここで全員にお尋ねしたい。富士倉兄弟への融資があることをいつ知り、その後どういうアクションをとったのか。それぞれ答えてください」

記者は立ち上がり、稲村たちを指差した。ざわついていた会場が一瞬静まりかえったように渡瀬は感じた。もう会見が始まって一時間近く経った。このまま無事に終わって欲しいと強く思った。しかしこの静けさは不安を足元から立ち上らせた。

「全く知りませんでした。新聞記事で知っただけです」

関谷が固い表情で答えた。

「昨年の十二月です。ある総会屋の奥様が訴訟をされまして、その他にこれに類似したものはないのかと調査しました時に、知りました」

稲村が自信ありげに答えた。

十二月に知ったということに統一することを渡瀬は稲村たちと打ち合わせをしていた。一番矛盾なく説明できるぎりぎりの時期だったのだ。本音ではもっと最近に知ったことにしたかったという思いがあったが、十二月あたりからいろいろなメディアで富士倉関連が採り上げられることが多くなり、知らなかったと言い逃れすることはできない。

太田の順番になった。太田はマイクに身を乗り出すように、

「私は、もう少し早く知っていました」

と答えた。

緊張した様子もなく、あまりにも淡々としていた。稲村と関谷が太田の顔を覗きこむように見た。驚いている様子がありありと分かる。渡瀬も太田を見つめる。時間が止まったような感覚に囚われる。太田の顔が少し笑っているようにさえ見えた。

記者たちがざわめき出した。司会の塩見が不安そうに眼鏡の奥の目を瞬《しばたた》かせている。事態の変化に気づき、動揺しているのだ。

太田は会場の空気の変化に気づかないのか、落ち着いた口調で話し続けた。

「平成七年の秋くらいだったと思います。審査担当の役員をしていました。平成八年一月に日銀考査が入り、その際総務部から説明を受けました。私は日銀考査で問題債権として分類されるように指示をいたしました。しかし平成八年三月には償却はいたしませんでした。その指示は出しており

ません。富士倉佳明氏への融資であり、彼の兄が総会屋であることは知っていましたが、あくまで融資は佳明氏へのものだと認識しておりました」

稲村が顔を歪めている。関谷も手に持ったペーパーを指で捲《めく》っては、閉じる動作を繰り返している。二人の顔には、打ち合わせ通りにしない太田の考えを読みきれない戸惑いが浮かんでいた。

渡瀬は、記者の動きが激しくなり、ざわめきが大きくなったことで記者会見がまともに終わることはないと確信した。記者は太田を嵩《かさ》にかかって責め立てるに違いない。

「他の人より早く知って、何もしなかったのですか」

「回収の指示を明確にすればよかったと反省しています」

「頭取には、総務からの報告内容を伝えたのですか」

稲村が太田を遮るように、質問に割って入った。

「このような組織に関して責任を感じています」

「会長、太田副頭取に質問しています」

記者の非難に稲村は口をへの字に結んだ。

「頭取には伝えておりません。富士倉との取引はバブル期に拡大しました。佳明氏の兄が総会屋であることを知っていた人は多かったと思います。しかし融資は兄の雄一氏ではなかった。そのため頭取には報告しませんでした」

「太田副頭取が知っていたということは、組織ぐるみではなかったのか」

「富士倉佳明氏と雄一氏は別だと思って取引しています。もしこの融資が不良債権として抽出されたら、無用の誤解を招くという懸念を持っていたのではないでしょうか。

組織というと非常に大きく聞こえますが、それぞれの関与した部門ごとの認識だと理解していただきたい」

太田の顔に徐々に焦りが見え始めた。記者の質問が、視線が、全て自分に集中していることに恐れを抱き始めたのだ。

「本当にトップは知らないのか」

稲村がマイクに顔を近づけた。

「太田副頭取の話は、総務や審査は知っていた。他の部門は知らない。だから大きく組織全体という概念には入らないということです」

稲村は、大きくため息をついたように見えた。なかなか記者の理解を得ることができないからだ。

「関谷頭取、富士倉案件に深く関与している太田副頭取は後継者に相応しくないのではないですか」

ついに記者の質問が太田の頭取適格性に及んでしまった。

関谷は視線を宙に泳がした。答えに詰まっているのは明らかだった。

「この事件の問題点が、どこにあったかは今、調査をしておるところで、私どもが辞任で責任をとった……」

関谷がしどろもどろになった。

「そういうことではなくて太田副頭取が後任に相応しいか、訊いているのです」

「ビッグバンに向けて若返りを進めるという意見もありますが、この難局は間宮、太田コンビでないと乗り切れないというか……。私と稲村会長が相談役として懸命にささえますから……」

関谷は必死で口を動かしているといった状態だった。

「大洋銀行出身だから選んだのですね」

「そういうことは、考えておりません。合併銀行は大きくバランスを崩すわけにはいきませんが、やはり本人の資質です」

「今回は出直し人事といいながら、大洋、産業のバランス人事だ。なんの目新しいこともない。こんなことで乗り切れるのか」

「間宮、太田のコンビがこの難局を乗り切るのに最も相応しい人材です。そう思って稲村会長と選びました。必ずやってくれると信じています」

「出直しに日銀考査時点で不正融資の実態を知っていた太田副頭取が頭取になるのは、どう考えてもおかしい」

「日銀考査で、私が指示しなくとも、延滞していましたので抽出されたと思います」

太田の顔には、大蔵省検査で検査忌避をしたものを日銀考査ではごまかしてはならないと言ったのに、なぜ自分が責められるのか分からないという戸惑いが浮かんでいた。

「経営責任を感じているとおっしゃいましたが」

「私が全ての延滞債権に責任を持っているわけではありませんが、また私は責任を回避するつもりもありませんが、富士倉関連貸し出しに関して、新規に融資をしたとか、ごまかしたとかというような後ろ暗いことは一切ありません」

太田の顔に急速に疲れが滲み出した。

「でも不正融資や大蔵検査のごまかしを知っていたのでしょう」

記者は容赦しない。

「ちょっと待ってください。太田副頭取は、日銀考査において、この貸し出しを隠してはいけないと強く主張したのです。正しい主張をするこういう人材がこれからの時代の頭取として相応しいと思いました」

関谷が我慢できないといった様子で、口を挟んできた。関谷は太田を助けるつもりなのだが、太田が大蔵省検査忌避の実態などをかなり詳しく知っていたことを露呈してしまった。関谷の発言はかえって太田を窮地に陥れた。渡瀬は目を閉じ、天を仰いだ。塩見もなすすべもなく立ちすくんでいる。

「太田副頭取ばかりでなく、私も経営の一翼を担っておりますので、広い意味で責任はございます」

間宮が太田の援護をする発言をしたが、記者はほとんど無視した。

「太田副頭取以外は十二月に知ったようだが、半年も経ってまだ十分に調査できていないとはどういうことだ」

「強制捜査がなかったら隠すつもりだったのか」

「総会屋への融資だから、検査忌避をしたのだろう。未だに総会屋への融資を認めないのか」

記者は次々と質問を浴びせた。

「不正融資を認識していて、回収の指示さえしなかった人物に出直し再建など出来るのか」

記者は太田に向かって叫んだ。

渡瀬は、手を挙げた。それを合図に塩見が、会見の終了を告げた。一斉に稲村たちは立ち上がり、深く低頭をして出口に向かった。

「待て！　まだ終わってないぞ」

「一方的に会見を打ち切るな！」

記者が口々に叫び、稲村たちを追いかけている。渡瀬はその様子を会議室の隅から眺めていた。

「終わったな」

渡瀬は一言呟いた。

ヤラセ質問を頼んでいた雑誌記者が、苦笑いを浮かべて渡瀬に近づいてきた。

「すまん。タイミングが……」

「ありがとうございます。仕方がありません」

「大変だが、これ、もたないな」

記者は親指を立てて、虚しそうな笑みを浮かべた。太田のことを言っているのだ。

渡瀬は、口を歪めて、

「なんとかしますよ」

細谷と木口が近づいてきた。

「ちょっと行きませんか」

細谷が穏やかな表情で言った。先ほどまで厳しい質問を投げかけていたとは思えない。

「どこへ」

渡瀬は訊いた。

「ちょっとそこでコーヒーでも」

「分かりました。今日は、予想外でした」

渡瀬は苦しそうに笑った。

「そうですね。大変ですね」

細谷は真面目に答えた。側にいる木口は唇を固く閉じていた。

9

――5月23日(金)19時05分　日比谷通り沿いの喫茶店――


「大変でしたね」

細谷は運ばれてきたコーヒーを呑みながら言った。木口は社に戻ってしまった。

窓の外はすっかり暗くなっている。いつもと変わらぬ車の流れが、窓から眺められる。先ほどの異常なまでの興奮に包まれた記者会見はなんだったのだろうか。つい数十分前に終わったのが、渡瀬には遠い昔のように思えた。確かに疲れていた。太田の発言で予想外の展開になった。謝罪であると同時に太田や間宮の晴れのスタートの場になる予定だった。渡瀬の考えは甘すぎたのだろうか。

「予想外の展開でした」

「どうしてあんなことを言ってしまったのか分かりますか」

「太田さんは正直な人だから、胸の中にあるものを隠すことができなかったのでしょうね」

「そうでしょうね」

「祝福されませんでしたね」

「残念ですが。うちも頭取不適格と書かざるを得ないと思いますね」

「なんとかなりませんか」

「ならないでしょう。本人も覚悟しているのじゃないですか」

細谷は、またコーヒーを呑んだ。渡瀬は、スプーンでかき回していた。

「覚悟していますか」

「していると思いますよ。自分だけ正直に言ったわけですから。他の人たちもみんな知っていたのに口裏を合わせていたわけでしょう」

細谷は上目遣いに渡瀬を見つめた。

「そんなことはありません。十二月まで知らなかったのです」

渡瀬は否定した。

細谷は軽く息を抜くように笑うと、

「そういうことにしておきましょう。一つだけ情報です。太田さんは地検が狙っていますよ。今日の発言があったからじゃない。審査権限がありましたからね」

「えっ、どういうことですか」

「逮捕される可能性があるってことですよ。内緒ですけどね。心積もりしておいた方がいいですよ」

細谷は言い終えると、伝票を握って立ち上がった。

「それでは社に戻ります」

「細谷さん、今の話、本当ですか」

「嘘だといいのですが……」

細谷は喫茶店を出た。渡瀬は、その後ろ姿を追った。今まで細谷の情報は外れたことがない。地検が太田を狙っているのは、事実だろう。それに太田自身が今日の記者会見で頭取就任を事実上拒否する発言をしてしまった。彼自身はどの程度覚悟があったのかは分からないが、不正融資を見逃していたことを告白した以上、頭取に就任するのは難しいだろう。なんとかしなくてはいけない。

それにしてもどうしてこんな事態になってしまったのだろうか。どうして連綿と不正を隠蔽し続けて来たのだろうか。合併がうまく行っているということを世間に取り繕っているうちに、嘘で塗り固めてしまうことになったのだろうか。これからどうなるのか、渡瀬にも皆目見当がつかなかったが、行動しなくてはならない。

携帯電話が鳴った。慌てて耳に当てる。

「もしもし、渡瀬ですが」

「川室だ……」

高い声が聞こえてきた。

「あっ、どうも」

「今日は大変だったな。太田は無理だぞ」

「もう耳にされましたか」

「ああ、経済部や社会部の記者から電話が入っている。太田が不正融資を知っていた、頭取になっていいのかとね」

「そうですか」

「情報がある。地検のだ」

「どういうことでしょうか」

「地検は稲村、川本を狙っている。しかし共にトップだ。だから太田で止めるかもしれないということだ。だから太田は確実にやられる。覚悟しておけよ」

「本当ですか」

「太田は諦めるんだな」

川室は電話を切った。

細谷の話といい、川室の話といい、太田の頭取就任は無理のようだ。なんとかしなくてはならない。

渡瀬は立ち上がった。もう行動あるのみだ。

10

――5月23日(金)20時10分　大洋産業銀行頭取室――


渡瀬の正面に稲村、その横に関谷、そして太田、間宮が座っていた。稲村は顔を顰めて腕を組んでいる。関谷も天井を睨みつけていた。

「今日の会見は失敗だったというのかね」

間宮が苛々した口調で渡瀬に言った。

「失敗でした」

渡瀬は間宮を睨んだ。

「君ははっきり言うね」

「太田副頭取の発言は記者を喜ばせました。先ほどから広報には、頭取就任は無理じゃないのか、という電話が頻繁に入っています。そうした論調の記事を書くようです」

「いい加減な奴らだ。書きたいだけ書かせりゃいいんだ」

関谷が突然立ち上がって、大声で言った。

「大体だな。大態なんて総会屋に係わりあうからいけないんだ。あんな奴にいいようにされて、悔しいったらない」

「関谷君、座れよ」

稲村が言った。

「私は正直でありたかった。今までの銀行員生活で一点の曇りもないと断言できる。今日の記者会見でも事前に知っていたことと、他にも総会屋融資があることは言っておきたかった。隠し続けて、こんな問題になったのだからね」

太田が俯いたまま言った。

「太田さんの気持ちは痛いほど分かるよ。世間がなんと言おうと頭取にはあなたしかいない」

関谷は強く言った。

関谷の机の上の電話が鳴った。気分が沈んだ時の電話は不安を喚起するようだ。関谷はけだるそうに立ち上がり、机に向かった。やはり不吉な予感がするのか、表情が暗い。

「はい、関谷ですが」

受話器を取った。

「ああ、藤野さん……。稲村会長をお呼びすればいいのですね。はい、いやぁ、なかなか大変です。はい、はい、会長に代わります」

関谷は受話器を稲村に向けた。

「藤野監査役からです。緊急とのことで、会長にぜひにと」

大手通信会社の相談役で大洋産業銀行の監査役をしている藤野幹夫からだ。稲村とは親しい関係だ。一瞬、稲村の顔が綻《ほころ》んだ。

稲村は、立ち上がり関谷に近づき、受話器を代わった。

「はい、はい……」

稲村が何度も相槌《あいづち》を打っている。稲村の表情がだんだんと暗くなり、ついには引きつってきた。良くない話のようだ。

「わかりました！」

稲村らしくなく激しい口調で言うと、受話器を音を立てて置いた。顔が熱を帯びたように興奮している。

「どうされましたか」

関谷が訊いた。

「藤野さんが監査役を降りるって言ってきた」

「えっ、それはいったい」

「こんな銀行の監査役はしていられない。自分は今回の件を全く知らない。責任は一切ないと一方的にまくし立てやがった。馬鹿にするなと言いたいよ。散々報酬だけ取りやがって、無責任の極みだ」

稲村は藤野をののしった。そうとうに腹を立てているのだ。

「株主総会も近いですから、早く監査役を見つけないと商法上の人数を満たさなくなってしまいます」

関谷が焦った顔をした。

「大丈夫だ。後任の当てはある。何か問題が起きたら、いつでも力になると言ってくれた法曹関係者がいる」

稲村は自信たっぷりに言ったが、疲れたのか身体ごと放り出すようにソファに座った。

「あの藤野さんがね、逃げ出しますかね。嵐に座礁し、沈み行く船なんでしょうかね。うちは？」

関谷が大柄な身体に似合わぬ情けない声を出した。稲村は何も答えなかった。

渡瀬は、監査役辞任という悪い話を受けて、川室や細谷の情報も伝えておくべきだと思った。悪い話を隠していても仕方がない。最悪の状況を想定しないと、解決策は生まれない。

「もう一つ情報があります」

渡瀬が稲村を見つめた。

「なんだね。また悪いことか」

稲村は渡瀬に大儀そうな顔を向けた。

「地検は会長を逮捕したいと思っています。ですがもしそれが叶《かな》わなければ、太田副頭取です」

渡瀬は稲村と太田の二人を交互に見据えた。

稲村は、何かを口に出しそうになったが、呑み込んだ。これ以上ないといった憂鬱な顔になった。反対に太田は微笑を浮かべた。

「そうか……。私は今までの銀行員人生を全く曇りなく生きてきたが、審査をやっていたからだね。今日の発言だって、まるで捕まえてくださいとばかりに責任を認めたものだからね。捕まるのか……。仕方ないね。頭取に指名していただいたのは感謝していますが、その任ではないと思っていました。捕まるなら、頭取は降りることになる。はっきりしてよかったよ。ありがとう、渡瀬次長」

渡瀬は太田の覚悟のありようを感じて、鼻がつんとなった。思わず目頭を押さえた。

「な、なにをいい加減なことを言っているんだ。太田さんが捕まるわけがないじゃないか。それに会長が逮捕される!? 何を寝言を言っているんだ」

関谷がまた立ち上がって、叫んだ。

「寝言ではありません。確たる情報だと認識しています。地検は会長が最終ターゲットです。でも太田副頭取逮捕なら、そこで止まるかもしれません」

「うるさい。大熊だか富士倉だか知らんが、総会屋ごときにいいようにされてたまるか」

関谷は大げさなくらい嘆き、両手で顔を覆って、座った。

「渡瀬次長、私が狙われているというのは、本当なんだな」

稲村が天井に顔を向けたまま訊いた。

「はい」

渡瀬は答えた。

稲村は何を思いついたか、ソファから立ち上がり、「ちょっと」と言って部屋から出て行った。

「会長、どこへ行かれたのだろうか」

関谷が不安な顔になった。

「太田さんが辞めるなら、私も辞めます。一心同体ですから」

間宮が重々しい口調で言った。

「それはいけません。間宮さんは、辞めることはない」

太田が間宮をたしなめた。

「何を二人とも馬鹿なことを言っているんだ。今日、君たちを頭取、会長にすると発表したんだぞ」

関谷が声を張り上げた。

「しかし、もう私は無理でしょう。不正融資を見逃したと発言したこともありますし……」

「だから太田さんが辞めるなら、私も一緒だと言いたい。太田さんなら大洋、産業の垣根を超えて仕事ができると思って会長を引き受けましたが、やる気はない。だから私を辞めさせたくないなら、太田さん辞めないでいただきたい」

間宮は太田の両手を握り締めた。

「ありがとうございます」

太田は間宮に頭を下げた。

「だいたい君がへんなことを言うからだ」

関谷が渡瀬に向かって、怒りをぶつけた。渡瀬は関谷を睨むように見た。反論はしなかった。

「渡瀬次長」

ドアを半分開き、そこから身体を覗かせ、稲村が呼んでいる。

「はい」

渡瀬は稲村の急いでいる様子に何事かと思い、ソファから立ち上がった。

「ちょっと私の部屋に来てくれ」

稲村は言って、渡瀬を先導して歩いた。稲村の部屋は隣だった。

「これを取ってくれ」

稲村は部屋に入るなり、机の上に置かれていた受話器を渡瀬に差し出した。誰からの電話だとも稲村は説明しない。渡瀬は、胸がざわつく気がしたが、言われるままに受話器を取った。

「権藤だ」

突然、受話器の向こうから、横柄な、野太い声が聞こえてきた。

「はぁ？」

渡瀬は訳が分からずに答えた。電話の主は、

「権藤だ」

と再び言った。

「どちらの権藤様でしょうか」

渡瀬は注意深く訊いた。

「分からなければいい。お前は？」

受話器の向こうから権藤が容赦ない詰問調で問い詰めて来る。

「広報の渡瀬といいます」

「誰から聞いた？」

「何をですか？」

「稲村の逮捕だ」

「言えません」

「言え。言うのだ」

「私は広報ですから情報源は言うことができません」

「その情報は確かか」

「確かです」

渡瀬の答えに数秒の沈黙があった。

「代われ。稲村に代われ」

権藤は言った。渡瀬は受話器を稲村に向けた。稲村は、いそいそという感じで受話器を受け取り、耳に当てた。目だけ渡瀬に向いた。部屋から出ろ、というサインのようだ。渡瀬は、稲村の部屋を出た。

権藤とはいったい何者だ？　稲村は彼に何の目的で電話をしたのだろうか。権藤が太田や稲村を救ってくれる人物ならいいが……。

渡瀬が頭取室に戻ろうとすると、

「おい、何をやっている」

企画部長の若村が声をかけた。後ろに矢島が立っていた。

「今日の反省です」

渡瀬は答えた。若村を中に入れたくなかった。混乱に拍車をかけるだけだからだ。

「何か、こちょこちょと画策ばかりするなよ」

若村は口を歪めて言った。

「部長は？」

「今から、大蔵に行くんだ。その前に会長、頭取に一言挨拶と思ったが、忙しそうだな」

若村は、頭取室の中を覗きたがった。

「ええ、相当に」

渡瀬は、ドアの前に立った。

「部長、急がないと、時間ですよ」

矢島が困惑気味に言った。若村は振り返って、軽く頷いた。

「おい、渡瀬、勝手な真似はするな。何が話し合われたか報告するんだぞ」

若村は言い捨てると、矢島と並んで廊下を走るように去って行った。

ふう、と渡瀬は息を吐いた。

渡瀬が頭取室に入って、しばらくして稲村が戻って来た。

「会長、間宮さんと太田さんが先ほどから辞めるの辞めないのと大変ですよ」

関谷が嘆いた。

「そうか。間宮君もか」

「渡瀬次長の言う通りになったら、どうしますか」

「その時は、太田君の代わりを決めざるを得ないだろう」

稲村の言葉に、太田が深く低頭した。

「私は太田さん以外と仕事をしませんからね」

間宮が稲村に言い放った。

「分かっているよ」

稲村が、眉根を寄せた。

「適任者はいますか？」

稲村が関谷に訊いた。

関谷が首を振った。

「会長、頭取、トップの人選は、今回の事件にあらゆる角度から関係のない人物を選ばなければ、また混乱します」

渡瀬が言った。

「その通りです。事件に関与せず、大熊や富士倉などの不透明な取引を解消してくれる勇気のある人物を選ばねばなりません。渡瀬君、私は自分の手で不透明な取引をしらみつぶしにやっつけたかったよ。問題意識は持っていたんだ。これを放置していたら、頭取が何人も代わらなくてはならなくなる」

太田が真剣な顔で言った。大洋産業銀行にはまだまだ多くの不透明な融資が残っているようだった。

「渡瀬君、もし私に万が一のことがあれば、その不透明取引の処理を君がやってくれないか」

太田が渡瀬を強い視線で捉えた。渡瀬はその視線を受け止めた。口元を横一文字に引き締め、

「分かりました」と大きく頷いた。

どういう不透明な取引先があるかは分からない。ヤクザや総会屋？　しかし逃げるわけにはいかない。誰かがやらねばならないことだ。これほどまで太田から真剣に頼まれたのだから……。

「安心してください。私が必ずやります。それも太田副頭取と一緒にやりたいと思います」

渡瀬は太田を見つめて言った。

「渡瀬次長が言うように、全く事件に関係のない役員から選ぶとなると、難しいね。国際畑や事務畑しか残らなくなるぞ、全く……」

関谷が頭を抱えた。

ドアが勢いよく開いた。

「なんだ、ノックくらいしろ」

稲村が怒った。秘書役の斎藤達也が口から泡を吹くほど慌てた様子で飛び込んできたのだ。

「大変です」

斎藤は稲村に言った。

「何が起きたんだ」

稲村は苛々した口調で訊いた。

「これを聞いてください」

斎藤はテーブルの上に、テープレコーダーを置いた。電話を再生したものだ。

「テープか……」

稲村の表情に緊張が走った。関谷たちもテープレコーダーを覗き込んだ。

斎藤がスイッチを入れた。

『お父ちゃんばっかり悪者にして！』

テープレコーダーから女性の甲高い声が飛び出して、部屋中に響いた。

「こ、これは」

稲村が息を詰めた。

「大熊公康夫人です」

斎藤が静かに告げた。その顔は死刑の宣告をするように青ざめていた。

『お父ちゃんが何したというのよ。みんなばらしてやるよ。お前らのことなんかみんな喋《しゃべ》ってやるぞ。お父ちゃんを全く赤の他人みたいに扱いやがって。私が声をかけたら命の一つや二つ惜しくなって大東会の若いのが集まってくれるんだからね。日下部のおじちゃんだって心底怒っているんだから。おじちゃんが一人に百万ずつでも渡したら何でもやってくれるって言ってたわよ。こっちには日記だってあるんだから。どれだけあんたらのとこと付き合いが深かったか、世間にみんなばらしてやろうか。お父ちゃんをこれ以上侮辱したら承知しないからね』

電話の中の日下部のおじちゃんというのは有名な大物総会屋日下部隆一のことだろう。そして大東会は広域暴力団だ。

女性はかなり興奮している様子で、周囲に人がいるのか騒がしい音が聞こえてくる。

「な、なんだこれは」

稲村は動揺した様子で斎藤に訊いた。

「どういたしましょうか。記者会見のことをお怒りのようですが……」

斎藤は努めて冷静に言った。

「どうするかって！　そんなものどうすることも出来ないだろう」

稲村は顔を赤くして叫んだ。

「警察に連絡したらどうですか。これは、脅迫ですよ」

渡瀬は言った。

「警察？　いや、いい。それよりも……。そうだ。オーシャン、オーシャンクレジットの野瀬社長に連絡をとってくれ」

稲村は斎藤に言った。斎藤は背広のポケットから厚めのノートを取り出し、急いでページを繰った。

「ここからお電話をしても……」

「いい、いいから早くしてくれ」

斎藤は卓上電話の受話器を取った。

「早く、出ろ、早く出てくれ」

稲村は受話器に念ずるように呟いた。

ようやく相手が出たようだ。

斎藤が受話器を差し出すと稲村はそれを奪うように取った。

「野瀬さん、突然、すまない。一つだけ訊きたいんだ。大熊の家のパーティに呼ばれたことがあっただろう？　その時、写真は撮られていないだろうな。そう大熊と並んで写っているような……、ふん、ふん、そうか、そうか、なら安心だ。分かったすまない。いや、いろいろあってね」

稲村は受話器を斎藤に渡し、鋭い目で睨むと、

「そのテープ、どこかへやっておけ。また電話をしてきても無視だ」

「いいのですか。こちらで処分してしまって」

「いい。脅かされても何もない……。こちらに後ろめたいことなどない」

稲村は、ようやく落ち着いた声で言った。

渡瀬は太田や間宮の顔を見た。二人とも暗く俯いている。テープを聞き、大洋産業銀行と大熊とはかなり深い関係にあったと渡瀬はあらためて認識した。

「いやあ、大変な人ですね。こんな時に脅かしてくるなんて」

関谷が苦々しい表情で言った。

「たいしたものだよ」

稲村が、ソファに身を投げ出すように座り、呟いた。

太田が渡瀬を呼び、小声で言った。

「渡瀬君、何もかもやり直したらいい。綺麗《きれい》にするんだ。頼んだよ」

渡瀬は、太田の目を見た。

哀しげな目だった。渡瀬は、頷いた。

今、大洋産業銀行は荒波に呑まれて座礁した。舵は利かなくなり、大波に翻弄されるままだ。この先、どうなるかは分からない。このまま波に破壊され、海の藻屑《もくず》と消えてしまうかもしれない。

渡瀬は稲村、関谷、太田、間宮の顔を一人ひとり眺めた。誰もが座礁した船を救う力は持ち合わせていないように見える。それは当然だろう。長い間、大蔵省の庇護の下で安全な航海をしてきたからだ。初めて自分で考え、自分の力で危難を乗り越えなくてはならなくなったのだ。全てやり直さなければならない時代が来たのだ。

「大熊たちが怖かった。行員や銀行に危害を加えられないか怖かった。それに合併をうまくやるために妥協を繰り返したのもいけなかった。もっと本音でぶつかるべきだった」

間宮が自らに言い聞かせるように声を絞った。

「いまさら、何を言う!」

稲村が間宮を叱った。

「渡瀬君、君は席を外してくれないか。私たちだけで次の経営者を決める。このまま行くことも含めてだ。君が言ってくれた事件に全く関係のない人材からも広く考えてみる。ここは任せてくれないか」

関谷が真剣な顔をして言った。

渡瀬は、立ち上がった。

「失礼します。いつまでもお待ちします。この座礁船をもう一度航海に出させてくれる人を選んでください」

渡瀬は言い、頭を下げた。

頭取室を出た。そこに倉品が立っていた。

「どうしたんだ」

渡瀬は笑みを浮かべた。

「次長が一向に帰って来られないので……。みんな心配しています」

倉品が心配そうな顔をした。

「ありがとう。行こうか」

渡瀬は歩き出した。その後ろを倉品が続いた。役員フロアーの廊下には誰も歩いていない。絨毯《じゅうたん》が二人の足音を吸い込んでしまう。静かだ。先ほどの喧騒が信じられないほどだ。このまま何も変わらず時間だけが過ぎて行くような錯覚にさえ陥る。

渡瀬は頭取室を振り返った。今から何時間も彼らは後継人事を話し合うのだろう。その話し合いの中に新しい銀行をつくるという気構えはあるだろうか。渡瀬はパソコンの中に眠る新銀行の組織プランを思い出した。あのプランを託せる人材を彼らが選んでくれることを願うばかりだ。もし彼らが選んだ後継者がプランを託するに相応しくなければ否定せざるを得ないだろう。そうすれば、また混乱が大きくなる。しかし、それは新しく大洋産業銀行が生まれ変わるために必要な混乱なのかも知れない。

「どうなるんですか。これから」

倉品が後ろから訊いて来た。

「俺にも分からない。しかしどうにかしないといけないことは事実だ」

渡瀬は言い、倉品を振り向き、

「俺たちの手でな」

と拳を強く握り締めた。

エピローグ

——2005年5月5日(木)午後3時　台東区谷中——


「あなた、ここじゃないの」

妻の智代が手を振っている。渡瀬は、智代に向かって足を急がせた。

谷中の墓地はまるで迷路だった。鬱蒼とした木々に囲まれた墓があるかと思えば、荒涼とした灰色の石碑が沈黙の列を作っている。また春には満開の花が咲く並木も、五月の今は、鮮やかな緑だった。

渡瀬は木立に囲まれた墓所の前に着いた。

「ここよ」

智代が言った。

広い敷地だった。生い茂った樹木の葉が翳りを作っている。その翳りの下に石碑が悠然と立っている。渋沢栄一の墓所だ。

＊

渡瀬は、大型連休にも拘わらず自宅で仕事をしていた。退屈した智代が、「どこかへ行きましょうよ」と声をかけてきた。

どこに行くというアイデアも浮かばないまま渡瀬は智代と外に出たが、気持ちのいい風に当たると、

「谷中の墓地に行ってみないか」

と智代に提案した。

「墓地？　谷中？」

智代は怪訝な顔をした。渡瀬は強引に、

「行こう。三万坪もある広い墓地だ。有名人の墓もあるぞ。それを探すのも楽しい」

と智代の手を引いた。

「お墓探索？」

智代はもう一つ気乗りがしないようだ。

「探し疲れたら、下町で美味いものを食べよう。なかなかの名店も多いからね」

渡瀬は智代に熱心に語りかけた。

下町の名店と聞いて智代はようやく納得して歩き出した。

日暮里の駅からゆっくりと墓地に向かって歩きながら、

「あなた何の目的で谷中の墓地になんか行こうと言ったの？　何か理由があるんでしょう」

と、智代が悪戯《いたずら》っぽい目で訊いた。

「実を言うとね。この間、片山さんの勉強会で総会屋事件のことを話したのだけど、そうしたらあ

る人に会いたくなったんだ」

　渡瀬は微笑して言った。

「ある人って？」

「それはね……」

　渡瀬は立ち止まった。墓地の入り口に差し掛かったからだ。

「思わせぶりね」

「探してくれるかい？　その人の墓を」

「いいわよ。この広さの中で見つかるの？」

「大丈夫だと思うよ。有名な人だから」

　渡瀬は笑った。

「頑張って探すから、早く名前を言って」

「その人の名はね、渋沢栄一さ」

　渡瀬は言い終わると、墓地の方角を見つめた。

「渋沢栄一って、あの渋沢栄一？　あの人のお墓がここにあるの？」

「この墓地のどこかに眠っているのさ」

　渡瀬は、持っていた鞄の中から一冊の本を取り出した。それは渋沢栄一の『論語と算盤』だった。それを智代に見せた。

「その本は？」

「渋沢が実業を行うに当たって孔子の論語をバイブルにしたのさ」

「どんなことが書いてあるの？」

「いろいろ現代に通じる教訓が書いてあるんだけれどね。例えば……」

渡瀬はページを繰った。

智代が興味深そうな顔で見ている。

「実業家の精神をしてほとんど全てを利己主義たらしめ、その念頭に仁義もなければ道徳もなく、甚だしきに至っては法網を潜《くぐ》られるだけ潜っても金儲けをしたいの一方にさせてしまった云々とかね」

「それってまるで現在そのものじゃないの。この間のネット企業の買収劇もそうだし、ＪＲ西日本の鉄道事故だって儲け主義が原因だっていうじゃない」

「そうだね。彼はこうも言っているんだ。事業について、多く社会を益することでなくては正経な事業とは言われないとね」

「まさにその通りね。でもどうして渋沢栄一の墓にお参りをしたくなったの」

智代が訊いた。

「彼は埼玉県の豪農の家に生まれて、最初は尊王攘夷の活動家だったのだけれど、徳川慶喜に薦められて欧州視察から帰国して以来、日本の国づくりのために実業を起こし、その立場を高くしなくてはいけないと努力したんだ。江戸時代は士農工商と言って、商は軽蔑されていたからね。そこで日本に株式会社制度を持ち込んで、多くの企業を作ったのさ。いわば日本の会社の神さまみたいな人だよ」

「それにあなたの勤務していた大洋産業銀行の創業者の一人でもあるんでしょ」

智代が笑みを浮かべて渡瀬を見た。

「実はそうなんだ。だから彼の銀行がその後どうなったかご報告しようと思ってね」

渡瀬は照れたように智代を見た。そして本をまた鞄に入れた。

「わかったわ。探しましょうよ。そして私も言ってやるわ。家族ぐるみで大変な思いをしましたってね」

智代はそういうと駆け出して言った。

＊

渡瀬は石碑を見上げて、手をあわせた。

「あなたが創業し、経営を担ってこられた大洋産業銀行は、あなたの最も忌み嫌う反社会的勢力に不正な融資をしていたとして、東京地検の強制捜査を受けるような事態になりました。

その結果、頭取会長経験者を含む経営幹部十一人が逮捕され、一人が自ら命を絶つという悲しい結末を迎えました。これは公益を目的とする銀行であるべきというあなたのお考えを後の経営者たちが逸脱したためであります。

しかしその後は、多くのお客様に支えられ、無事に株主総会も乗り切り、そして多くの意欲ある行員たちによって反社会的勢力との取引を銀行の中から完全に排除しました。そして二度と同じような事件を引き起こさないように経営トップを監視するシステムを組織化するなど経営改革に努力いたしました」

渡瀬は目を閉じた。ある総会屋と融資の回収交渉をしている場面を思い出した。

渡瀬は反社会的勢力を排除するチームのリーダーになっていた。そのスタッフと一緒に交渉に当たっていた。総会屋は鬼のような形相で渡瀬たちに返済には応じないと言い、お前らを殺すと言い残して去っていった。

渡瀬は交渉の困難さに肩を落とした。その時、一緒に交渉に当たっていたスタッフが、

「渡瀬さん、とことんやりましょう。いい銀行で働いたなぁって家族に自慢したいじゃないですか。そのためには俺たち、死んだっていいですよ」

と微笑しながら言った。いつの間にか渡瀬の周りには、他のスタッフが集まっていた。渡瀬は涙が溢れるのを止めもせず、何度も大きく頷いた。

「この事件は日本の社会の仕組みを大きく変えました。事件は日銀や大蔵省、証券会社などに拡大し、ついには大蔵省が解体になり、金融庁があらたに銀行を検査、監督するようになったのです。そして金融界のみならず多くの企業にコンプライアンス、即ち法令を遵守しなければ企業は存在しえないという意識を植え付けることになりました。あなたなら法律を遵守することなど当然の当然とおっしゃるでしょう。それより道徳、人の道に外れるなと……」

渡瀬は、薄目を開け、微笑した。

「あなたにとっては不十分かもしれませんが、大洋産業銀行の引き起こした総会屋事件にもし意義があるとすれば、企業は社会的存在であるということを多くの経営者などに再認識させたことでしょう」

渡瀬の腕を握って、智代が笑いながら言った。

「家族も大変だったのですよ。警察に保護されながら、脅迫状や脅迫電話に怯えたのですから。で

も銀行からは悪い人はいなくなったみたいですよ。多くの人の犠牲はありましたけれど……」

智代の言葉に渡瀬は小さく頷いた。

「その後、大洋産業銀行は金融再編に向かい、扶桑銀行と日本興産銀行と一緒になりミズナミフィナンシャルグループという巨大な金融グループになりました。

私は今、そのグループを去ってしまいましたが、あなたの後輩たちは今もあなたの理想を実現しようと頑張っているはずです。

社会から見放された企業は存在できませんからね。ましてや銀行の公益性はさらに高いはずですから」

渡瀬は姿勢を正し、両手をぴたりと身体に付けると、低頭し、

「安らかにお眠りください」

と言った。

隣で智代も低頭した。

風が吹いた。渡瀬の頬を撫で、樹木の葉を揺らした。かすかな葉音が聞こえた。

自分の墓の前に突然現れた見知らぬ男に驚きながらも、どこか遠くから渋沢が優しく何かを語りかけてきたのかもしれないと渡瀬は思った。

［初出］
「小説トリッパー」2004年春季号から2004年冬季号に連載されたものに、単行本化に際して大幅に加筆・修正しました。

江上剛（えがみ・ごう）
1954年、兵庫県生まれ。早稲田大学卒。1977年、旧第一勧業銀行（現みずほ銀行）入行。1997年、旧第一勧業銀行総会屋利益供与事件では広報部次長として混乱の収拾に尽力。2003年退社。主な著作に『非情銀行』『起死回生』『異端王道』『腐蝕の王国』などがある。

座礁《ざしよう》——巨大銀行《メガバンク》が震《ふる》えた日《ひ》

2005年 6 月30日　第 1 刷発行
2005年 7 月10日　第 2 刷発行

著　者　　江上　剛
発行者　　花井　正和
発行所　　朝日新聞社
〒104-8011　東京都中央区築地5-3-2
電話　03-3545-0131（代表）
編集・文芸編集部　販売・出版販売部
振替　00190-0-155414

印刷所　　凸版印刷株式会社

ISBN4-02-250037-9
定価はカバーに表示してあります

朝日新聞社の本

城山三郎
この日、この空、この私——無所属の時間で生きる
人生を豊かにするのは、誰にも強制されない自分だけの時間を持つこと。各界に深く広い人脈を持つ著者が、折々に出会った人たちのたたずまいと言葉を綴った、滋味あふれる人生エッセイ集（文庫化に際して、『無所属の時間で生きる』に改題）。

四六判／文庫判

城山三郎・内橋克人
「人間復興」の経済を目指して
「敗者復活」のある社会、再生可能エネルギーによる「浪費なき成長」、「働く自由」を勝ちとるための真のワークシェアリング……。「人間性回復」のための経済システム構築と日本経済復活のための処方箋を語り合った白熱の対論集。

コンパクト判

内橋克人
〈節度の経済学〉の時代——市場競争至上主義を超えて
世界を席巻する「マネー資本主義」に警鐘を鳴らす、〈節度の経済学〉の必要性を説いた経済コラム集。「手放しの『規制緩和』を憂う」「急増する非正規雇用に歯止めを」「資源を海外に頼り前途に不安はないか」など具体的提言に溢れている。

四六判